MW01707708

Les Gardiens de la lumière

DU MÊME AUTEUR

Saga LA FORCE DE VIVRE

Tome I, *Les rêves d'Edmond et Émilie*, roman, Montréal, Hurtubise, 2009

Tome II, *Les combats de Nicolas et Bernadette*, roman, Montréal, Hurtubise, 2010

Tome III, *Le défi de Manuel*, roman, Montréal, Hurtubise, 2010

Tome IV, *Le courage d'Élisabeth*, roman, Montréal, Hurtubise, 2011

Saga CE PAYS DE RÊVE

Tome I, *Les surprises du destin*, roman, Montréal, Hurtubise, 2011

Tome II, *La déchirure*, roman, Montréal, Hurtubise, 2012

Tome III, *Le retour*, roman, Montréal, Hurtubise, 2012

Tome IV, *Le mouton noir*, roman, Montréal, Hurtubise, 2013

Saga LES GARDIENS DE LA LUMIÈRE

Tome I, *Maîtres chez soi, roman*, Montréal, Hurtubise, 2013

Un p'tit gars d'autrefois – L'apprentissage, roman, Montréal, Hurtubise, 2011

Un p'tit gars d'autrefois – Le pensionnat, roman, Montréal, Hurtubise, 2012

Michel Langlois

Les Gardiens de la lumière

tome 2

Entre des mains étrangères

Roman historique

Hurtubise

Catalogage avant publication de Bibliothèque et Archives nationales du Québec et Bibliothèque et Archives Canada

Langlois, Michel, 1938-

Les gardiens de la lumière

L'ouvrage complet comprendra 4 v.

Sommaire : t. 2. Entre des mains étrangères.

ISBN 978-2-89723-306-8 (v. 2)

I. Titre. II. Titre : Entre des mains étrangères.

PS8573.A581G37 2013 C843'.6 C2013-940716-2
PS9573.A581G37 2013

Les Éditions Hurtubise bénéficient du soutien financier des institutions suivantes pour leurs activités :

- Conseil des Arts du Canada ;
- Gouvernement du Canada par l'entremise du Fonds du livre du Canada (FLC) ;
- Société de développement des entreprises culturelles du Québec (SODEC) ;
- Gouvernement du Québec par l'entremise du programme de crédit d'impôt pour l'édition de livres.

Conception graphique : René St-Amand
Illustration de la couverture : Alain Massicotte
Mise en pages : Andréa Joseph [pagexpress@videotron. ca]

Copyright © 2014, Éditions Hurtubise inc.
ISBN : 978-2-89723-306-8 (version imprimée)
ISBN : 978-2-89723-307-5 (version numérique PDF)
ISBN : 978-2-89723-308-2 (version numérique ePub)

Dépôt légal : 1er trimestre 2014

Bibliothèque et Archives nationales du Québec
Bibliothèque et Archives Canada

Diffusion-distribution au Canada :
Distribution HMH
1815, avenue De Lorimier
Montréal (Qc) H2K 3W6
www.distributionhmh.com

Diffusion-distribution en Europe :
Librairie du Québec/DNM
30, rue Gay-Lussac
75005 Paris FRANCE
www.librairieduquebec.fr

DANGER
LE PHOTOCOPILLAGE TUE LE LIVRE

La *Loi sur le droit d'auteur* interdit la reproduction des œuvres sans autorisation des titulaires de droits. Or, la photocopie non autorisée – le « photocopillage » – s'est généralisée, provoquant une baisse des achats de livres, au point que la possibilité même pour les auteurs de créer des œuvres nouvelles et de les faire éditer par des professionnels est menacée. Nous rappelons donc que toute reproduction, partielle ou totale, par quelque procédé que ce soit, du présent ouvrage est interdite sans l'autorisation écrite de l'Éditeur.

Imprimé au Canada
www.editionshurtubise.com

Personnages principaux

Bérard, Guillaume (Bill) : époux de Lorraine Cormier.

Bérard, Mélanie : fille de Guillaume et de Lorraine, et jumelle de Milaine.

Bérard, Milaine : fille de Guillaume et de Lorraine, et jumelle de Mélanie.

Bourgeois, Hortense : fille de Lorraine et de Marc.

Bourgeois, Mathieu : fils de Lorraine et de Marc.

Cormier, Alfred : fils d'Ernest et de Claire.

Cormier, Desneiges : fille de Wilfrid et de Rose.

Cormier, Émile : fils de Laurent et de Jeanne Longpré.

Cormier, Ernest : fils de Wilfrid et de Rose, et mari de Claire Lafrance.

Cormier, Fabiola : religieuse, fille de Wilfrid et de Rose.

Cormier, Flore : fille d'Ernest et de Claire.

Cormier, Laurent : fils de Wilfrid et de Rose, et époux de Jeanne Longpré.

Cormier, Lorenzo : fils d'Ernest et de Claire.

Cormier, Lorraine : fille de Wilfrid et de Rose, et épouse de Bill Bérard.

Cormier, Onésime : fils de Laurent et de Jeanne.

Cormier, Viviane : fille de Laurent et de Jeanne.

Cormier, Wilfrid : gardien de phare, époux de Rose Vigneau.

Doyle, Hormidas : trappeur.
Fleury de La Gorgendière, Florida : épouse de Wilfrid Cormier.
Giasson, Julienne : servante chez Laurent et Jeanne.
Lafrance, Claire : épouse d'Ernest Cormier.
Larivière, Hubert : ingénieur.
Longpré, Jeanne : épouse de Laurent Cormier.
Marchessault, Fabrice : ingénieur responsable du criard de brume.
Paradis, Isidore (Zidore) : conteur.
Raspaille, Antonin : cuisinier, ami de Laurent Cormier.
Têtu, Félix : aide de Laurent Cormier.
Vigneau, Rose : épouse de Wilfrid Cormier.

Les habitants de l'Anse-aux-Fraises :

Béliveau, Wilbrod : pêcheur, célibataire.
Blanchard, Anita : sage-femme, épouse de Côme Gaudet.
Bouchard, Eudore : pêcheur, époux d'Eulalie Galienne.
Galienne, Eulalie : épouse d'Eudore Bouchard.
Gaudet, Benjamin : fils de Côme et d'Anita.
Gaudet, Christophe : fils de Côme et d'Anita.
Gaudet, Côme : pêcheur, époux d'Anita Blanchard.
Harvey, Alexis : pêcheur.
Harvey, Lucie : fille d'Alexis.

Les habitants de Baie-des-Anglais :
Ange-Albert : pêcheur.
Bérard, Bill : pêcheur, époux de Lorraine.

Leblanc, Philippe : marchand de différentes fournitures.
Réjean : pêcheur.

Anciens habitants d'Anticosti :

Boudreau, Pit : pêcheur, célibataire.
Latour, Elphège : pêcheur, époux d'Hortence Léger.
Léger, Hortense : femme d'Elphège Latour.
Richard, Maxime : aubergiste, époux de Rose-Aimée Richard.
Savoie, Boniface : pêcheur.
Savoie, Horace : trappeur fils de Boniface.

Autres personnages mentionnés :

Côté, Hormidas : garde-chasse.
Eusèbe, le nommé : graveur de pierre.
Foster, le nommé : habitant de Fox Bay.
Girard, John : chasseur.
La Blanche, Marie : femme de Rivière-au-Tonnerre.

Personnages historiques

Comettant, Lucien-Oscar (1853-1924) : Né à New York le 18 juin 1853, il est le fils d'Oscar Comettant et d'Eulalie Cade. Il fait ses études au Lycée de Versailles. En 1870, il participe à la guerre franco-allemande au côté de son père. À vingt-cinq ans, il épouse Jeanne Mangeot, fille d'Alfred Mangeot. De leur union naissent cinq filles et un garçon. Pendant seize ans, il est commissaire à la Compagnie Générale Transatlantique et fait la traversée de l'Atlantique Nord trois cent cinquante-trois fois. Il reçoit des médailles de diverses sociétés de sauvetage. Excellent musicien, il est aussi gouverneur d'Anticosti de 1896 à 1903. Il dira de ces années qu'elles furent les plus dures de sa vie. Il meurt à Asnières, en 1924.

Laurier, Wilfrid (1841-1919) : Fils de Carolus Laurier et de Marie-Marcelle Martineau, il naît le 20 novembre 1841 à Saint-Lin-de-Lachenaie (aujourd'hui Saint-Lin-des-Laurentides). Il fait ses études primaires à Saint-Lin, poursuit son cours classique au Collège de l'Assomption et ses études de droit à l'Université McGill où il récolte plusieurs mentions d'honneur. En 1867, il est l'un de ceux qui s'opposent à la Confédération canadienne. En 1874, il est élu au fédéral dans la circonscription de Drummond-Arthabaska. Il devient chef du Parti libéral du Canada en 1887 et, en 1896, le septième premier ministre du Canada et le premier Canadien français à occuper ce poste. Il demeure premier ministre jusqu'au 7 octobre 1911. Il préside à l'entrée de la Saskatchewan et de l'Alberta dans la Confédération canadienne en 1905. Chef de l'opposition durant la Première Guerre mondiale, il meurt à Ottawa, le 17 février 1919.

Martin-Zédé, Georges (1864-1940) : Fils de l'ingénieur Georges Martin, il naît en 1864 dans une famille d'ingénieurs et de savants, ayant pour aïeul paternel Pierre-Émile Martin, inventeur des fours pour la cémentation des aciers, dits « fours Martin », et pour aïeul maternel l'ingénieur Gustave Zédé, constructeur du premier sous-marin. Après avoir fait des études de droit, il satisfait son goût des grands voyages en visitant l'Égypte, la Palestine, la Syrie, la Norvège et le Spitzberg. Ses relations amicales avec le grand industriel Henri Menier en 1895 l'amènent à devenir le directeur général d'Anticosti de 1896 à 1926. Il participe à la guerre de 1914 comme officier interprète auprès des troupes britanniques. Il reçoit la Légion d'honneur et la Croix de guerre. En 1926, au nom des héritiers Menier, il vend l'île d'Anticosti et retourne en France où il meurt en 1940. Le journal personnel qu'il tient tout au long de ses séjours à Anticosti s'avère un document des plus précieux.

Menier, Henri (1853-1913) : Fils d'Émile-Justin Menier et petit-fils d'Antoine Brutus Menier, fondateur de la chocolaterie Menier, il naît à Paris le 14 juillet 1853. À la mort de son père en 1881, il devient maire de Noisiel, poste qu'il occupe jusqu'à sa mort. En tant qu'aîné de la famille, c'est lui qui dirige l'entreprise familiale. Sportif, il s'adonne au yatching et à la course automobile. En 1895, il achète, au coût de cent vingt-cinq mille dollars, l'île d'Anticosti dont il veut faire une réserve de chasse et de pêche. Il y fait introduire divers animaux et tout particulièrement quantité de chevreuils. Il s'y fait aussi construire une villa que les gens baptisent le château Menier et confie l'administration de l'île à Georges Martin-Zédé. Il ne vient à Anticosti que six fois. En 1907, il hérite du château de Vauréal acquis par sa première épouse, Mathilde Heintz. En 1913, il achète le château de Chenonceau, mais meurt à Vauréal le 6 septembre de la même année.

Pope, Grace : Fille aînée d'Edward Pope, gardien du phare de la Pointe-Sud-Ouest. Elle est de religion méthodiste et se fait la défenderesse des gens de Fox Bay. En 1896, les Pope cèdent à Henri Menier, pour la somme de deux mille dollars, leurs parts d'une terre dont ils partagent la propriété avec les Setter.

Pope, Edward (-1895) : Gardien du phare de la Pointe-Sud-Ouest d'Anticosti, de 1857 à 1895. Père de Herbert, Grace, Roberta, Robert, Agnes, Jessie,

Allan, Gilbert et Percy, il meurt à Anticosti en 1895 et est inhumé au cimetière des Pope près du phare dont il était le gardien.

Pope, Herbert (-1899) : Fils d'Edward Pope, il remplace son père comme gardien du phare de la Pointe-Sud-Ouest en 1895, mais il meurt quatre ans plus tard.

Schmitt, Joseph (1862-) : Né le 10 janvier 1862 à Avalon, dans le département de l'Yonne en France, il fait ses études classiques au collège d'Autun (Saône-et-Loire), dirigé par son père, Stanislas Schmitt, officier de l'Instruction publique. Ses études universitaires débutent au Muséum national d'Histoire naturelle de Paris, au laboratoire d'anatomie comparée. Il reçoit sa licence en sciences naturelles en 1885 et passe par la suite à la faculté de médecine où il devient l'assistant du professeur Mathias Duval en histologie. Élève très brillant, il obtient son diplôme en médecine avec très grande distinction et travaille sur les paquebots, faisant le trajet entre le Brésil, l'Argentine et le Havre. Il fait la connaissance d'Henri Menier à bord d'un de ces navires, et ce dernier l'engage comme médecin et chirurgien à Anticosti. Il remplit également les tâches de vétérinaire, spécialiste de la météo et de l'histoire naturelle de l'île. On lui doit, en 1901, un remède contre les piqûres de moustiques. Durant son séjour à Anticosti (1896-1904), il réalise une étude approfondie de la géologie, de la minéralogie, de la faune, de la flore et de l'histoire naturelle d'Anticosti, et publie une excellente monographie de l'île d'Anticosti en 1904. Il retourne en France par la suite.

Vigneau, Placide (1842-1926): Fils de Vital Vigneau et d'Élise Boudreau, il naît à Havre-aux-Maisons, aux Îles-de-la-Madeleine, le 29 août 1842. Le 9 janvier 1865, il épouse à la Pointe-aux-Esquimaux (Havre-Saint-Pierre) Louise Cormier, dont il a un enfant; puis le 23 novembre 1869, au même endroit, il épouse Victoire Doyle, et de ce mariage naissent sept enfants, dont trois atteignent l'âge adulte; finalement, le 27 juin 1887, à Natashquan, il épouse Suzanne Chevarie qui lui donne elle aussi un enfant. D'abord pêcheur, puis capitaine de navire, il devient gardien du phare de l'Île-aux-Perroquets, près de Mingan, de 1892 à 1912. Il écrit beaucoup et rédige un journal (1857-1926) intitulé *Au pied d'ancre*. Il laisse une œuvre importante touchant l'histoire de la Côte-Nord. Il meurt le 1er mars 1926 à la Pointe-aux-Esquimaux.

Autres personnages mentionnés:

Allison, le père: Propriétaire d'un terrain à Anticosti au moment de l'achat de l'île par monsieur Menier en 1895.

Baker, le nommé: Habitant de Fox Bay.

Beetz, le nommé: Résidant de Piestebé, sur la Côte-Nord, et agent de la firme Révillon de Paris, responsable de l'achat de pelleteries sur toute la Côte-Nord.

Bradley, le nommé : Télégraphiste du gouvernement, vend son terrain à Menier en 1895.

Chiniquy, Charles (1809-1899) : Prêtre, prédicateur de la tempérance. Il part aux États-Unis où il devient ministre protestant. Il meurt à quatre-vingt-dix ans.

De Puyjalon, Henri (1841-1905) : Comte, né au Limousin, il arrive au pays en 1873. Chasseur et naturaliste, il devient le premier gardien du phare de l'Île-aux-Perroquets en 1888. Sportif renommé, il est aussi l'auteur de plusieurs livres. Pour le connaître mieux, voir sa biographie, *Henri de Puyjalon (1841-1905), l'explorateur de la Côte-Nord*, de Rémi Gilbert.

Doggett, le nommé : Gérant de la homarderie de monsieur Menier à la Pointe-Est d'Anticosti.

Elliott-Murray-Kynynmoud, Gilbert John, vicomte Melgund, quatrième comte de Minto (1845-1914) : Dit « lord Minto ». Huitième gouverneur général du Canada, de 1898 à 1904. Il est l'un des invités d'Henri Menier avec sa famille à Anticosti en 1902.

Escoffier, Georges Auguste (1846-1935) : Reconnu comme le « roi des cuisiniers et le cuisinier des rois », il modernise la gastronomie française en créant de nombreuses recettes et contribue à faire connaître internationalement cette cuisine.

Forsyth, le nommé : Propriétaire pendant quelque temps d'Anticosti.

Guay, monseigneur : Curé à Anticosti au temps des Menier.

Griffith, révérend : Pasteur en chef des méthodistes de la province de Québec en 1905. Il défend les squatters de Fox Bay contre Henri Menier.

MacDonald, Peter : Propriétaire d'un terrain à Anticosti au moment de l'achat par monsieur Menier en 1895. Georges Martin-Zédé le fit conduire à Baie-Sainte-Claire d'où il repart à pied en plein hiver pour aller mourir dans son camp au bord de la rivière qui porte son nom.

Parent, Simon-Napoléon (1855-1920) : Premier ministre du Québec du 3 octobre 1900 au 21 mars 1905. Henri Menier l'invite à Anticosti en 1903 avec ses ministres.

Setter, les nommés : Propriétaires de Baie-Ellis, ils vendent leurs terrains à Menier en 1896.

Simard, juge : Juge dans l'affaire des squatters.

Stockwell, Francis W. : Homme d'affaires anglais, il achète Anticosti en 1884 pour la somme de cent sept mille dollars. Il fait faillite et revend l'île à une société anglaise connue sous le nom « The Governor and Company of the Island of Anticosti ». Cette compagnie revend l'île à Henri Menier en 1895 au prix de cent vingt-cinq mille dollars.

Stubbert, John (vers 1855-): Télégraphiste à Anticosti. Il épouse Jane Willis vers 1875. Ils ont onze enfants, tous nés à Anticosti entre 1879 et 1898. Il est expulsé de l'île par Georges Martin-Zédé.

Viau, Cordélia (1865-1899): Accusée du meurtre de son mari. Elle est exécutée par pendaison le 10 mars 1899.

Nous étions probablement le peuple le plus heureux du monde, parce que nous formions une grande famille, très unie, où tous les cœurs s'aimaient, où les joies étaient partagées et les deuils communs.

Révérend Braud, missionnaire à English Bay,
cité par Charlie McCormick
dans son ouvrage *Anticosti*

L'argent et le pouvoir achètent tout, se permettent tout, en fermant les yeux sur les vies qu'ils détruisent.

Michel Langlois

PREMIÈRE PARTIE

L'ÉTONNEMENT

(1895-1897)

Chapitre 1

Le deuil

Laurent décrypta le message. Le jour se levait. Il monta dans la tour. C'était le 1er décembre au matin et il lui fallait éteindre la lumière du phare pour plusieurs mois. Il souffla les lampes. En même temps qu'il accomplissait ce geste, il éclata en sanglots. Il laissa tomber le papier sur lequel était écrit le message. On pouvait y lire : *Votre mère est morte cette nuit.*

Pour reprendre pied, il s'affaira à frotter les prismes de la lanterne. Dans sa tête défilaient des scènes où le personnage principal était sa mère. Il songea : « Elle s'est éteinte cette nuit. Désormais, chaque fois que j'éteindrai les lampes du phare, je penserai à elle. Notre mère était la lumière de notre vie. Elle nous a si souvent empêchés de faire naufrage. Une mère, c'est comme un phare qui nous indique la route et nous éloigne des récifs. » Il pensa à son fils Émile. Dorénavant, Jeanne prendrait la relève. Ce serait sa lumière à elle qui leur servirait de guide. Elle ignorait que Rose était morte. Il descendit l'en informer.

Quand il lui annonça la triste nouvelle, Jeanne réagit comme il s'y attendait. Elle se jeta dans ses bras en pleurant, mais se reprit aussitôt, releva la tête et lui parla comme on s'adresse à un enfant pour le consoler. Laurent loua le ciel d'avoir une compagne aussi courageuse. Ils parlèrent longtemps de Rose, se remémorant une foule de souvenirs.

— Tu avais une mère comme on en trouve rarement, lui affirma Jeanne. Je me sens privilégiée de l'avoir connue. Elle était à son devoir, parlait peu et faisait sa besogne sans jamais se plaindre. Elle ne m'a pas seulement appris à cuisiner, elle m'a enseigné ce qu'est le devoir d'une mère. Vous, les hommes, vous travaillez sans trop vous soucier d'autre chose que d'apporter du pain sur la table. Nous, les mères, il nous faut voir au bien-être de tous et faire en sorte que la vie de chacun soit heureuse. Si nous nous y adonnons de si bon cœur, c'est par amour…

Elle fit une petite pause et ajouta, pensive :

— Une mère, c'est fait pour aimer.

Laurent l'écoutait sans rien dire. Il la serra dans ses bras.

— Tu l'avais pressenti, lui rappela-t-il. Souviens-toi, quand ils sont partis, tu as dit : "Aujourd'hui, une page de l'histoire de la lumière de la Pointe-Ouest vient de se tourner." Tu avais raison, ça ne sera jamais plus pareil. La nouvelle page, il nous revient maintenant de l'écrire.

Le père de Laurent lui fit ensuite parvenir un nouveau télégramme où il l'informait que les funérailles de leur mère avaient eu lieu à la basilique de Québec. Il était désolé que les choses se soient passées ainsi. Personne de la famille n'avait pu y assister. Il se sentait bien seul.

Bientôt, tout Anticosti sut que madame Cormier était décédée à Québec, sauf un des principaux intéressés, seul dans son camp de chasse au milieu de l'île. Dans les jours qui suivirent, la plupart des habitants de l'Anse-aux-Fraises et de Baie-des-Anglais vinrent au phare offrir leurs condoléances.

Quelques jours plus tard, une dépêche apprenait à Laurent qu'Anticosti venait d'être vendue. Cette fois, ce fut lui qui eut un pressentiment. Il déclara :

— Aujourd'hui vient d'être tournée une page de l'histoire de l'île. Ce ne sera plus jamais comme avant. Il reste à voir si ce sera mieux.

Il reprit le message qu'il venait de recevoir.

Anticosti vendue cent vingt-cinq mille dollars. Stop. Nouveau propriétaire Henri Menier. Stop.

Qui était cet homme ? Son père le lui apprendrait sans doute au fil des télégrammes qu'il lui ferait parvenir. Henri Menier, ce nom ne lui disait rien. Peut-être que Maxime ou quelqu'un de l'Anse-aux-Fraises, monsieur le curé par exemple, en savait davantage. Puisqu'il n'avait plus à se préoccuper du phare pendant quelques mois, il attela Oliver et demanda à Jeanne :

— Viens-tu avec moi ? Je file à l'Anse.

Elle lui cria depuis l'entrée :

— J'arrive avec Émile !

Quelques minutes plus tard, ils étaient en route pour l'Anse-aux-Fraises. La nouvelle qu'ils apportaient fit bien vite le tour du village. Toutefois, personne ne semblait avoir entendu parler de l'acheteur.

— Menier ? questionna Maxime Richard. Ce serat pas plutôt Meunier ?

— Non, il est bien écrit Menier.

Menier, Menier… Ce nom était répété par tous ceux et celles qui venaient chez Maxime chercher plus d'informations. Un peu plus de lumière se fit au moment où on s'y attendait le moins. Lucie, la fille d'Alexis Harvey, servante chez Eudore Bouchard, entra chez Maxime. Elle tenait en main une boîte en bois. Elle la déposa sur la table et précisa :

— Mon amoureux m'a donné ça. C'est du chocolat. Et regardez ce qui est écrit sur la boîte.

Ils s'approchèrent tous de la table. Laurent se pencha et lut à haute voix :

— Chocolat Menier.

Il s'empara de la boîte et l'examina sur toutes les faces.

— Ça vient de France ! Ce fabricant de chocolat est peut-être notre acheteur.

— Cent vingt-cinq mille dollars, tu ne trouves pas que c'est beaucoup d'argent pour un vendeur de chocolat ? On peut devenir millionnaire à vendre du chocolat ?

— Certainement, soutint Maxime. Si y en vend suffisamment pour que ça s'rende jusqu'icitte, y doit faire passablement de sous.

Ils continuèrent à spéculer. Quand ils se quittèrent, ils étaient convaincus d'une chose : si le nouveau propriétaire était bien ce Menier, il devait avoir acheté l'île pour lui. Ce ne serait plus une compagnie, mais un individu qui désormais aurait en main l'avenir d'Anticosti. Il fallait par conséquent s'attendre à de gros changements.

— On n'est pas chez nous parsonne, fit remarquer Maxime. Le nouveau propriétaire va sûrement avoir ses caprices.

Laurent tint à les rassurer :

— Dès que j'en apprends plus, je vous en informe.

Chapitre 2

Plus de lumière

Pendant quelques jours, les Anticostiens ne surent plus sur quel pied danser. Qu'allaient-ils devenir ? Laurent, qui faisait office de porteur de nouvelles puisqu'il recevait les dépêches au phare, ne mit guère de temps à revenir à l'Anse-aux-Fraises, puis à Baie-des-Anglais, pour révéler ce que son père lui avait appris. Aux habitants réunis chez Maxime à l'Anse, il annonça d'emblée :

— Henri Menier, le fabricant de chocolat, est bien l'acheteur de l'île. Selon ce que mon père a su, il veut développer Anticosti comme elle l'a jamais été. Il parle de faire construire un quai, d'ériger un gros village, probablement du côté de Baie-des-Anglais, de faire la pêche en grand et d'exploiter la forêt à fond. Il paraît qu'il a de grands projets pour l'avenir de l'île.

— Et le nôtre, not'avenir ? questionna Maxime.

— Mon père n'en parle pas.

— On en a vu d'autres qui s'en promettat avec Anticosti.

— Des grands parleux, mais des p'tits faiseux comme Forsyth, s'écria Elphège Latour. Il promettait mer et monde. Tous des pas bons. Dire qu'ils ont fait venir un monsieur de Québec pour faire le plan de la ville qu'ils voulaient bâtir. Les poteaux qui marquent ce que devaient être les futures rues sont encore là. Tout ça, c'était de la *bullshit*. Après, les Stockwell ont pas fait mieux. Peut-être que Menier, c'est du pareil au même.

— T'as raison, Elphège, approuva Maxime Richard, c'est pas d'aujourd'hui qu'on croit qu'Anticosti cache une mine d'or ou d'argent. Il parat que du temps des Françeas, un homme a arrivé à Québec en disant qu'il avat découvert une mine d'argent su l'île. De Québec, les dirigeants ont envoyé un orfèvre vérifier ses dires. La mine d'argent, il l'avat entre les deux oreilles. Qui sat si c'est pas la même chose pour ce Menier ?

Laurent répliqua :

— N'oublie pas qu'avant d'acheter l'île, il a expédié des hommes pour en évaluer les possibilités. Ils sont venus à huit, pis à vingt pour l'arpenter d'une pointe à l'autre. Ce n'était pas n'importe qui : un géologue, des ingénieurs, un avocat. Tu n'as pas oublié non plus la fête du 14 juillet à Baie-des-Anglais où tout le monde était invité ? Menier a acheté Anticosti après avoir reçu leur rapport. C'est un homme d'affaires fortuné et il n'a certainement pas agi sur un coup de tête. Ça lui a pris un an à se décider.

— Tout ça dit pas ce qu'il a darrière la tête pour nous.

— Nous n'y pouvons rien, déplora Laurent. Nous n'avons pas le gros bout du bâton. Il le tient et nous savons pas ce qu'il va faire avec. Je pense que nous n'aurons pas d'autre choix que de nous plier à ses demandes.

— Parle pour toi, lança le vieux Eudore avec agressivité. À la lumière, tu seras pas embêté parce que le terrain appartient au gouvernement.

Sentant que le ton allait monter, Laurent se leva.

— Je n'y suis pour rien. Je vous tiens simplement informés. J'ai ici une notice du vieux monsieur Despecher venu l'été dernier avec les autres. Je peux vous la lire. Vous en penserez ce que vous voudrez.

— Lis là ! l'invita Maxime.

Laurent s'exécuta :

« Le territoire de l'île est assez vaste pour que de nombreux nouveaux venus y trouvent leur place, à la condition que ce soit de véritables travailleurs : pêcheurs, marins, cultivateurs et hommes de métier, que ne rebutent pas la rigueur du climat et le rude labeur que nécessitent partout les débuts d'un établissement dans un pays neuf. Dans ces conditions, ils trouveront de grandes facilités pour se créer une position et un chez-soi, dans des circonstances peu ordinaires d'indépendance et de bien-être, pour eux et leur famille. »

Laurent commenta :

— Il me semble que c'est clair. Il y aura de la place à l'île pour tous ceux qui voudront bien relever leurs manches et travailler. Vous êtes de bons pêcheurs. Je ne vois pas pourquoi vous ne pourriez pas rester.

— Relis ce qu'y dit à la fin ! ordonna Maxime.

Laurent reprit :

« Ils trouveront de grandes facilités pour se créer une position et un chez-soi, dans des circonstances peu ordinaires d'indépendance et de bien-être, pour eux et leur famille. »

— Nous avons déjà notre maison, commenta Alexis Harvey. Pourquoi y prend l'temps d'parler d'indépendance ? Ce serait-y pas parce que l'propriétaire veut qu'on la vende ?

— Ça, nous le verrons en temps et lieu. Le propriétaire fera bien ce qu'il voudra. Et souhaitons qu'il s'agisse vraiment là de son idée, ajouta Laurent en rangeant la notice. Bon, je vous laisse, il faut maintenant que j'aille redire tout ça à ceux de Baie-des-Anglais.

Il retourna sur ses pas et passa au phare sans s'y arrêter. Il arriva à Baie-des-Anglais vers les deux heures. Une heure plus tard, ils étaient un bon nombre réunis dans la maison de Boniface Savoie pour l'entendre. Laurent leur raconta ce qu'il avait appris de nouveau. La réaction des habitants fut plus vive.

— Ton père, y fait quoi à Québec ?

— Il est coincé là. Il y a reconduit ma mère chez le docteur juste avant que la navigation arrête..

— On sait ben le malheur qui est arrivé, mais y aurait pu revenir. Quand quelqu'un tient vraiment à regagner l'île, y peut le faire même en hiver.

— Tu as raison, approuva Laurent, mais c'est à ses risques et périls, tu le sais aussi bien que moi.

Laurent devinait ce que cachaient les paroles de cet homme. Il poursuivit aussitôt d'un ton ferme :

— Tu crois que mon père est resté à Québec pour comploter avec le nouveau propriétaire ?

— J'ai jamais dit ça !

— Pourtant, tu le penses en jériboire ! Autrement, tu chialerais pas contre lui. Mais dis-moi donc : ça changerait quoi s'il était ici ? Penses-tu qu'il empêcherait ce Menier de faire ce qu'il veut ?

Laurent pensait bien avoir calmé les esprits par ses répliques, mais il se trompait royalement. Le vieux Boniface prit la parole :

— Ils nous chasseront pas de chez nous. S'ils viennent, ils vont être reçus à coups de fusil.

— Je pense que ce serait la pire façon de les recevoir, commenta Laurent.

— Pourquoi ?

— Parce qu'ils reviendraient avec la police et là, il n'y aurait plus moyen de négocier. Ils ne demanderaient même pas qui a tiré. Ils arriveraient à Baie-des-Anglais avec tous les papiers nécessaires pour vous chasser de l'île. Combien d'entre vous demeurent ici depuis trente ans ?

Les habitants se regardèrent, discutèrent entre eux, calculèrent et le plus ancien, Boniface lui-même, ne vivait à Baie-des-Anglais que depuis vingt-sept ans.

— Il te manque trois années pour qu'ils ne puissent pas t'embêter. Ils sont chez eux. S'ils le veulent, ils peuvent te forcer à partir.

Le vieux ne voulait pas se résigner.

— Qu'ils viennent, simonac ! On verra ben.

— On verra rien du tout, rétorqua Laurent. S'ils sentent de la résistance et qu'ils ne peuvent pas expliquer leurs intentions, ils ne seront pas patients. Si tu étais propriétaire d'un terrain et que quelqu'un vivait dessus, je serais curieux de savoir ce que tu ferais.

Le vieil homme ne sut quoi répondre. Laurent insista :

— Pour le moment, vous êtes tous chez vous, mais le terrain sur lequel s'élève votre maison ne vous appartient pas. Le nouveau propriétaire va mettre ses conditions et ce sera à vous de décider. Je douterais fort qu'il veuille vous chasser. Il va sans doute faire comme Stockwell et charger un prix annuel de location pour votre terrain. Ayez donc la patience d'attendre. Au printemps, vous saurez à quoi vous en tenir.

Laurent avait dit ce qu'il avait à dire. Il les quitta sur ces paroles en promettant de revenir s'il venait à apprendre autre chose.

Chapitre 3

Georges Martin-Zédé

Le temps des fêtes sembla s'éterniser. Même si Wilfrid n'était plus au phare, Laurent invita un peu tout le monde à y passer durant les semaines de réjouissances, mais personne ne se présenta. Les gens n'avaient pas l'esprit à la fête. L'inquiétude qui les rongeait leur enlevait le goût de célébrer.

Pourtant, Jeanne et Claire s'étaient affairées autour du poêle pour que rien ne manque à Noël et au jour de l'An. Peine perdue : le temps des fêtes était passé sans que les visiteurs se pointent le bout du nez.

— L'année dernière, nous étions une dizaine autour de la table, fit remarquer Jeanne. Cette année, il y avait seulement nous trois plus les deux petits. Tout ici est en train de changer. Laurent a reçu des nouvelles de son père, enchaîna-t-elle. Il a rencontré à Québec nul autre que ce monsieur Zédé qui est venu à Anticosti cet été. Il paraît qu'il s'est montré enchanté de le retrouver. Il lui a fait part de tout ce qui se préparait pour le printemps prochain et il a même parlé de l'engager comme assistant-directeur. Si ces messieurs réalisent ce qu'ils ont en tête, Anticosti ne sera jamais plus pareille.

— Quand il y a eu la fête à la Baie le 14 juillet, Ernest n'a pas voulu en être, fit Claire.

— Pourquoi ?

— Parce qu'il n'est pas capable de sentir ce Zédé. À la Baie, il a eu un accrochage avec lui.

— Je l'ignorais.

— Ernest revenait de pêcher. Cet homme s'est approché de la barque et lui a demandé de lui montrer ce qu'il rapportait. Ernest n'a pas hésité à lui faire voir ses poissons. C'était surtout de la morue. L'autre a demandé : "Comment la pêchez-vous ?" Ernest a répondu : "À la ligne, au *jigger*." Zédé lui a dit : "Vous faites bien d'en profiter. Ça ne sera pas si facile l'an prochain. Si nous achetons l'île, nous aurons nos exigences et nos restrictions."

— Connaissant Ernest, ces paroles n'ont pas dû faire son bonheur…

— Quand il est revenu à la maison, il était furieux. Il a crié : "Jamais je ne pourrai m'entendre avec ce Zélé !" Depuis ce temps-là, il ne l'appelle plus Zédé, mais Zélé.

Pendant ce temps, à Québec, Wilfrid, encore sous le choc de la perte de Rose, tentait par tous les moyens de s'occuper. Faisant plus ample connaissance avec l'homme que l'acheteur avait engagé comme directeur des affaires d'Anticosti, il ne mit guère de temps à s'apercevoir que ce célibataire de cinquante ans savait où il allait et ne passait pas par quatre chemins pour s'y rendre. Homme entier, à la forte carrure, il posait sur ses interlocuteurs un regard direct et froid. Une barbe fournie lui couvrant tout le menton, jointe à une moustache tombante, lui donnaient un air rébarbatif. Rarement le voyait-on sourire. C'était un homme austère et têtu tout dévoué à sa cause. Il aimait donner des ordres à la façon militaire et entendait qu'ils soient suivis à la lettre.

Pourquoi Wilfrid avait-il accepté de travailler pour lui ? Il s'était tout bonnement dit : « Puisque cet homme détient l'autorité, il vaut mieux être avec lui que contre lui. » Il espérait aussi pouvoir l'influencer à l'occasion dans ses décisions, et notamment pour tout ce qui touchait l'avenir de ses amis d'Anticosti. Si Laurent avait été auprès de lui, Wilfrid lui aurait certainement expliqué qu'il est préférable de suivre les plus forts afin d'éviter d'être écrasé. Mais c'était mal connaître Georges Martin-Zédé. Avec le temps, et malgré toute sa bonne volonté, Wilfrid apprendrait que cet homme ne suivait qu'un chemin : le sien.

Retenu à Québec après la mort de Rose, Wilfrid avait pris pension rue Sainte-Anne, chez une veuve peu exigeante, se contentant de quelques dollars par mois pour la chambre spacieuse qu'elle lui louait. À la fin de janvier, il se préparait à assister aux célébrations du carnaval quand, en lisant le journal *L'Électeur*, l'entrefilet suivant lui avait sauté aux yeux :

Sont arrivés hier à Québec, venant de New York, messieurs Georges Martin-Zédé et L.-O. Comettant. Ces messieurs, l'un comme directeur et l'autre comme gouverneur, viennent préparer les travaux qui marqueront ce printemps la prise de possession officielle de l'île d'Anticosti par monsieur Henri Menier, son nouveau propriétaire. De tout cœur nous leur souhaitons la bienvenue et nous espérons pour eux un séjour fructueux entre nos murs.

Ils habitaient, l'un au Château Frontenac, l'autre à l'hôtel Clarendon. Tous deux prenaient leurs repas au Château. Ce fut par hasard, alors qu'il sortait de sa pension rue Sainte-Anne, que Wilfrid les croisa. Monsieur Zédé se montra étonné de le rencontrer à Québec.

— Mais si je ne m'abuse, vous êtes monsieur Cormier d'Anticosti ? Vous n'êtes pas à votre phare ?

Wilfrid lui fit part des raisons de sa présence à Québec. Après lui avoir offert ses condoléances, monsieur Zédé s'empressa de le présenter à monsieur Comettant avec lequel Wilfrid sympathisa immédiatement. Le directeur sauta sur l'occasion :

— Monsieur Cormier, vos renseignements de l'été dernier nous ont été très utiles. Ils ont certainement influencé monsieur Menier dans sa décision d'acheter l'île. Puisque vous êtes en quelque sorte prisonnier de cette ville, ce qui, il faut l'avouer, n'est certes pas une très grave punition, je suis persuadé que vous aimeriez occuper votre temps à quelque chose d'utile. Je crois que monsieur Comettant, en qui vous pouvez avoir une totale confiance, serait tout comme moi heureux de compter sur vos connaissances d'Anticosti pour nous seconder dans la préparation de notre arrivée là-bas. Que diriez-vous de vous joindre à nous avec l'avantage de toucher un salaire fort intéressant ?

Wilfrid ne s'attendait pas à cette offre.

— Vous me voyez très honoré que vous vous intéressiez à mes services, mais vous me prenez réellement de court.

Monsieur Comettant, moins direct que monsieur Zédé et plus sensible au trouble de Wilfrid, intervint :

— Nous comprenons, monsieur Cormier. Sentez-vous bien à l'aise d'y réfléchir.

Le directeur insista et mit un peu de pression :

— Ne prenez cependant pas trop de temps, car la place pourrait fort bien être bientôt prise. Disons que nous attendrons votre réponse jusqu'à demain midi. Tenez ! Venez donc nous rejoindre à la salle à manger du Château. Il nous fera plaisir de vous y accueillir et d'autant plus si votre réponse est positive.

Le lendemain, Wilfrid s'engageait au service de cet homme tout occupé à jeter sur papier les bases d'une réglementation des plus sévères pour la gouvernance d'Anticosti.

Ce monsieur Zédé, Wilfrid l'apprendrait plus tard, était issu d'une famille d'ingénieurs. Lui-même avocat, il avait fait de nombreux voyages à travers l'Europe et avait rencontré au hasard d'un de ceux-ci Henri Menier, le grand chocolatier. Il était devenu son ami et son homme de confiance, à tel point qu'en cette année 1895, c'était à lui que le multimillionnaire confiait la tâche de développer l'île d'Anticosti dont il désirait faire, en quelque sorte, son terrain de jeu. Ce dernier voulait y inviter ses amis et tous ceux qui, par leur influence, l'aideraient à réaliser son rêve : coloniser et exploiter à fond Anticosti pour la transformer en milieu de vie idéal où il aurait tous les pouvoirs et tout le loisir de contrôler l'avenir.

Chapitre 4

L'avenir

Comme le lui avait laissé entendre le directeur, Wilfrid ne perdrait plus son temps à Québec. Messieurs Zédé et Comettant y avaient beaucoup à faire. Ils couraient d'un côté et de l'autre afin de s'assurer que tout le matériel nécessaire au développement d'Anticosti puisse être acheminé à temps sur l'île dès l'ouverture de la navigation. Monsieur Zédé dévoila au gardien la liste des projets à réaliser. Quand il en prit connaissance, le pauvre Wilfrid n'en crut pas ses yeux.

Il était d'abord question, et ça allait de soi, de bâtir une maison pour l'administration qui serait la demeure de l'assistant-directeur quand monsieur Zédé, le directeur, serait absent, notamment tout l'hiver, car il comptait retourner en France pour cette période de six mois. Wilfrid commença à comprendre dans quelle galère il venait de s'embarquer. Comment allait-il pouvoir commander ses amis et les contraindre à suivre les règlements dont monsieur Zédé avait commencé à lui parler ? Wilfrid poussa un soupir et continua sa lecture.

On allait aussi construire des bureaux pour la comptabilité et un entrepôt.

Lorsqu'il lut ce qui suivait, il imagina ce qui allait se passer sur l'île. Le nouveau propriétaire avait décidé d'être le seul approvisionneur et commerçant d'Anticosti. Un magasin serait construit pour la vente au comptant des marchandises nécessaires à la subsistance. « Se pourrait-il, se demanda Wilfrid, que les commerçants qui viennent sur l'île vendre toutes sortes d'effets depuis des années se voient fermer l'accès à Anticosti ? »

Wilfrid se frotta les yeux. Il ne pouvait pas croire que les choses allaient se passer ainsi. Il parcourut rapidement la suite. L'île aurait un atelier mécanique, un hôpital, une ferme avec la maison du fermier qui serait assez grande pour loger les ouvriers et dont les dépendances compteraient des écuries, des étables, une bergerie, une porcherie, une vacherie, sans compter une beurrerie, un silo, un hangar, une grange et un poulailler. Il y aurait aussi un hôtel, une école pouvant recevoir deux cents élèves, des caveaux d'hivernage des légumes, un bureau de poste, de télégraphe et de téléphone, une scierie, des écuries, des selleries et des remises pour les services de l'administration, un abattoir, une boucherie et une boulangerie. L'école servirait de chapelle et de sacristie en attendant qu'on les construise.

Quand il eut terminé sa lecture, Wilfrid demanda naïvement :

— Combien d'années comptez-vous prendre pour bâtir tout ça ?

Le directeur le dévisagea, se demandant s'il parlait sérieusement.

— Mais, mon ami, tout sera complété cette année !

N'en croyant pas ses oreilles, Wilfrid prit des notes pour ne rien oublier et le soir même, après s'être rendu au bureau du télégraphe, il expédia à Laurent la liste de ce qui serait construit à Anticosti au cours de l'été. Il se garda bien, toutefois, de mentionner que désormais tout ce qui se vendrait sur l'île le serait par l'entremise du nouveau propriétaire.

Quand Laurent eut terminé d'écrire le contenu de la dépêche, il la relut et alla trouver Jeanne sans plus tarder.

— Regarde ce que mon père vient de me faire parvenir de Québec.

Elle en prit connaissance puis s'exclama :

— Ouf ! Penses-tu vraiment que tout ça sera construit cette année ?

— Mon père l'affirme.

— Qu'est-ce que vont en penser les gens ?

— Ils ne voudront pas le croire.

— Et toi, as-tu vraiment l'impression que c'est possible ?

— Tu connais mon père, il est la prudence même. S'il le dit, il faut bien que ce soit vrai. Le nouvel acheteur est sérieux et mon père ne peut pas être mieux placé pour le savoir puisqu'il travaille avec le directeur et le gouverneur.

— Que vas-tu faire ?

— Mon devoir. Il faut que les gens l'apprennent, parce que si le nouveau propriétaire est capable de faire ça en un été, imagine tout ce qu'il pourra réaliser ensuite ! Cet homme est très riche et quand un millionnaire a une idée dans la tête…

Laurent se rendit à l'Anse-aux-Fraises. Il tenait à ce que tout le monde soit informé de ce qui se préparait. Il leur dévoila les dernières nouvelles, soulignant le fait que le nouveau propriétaire semblait bien décidé à tout mettre sur pied dès le printemps venu. Il obtint la réaction à laquelle il s'attendait. Les plus vieux surtout ne croyaient pas qu'un tel projet puisse se réaliser.

— Ils rêvent comme des enfants, lança Wilbrod Béliveau. Construire un village en un été ! Savez-vous combien il a fallu d'années pour que la Pointe-aux-Esquimaux commence à ressembler à un village ?

— Quinze ans, affirma Elphège Latour. J'étais là au début. On est arrivés, trois familles ensemble des Îles-de-la-Madeleine. On a commencé à bâtir nos maisons.

Puis, il y en a d'autres qui sont venus dans les années suivantes. Une église a été construite. On avait cinq bateaux pour la pêche et on mettait toutes nos prises ensemble pour les vendre à Québec. Un village, ça se fait pas en disant ouf !

Laurent calma le jeu :

— Pensez-en ce que vous voudrez, moi je vous dis seulement ce que j'ai appris. Et jusqu'à présent, le nouveau propriétaire a tenu parole.

Il y eut une réaction similaire à Baie-des-Anglais. On traita le gardien de naïf.

— Un village complet en quelques mois ! entendait-on. Il y en a qui nous prennent pour des sans-génie…

Laurent en avait assez de se faire bien malgré lui le porte-parole du nouveau propriétaire. Il avait hâte que le printemps arrive pour voir si tout cela se réaliserait vraiment. Lui-même en doutait un peu. Mais connaissant son père, s'il n'y avait pas cru, il ne lui en aurait même pas parlé.

L'avenir de l'île allait bientôt se jouer. Comment chacun s'en sortirait-il ? Cette question, il le savait, allait lui trotter dans la tête jusqu'à l'apparition des premiers navires. « Maintenant, se dit-il, les gens en savent suffisamment. Si j'apprends quoi que ce soit de nouveau, je ne leur en parlerai pas. Ils verront bien comme moi. »

Chapitre 5

Les nouveaux maîtres

En ce début du printemps, tout Anticosti attendait l'arrivée des maîtres des lieux. Les informations étaient parvenues par bribes tout au long des semaines précédentes. Cette fois, il n'y avait plus de doute, le nouveau propriétaire prenait son acquisition à cœur. Non seulement avait-il l'intention d'ériger un village avec tous les services requis, mais il voulait d'abord et avant tout faire construire un quai afin de rendre l'accès à l'île plus facile. Les habitants de l'île demeuraient tout aussi inquiets pour leur avenir et, tant à Baie-des-Anglais qu'à l'Anse-aux-Fraises, chacun s'interrogeait sur ce qui lui pendait réellement au bout du nez.

On avait appris que durant leur première expédition, les représentants de Menier avaient négocié l'achat des terres de ceux qui résidaient sur l'île depuis plus de trente ans. Ils n'avaient pas eu de difficultés avec le bonhomme Allison. Ce vieillard âgé de quatre-vingt-dix ans n'attendait qu'un acheteur valable pour déguerpir. Ils lui avaient offert deux cents dollars pour sa maison et son jardin, et le vieil homme s'en était vanté à tout le monde. Les futurs acheteurs désiraient aussi acquérir la propriété de monsieur Bradley, le télégraphiste du gouvernement, et ils lui offraient la somme de six cents dollars pour le terrain et la maison.

Par contre, aux dires de Grace Pope, la télégraphiste de la lumière du Sud-Ouest, ils avaient été reçus avec une brique et un fanal par ses amis de Fox Bay. Le bonhomme Baker leur en avait fait voir de toutes les couleurs, les envoyant promener même s'ils étaient accompagnés d'un policier. Baker l'avait bravé en soupesant d'une main sa matraque et avait eu le front de dire: «C'est trop léger pour moi et trop lourd pour toi.» Il ne voulait rien savoir de vendre sa propriété, pas plus que les autres habitants de l'endroit, d'ailleurs.

Ces démarches s'avéraient inquiétantes. Ce monsieur Menier semblait vouloir acquérir l'île entière pour lui seul.

Tout le long des mois d'hiver, les gens s'étaient sentis menacés comme les passagers d'un navire pris dans une grosse tempête. Le naufrage était-il proche?

Quand Laurent leur apprit que les Setter, à qui appartenait Baie-Ellis, avaient tout vendu pour six mille dollars avant même de savoir qui était le nouveau propriétaire de l'île, tous reconnurent que l'acheteur était un fin renard. Les Setter avaient beau se démener et lui intenter un procès afin d'obtenir davantage pour leurs emplacements, il s'avérait être trop tard pour le faire.

Tout ce beau monde priait pour que rien ne se passe, jusqu'au jour où apparut, au large de Baie-des-Anglais, un vapeur nommé le *Savoy*. Des dizaines et des dizaines d'ouvriers en descendirent, suivis de monsieur Comettant et sa famille, accompagnés par nul autre que Wilfrid qui ne tarda pas à gagner le phare. Il fut accueilli en grandes pompes à la maison. Après les salutations, Laurent lui dit :

— P'pa, nous sommes très heureux de vous savoir enfin parmi nous.

— Anticosti et vous tous surtout m'avez manqué.

— Ça nous fait tout drôle de vous voir revenir seul, alors que vous êtes parti avec maman…

— Mais je ne suis pas revenu seul, parce que sur le navire, il y a le cercueil de votre mère. J'ai tenu à ce qu'elle soit enterrée ici.

À cette évocation, ils se turent. Le silence était si lourd qu'on entendait les cris des goélands dehors. Au bout d'un moment, Laurent murmura :

— Dès demain, je verrai à creuser sa fosse.

— Tu veux le faire dans le lot familial ? Je pense qu'elle mériterait de trouver place au cimetière de l'Anse-aux-Fraises.

— Qui vous dit, p'pa, que ce cimetière sera encore là l'an prochain ?

Wilfrid ne s'attendait visiblement pas à cette question. Il devint songeur et mit du temps à répondre :

— Il est vrai qu'avec tous les changements à venir, on ne peut pas savoir ce qu'il restera de l'Anse-aux-Fraises d'ici un an ou deux.

Il ne voulut pas s'attarder sur le sujet. Bien malgré lui, il avait eu un sursaut en apercevant Claire à la maison du phare. Il demanda :

— Où se trouve Ernest ?

— À la chasse ! Il devrait être de retour d'ici quelques jours.

— Comment ça va ici ?

— Aussi bien que nous pouvons le souhaiter, affirma Laurent. J'ai allumé le phare au jour prévu. J'attends qu'il fasse un peu plus chaud pour peinturer la tour, la maison et les autres bâtiments. Nous avons eu une année exceptionnelle : aucun naufrage à l'île.

— As-tu bien reçu tout ce que nous avions commandé à l'automne ?

— Non, il manquait certains outils et ce qui nous arrive des îles : du gin, de la cassonade et de la mélasse.

— Peut-être qu'on devra s'en passer cette année…

— En quel honneur ?

— Le nouveau propriétaire a ses exigences. Nous verrons ça bientôt. Monsieur Comettant, le gouverneur, veut d'abord se donner le temps de s'installer avec sa famille et de voir à ce que les travaux se déroulent rondement, après quoi il rassemblera tous les habitants pour leur faire part des réglementations qui seront désormais en vigueur à Anticosti.

— Que deviendront nos amis de l'Anse et de la Baie ?

— Tu vas l'apprendre en même temps que tout le monde.

La réponse de son père avait le mérite d'être claire. Laurent n'insista pas.

— J'ai hâte que tu fasses connaissance avec le nouveau gouverneur, avança Wilfrid. Il n'y a pas de comparaison avec monsieur Robinson. Monsieur Comettant est un homme exceptionnel. Il a quatre filles très jolies et son épouse est tout à fait charmante. C'est un excellent marchand et surtout un meneur d'hommes hors pair. Figure-toi qu'en plus, il est très bon musicien. Il compose même ! Il a promis de former un orchestre et de donner des concerts sur l'île ! Ce sera un homme précieux pour nous. J'ai eu l'occasion de travailler avec lui et il est devenu un véritable ami.

— Vous travaillez pour lui ?

— Je ne vous l'ai pas télégraphié. Je voulais vous l'apprendre de vive voix. Je suis le nouvel assistant-directeur d'Anticosti.

Laurent ne sut pas trop comment réagir en apprenant la chose. Il finit par lâcher :

— Oh ! Une pareille nouvelle mérite une célébration.

Jeanne n'avait pas attendu. Elle s'était précipitée à la cuisine et revenait avec des verres et du gin. À la surprise de tout le monde, Wilfrid ne voulut pas toucher à la boisson. Il se contenta de dire :

— On peut tout aussi bien célébrer avec un verre d'eau.

L'étonnement passé, il changea de sujet :

— En attendant que la maison de l'administration soit construite, je vais travailler à la Baie. Demain, je devrai y aller avec Oliver. Mais monsieur Comettant a promis qu'il me fournirait un cheval.

Le lendemain, au petit jour, Wilfrid partit avec cheval et charrette. En le voyant s'éloigner, Jeanne déplora :

— Ton père n'est plus le même. À peine s'est-il intéressé au phare. Il semble vraiment avoir la tête ailleurs.

— Son séjour à Québec l'a transformé. Ajoute à ça la mort de ma mère et la vente d'Anticosti, et nous ne sommes plus en présence du même homme. D'autant plus qu'il a accepté de travailler pour les nouveaux patrons.

— Il reviendra ici uniquement pour dormir et encore, tant qu'il ne pourra pas le faire là-bas.

Laurent resta songeur. En un sens, il préférait qu'il en soit ainsi. Il pourrait continuer à voir à la bonne marche du phare comme il l'entendait. Se souvenant de sa promesse de la veille, il sortit, monta au phare éteindre la lumière et en redescendit sans tarder. Il se dirigea vers le hangar, s'empara d'une pelle et s'en alla droit à l'enclos du cimetière familial. Là, après s'être assuré de l'espace suffisant, il se mit à creuser la fosse où reposerait sa mère.

Le soir même, quand il revint de la Baie, Wilfrid rapporta dans la charrette le cercueil de Rose.

— Demain, annonça-t-il, monsieur le curé va venir avant le souper pour bénir la tombe. Nous pourrons ensuite y mettre le cercueil. Rose va reposer non loin de mon père et de ma mère. Elle sera en bonne compagnie. Je m'en serais voulu de la laisser seule au cimetière de Québec. Elle a passé le plus clair de sa vie à Anticosti, c'est ici qu'elle doit trouver son dernier repos.

Comme prévu, le curé se présenta le lendemain, avant le souper. Laurent avait transporté le cercueil près de la fosse. À l'aide de câbles, Wilfrid et lui le firent descendre après que le curé y eut jeté quelques gouttes d'eau bénite.

Quand ils eurent fini de souper, Laurent combla la fosse. Jeanne y planta une croix de bois sur laquelle Laurent avait inscrit à la peinture blanche : Rose Vigneau 1844-1895.

— Maintenant, soupira-t-il, il va falloir demander à Eusèbe de nous graver une pierre tombale.

Chapitre 6

Les règlements

Le gouverneur Comettant se trouvait à l'île depuis moins d'une semaine lorsqu'il convoqua tous les habitants à une réunion à Baie-des-Anglais. Ses ouvriers firent place nette dans un des entrepôts déjà construits et l'assemblée eut lieu à cet endroit. S'il espérait voir tous les habitants d'Anticosti se présenter à cette rencontre, il fut quelque peu déçu, car certains récalcitrants ne voulurent rien savoir tandis que d'autres furent empêchés de venir, leur travail les ayant conduits loin de l'île, et cela dès qu'ils avaient pu se rendre sur la côte. Ernest, en pleine chasse, était du nombre.

Pour cette assemblée importante, le gouverneur se fit seconder par Wilfrid et en guise de garde du corps en cas de chahut, quelques ouvriers particulièrement bien charpentés l'avaient accompagné. Il avait également pris la précaution de faire venir le curé qui s'adressa le premier aux habitants en les exhortant à agir en bons chrétiens et de se rappeler qu'ils n'étaient pas véritablement chez eux, puisqu'ils n'étaient que locataires des emplacements où ils avaient érigé leur maison.

Le gouverneur prit alors la parole :

— Mes amis, je vous remercie d'être venus si nombreux à cette soirée importante. Vous le savez, quand il y a changement de propriétaire, il faut également s'attendre à ce que les règles du jeu changent. Car un propriétaire est bien libre d'exiger de ceux qui vivent sur ses terres qu'ils suivent à la lettre les lois qu'il établit. Si nous vous avons réunis ce soir, c'est précisément pour vous communiquer les exigences de monsieur Menier. C'est un homme compréhensif qui, malgré le fait que l'île entière lui appartienne, veut bien accepter d'accommoder ceux qui l'habitaient déjà avant qu'il ne l'achète.

Un homme se leva et lança d'une voix impatiente :

— Vas-y pendant qu'on t'écoute !

Le gouverneur, impassible, poursuivit :

— Par ma position, je dois vous faire part des règlements qui vont désormais prévaloir sur l'île. Sachez que monsieur Menier est totalement dans son droit en agissant comme il le fait. Peut-être ne serez-vous pas d'accord avec ce que vous allez entendre, cependant vous devrez obéir ou partir.

Des murmures s'élevèrent dans l'assistance. On commençait déjà à grogner. Monsieur Comettant, voulant se servir de l'ascendant de Wilfrid sur ces gens qu'il connaissait depuis tant d'années, lui demanda de dire quelques mots. Wilfrid se serait bien passé de le faire, mais il n'avait pas le choix. Il se leva.

— Vous me connaissez tous aussi bien que moi je vous connais. Je peux vous garantir que les offres qui vont vous être faites sont les meilleures dans les circonstances. Certains propriétaires vous auraient expulsés de l'île sans autre forme de procès, et ils auraient été dans leurs droits. Ce n'est pas ce que monsieur Menier s'apprête à faire. Je vous prie donc de bien écouter monsieur Comettant, car je suis persuadé que ce que vous allez entendre devrait satisfaire la majorité d'entre vous.

Il y eut de nouveau des murmures, puis monsieur le gouverneur reprit la parole :

— L'île est désormais la propriété privée de monsieur Henri Menier. Personne ne pourra y débarquer ni y résider sans son autorisation. En conséquence, toute personne voulant vivre sur l'île devra avoir signé un bail. La pêche et la chasse seront réservées exclusivement au propriétaire et à ses invités. Vous ne pourrez pêcher ni chasser sur l'île sans sa permission.

Monsieur Comettant avait à peine terminé sa phrase qu'une grande agitation s'empara de l'auditoire. Plusieurs laissèrent échapper des protestations et certains se levèrent pour partir. Wilfrid dut de nouveau intervenir.

— Attendez au moins d'entendre la suite ! Il y a des désavantages, mais aussi des avantages. Restez !

Ceux qui s'apprêtaient à partir retournèrent s'asseoir. Monsieur Comettant continua sa lecture :

— Toutes les embarcations des habitants devront avoir un numéro d'ordre sur leur étrave. On ne tolérera pas d'embarcations sans numéro d'ordre. Le commerce et l'industrie seront réservés exclusivement à l'administration qui seule aura le droit de vendre et d'acheter ce qui est nécessaire pour elle et pour les habitants autorisés à résider sur l'île. En conséquence, on ne pourra plus importer à Anticosti ni exporter des marchandises comestibles, boissons, semences, plantes, bestiaux, chiens ou animaux quelconques. L'usage des boissons fermentées, des spiritueux, de l'alcool et des armes à feu sera sévèrement prohibé.

De nouveau, des gens se levèrent au milieu de fortes protestations et, cette fois, ils quittèrent les lieux en maugréant. L'un d'eux s'écria :

— Y en a pas un maudit qui va m'empêcher de boire ce que je veux et quand ça me tentera.

Plusieurs applaudirent ses propos. Quand l'ordre fut rétabli, le gouverneur termina :

— Toute naissance, tout mariage et tout décès devront être enregistrés par l'administration. On n'acceptera aucun manque de propreté en dedans et en dehors des maisons. Toute personne entrant sur l'île devra être examinée et vaccinée par le médecin. Il sera défendu d'allumer des feux à quelque endroit sur l'île.

Le gouverneur en était là de ses propos, et un silence de mort régnait dans la salle, quand le vieux Boniface de Baie-des-Anglais demanda :

— On va t'y avoir encore le droit de chier ?

Sa question eut l'effet d'une bombe. Elle déclencha les rires de certains et la désapprobation d'autres. Wilfrid dut se lever pour calmer le jeu :

— Attendez ! cria-t-il. Attendez ! Monsieur Comettant est précisément ici pour mettre les choses au clair. Si vous n'écoutez pas, ne venez pas dire ensuite que vous n'étiez pas au courant.

Il avait beau hausser le ton, plus personne n'était attentif. Il se rassit et laissa passer l'orage. Si le coup de tonnerre du vieux Boniface l'avait déclenché, les silences de Wilfrid et du gouverneur l'apaisèrent. De nouveau, Wilfrid éleva la voix :

— Avant de vous faire une idée, écoutez au moins le beau côté des choses.

Son intervention calma la majorité des auditeurs, mais certains, comme Pit Boudreau et Maxime Richard, de même que Boniface et son fils Horace, ainsi que le marchand Leblanc se levèrent et sortirent en protestant à haute voix.

— Si vous pensez, tabaslak, nous enlever notre liberté, vous repasserez et on vous recevra avec nos fusils ! s'indigna l'un d'eux.

Leur départ, suivi de murmures, marqua une pause dont Wilfrid profita pour rappeler :

— Vous avez choisi de rester et vous avez bien agi, parce que maintenant, vous allez apprendre tous les avantages que vous aurez de demeurer à l'île.

Les esprits s'étant quelque peu calmés, le gouverneur jugea le moment propice pour continuer sa harangue.

— Mes amis, nous sommes conscients de vous demander là quelque chose de difficile, mais il y a toujours deux côtés à une médaille, et voici l'autre. Vous serez logés gratuitement et vous n'aurez rien à débourser pour les services publics, la voirie, l'aqueduc, les égouts ou tout autre développement de l'île. Vous ne payerez aucun impôt. Les édifices publics comme l'école, l'église, la salle paroissiale seront construits aux frais du propriétaire. C'est monsieur Menier qui payera les salaires du curé, et de l'institutrice ou de l'instituteur. Le bois de chauffage vous sera fourni gratuitement. Vous n'aurez pas à débourser un sou pour les soins du médecin, les médicaments et les soins hospitaliers pour vous et votre famille. Vos enfants pourront fréquenter l'école sans frais et vous n'aurez rien à dépenser pour leurs manuels. Vous pourrez également assister à des spectacles gratuits. Tout cela, à condition que vous acceptiez de travailler exclusivement pour le compte de l'administration de l'île. Pour votre travail, vous recevrez un salaire convenable qui vous permettra de bien vous nourrir et de bien vous vêtir.

Le gouverneur se tut. Cette fois, les réactions furent plus modérées. Eudore Bouchard demanda :

— Nous avons combien de temps pour nous décider ?

— Deux semaines afin que vous puissiez organiser votre départ le cas échéant.

À la grande surprise de Wilfrid et du gouverneur, il n'y eut pas d'autres questions. Les gens semblaient avoir saisi l'essentiel. Le gouverneur ajouta :

— Nous demeurons à votre disposition en tout temps, si vous désirez avoir des précisions.

La séance fut levée sur ces mots. Laurent, Jeanne et Claire avaient assisté à la réunion, laissant le soin à Julienne, la jeune servante sourde que Laurent venait d'embaucher, de prendre soin des petits. Sur le chemin du retour, Jeanne, que tout cela semblait avoir beaucoup impressionnée, demanda à Laurent ce qu'il en pensait.

— J'ai beaucoup de mal à digérer ce que je viens d'entendre. Je pense que l'interdiction d'avoir de la boisson sera difficile à avaler, c'est le cas de le dire, de même que l'obligation de se rapporter à l'administration chaque fois qu'on devra quitter l'île. Les gens d'ici sont habitués à leur liberté. Par contre, tout n'est pas mauvais dans ces règlements.

— Qu'entends-tu par là ?

— On ne peut pas se désoler de voir enfin l'île se développer. Il faut bien admettre qu'Anticosti en avait besoin. Mais c'est la manière de faire qui me fatigue. Parmi tous ceux qui habitent l'île depuis tant d'années, personne n'a pu dire un mot. Je trouve brutale la façon dont tout ça leur a été annoncé et ce qui me désole le plus, c'est que mon père, en qui tout le monde avait confiance, était là en avant pour leur apprendre la mauvaise nouvelle. J'ai bien peur que beaucoup de ses anciens amis lui tournent le dos. Il est évident que ce monsieur Comettant s'est servi de lui pour mieux faire avaler la pilule.

Claire, qui écoutait sans dire un mot, s'écria soudain :

— C'est bien beau, mais ça ne me dit pas ce que nous allons devenir !

Le cri de Claire ébranla Laurent. C'était un homme sensible au sort des autres. Il répondit avec beaucoup de sollicitude :

— Ne sois pas inquiète. Nous ne tarderons pas à le savoir. C'est certain qu'Ernest ne voudra jamais se plier à une telle réglementation. Il va rouspéter quand il en entendra parler. Vous pouvez venir vivre avec nous, la maison est grande en masse, mais il ne faut pas compter sur mon père pour être du même avis. Déjà qu'il n'approuvait guère les faits et gestes d'Ernest, imagine ce que ce sera maintenant qu'il travaille pour le nouveau propriétaire ! Il y a du monde qui va rester, mais il faut s'attendre à en voir partir plusieurs. Mais quoi qu'il arrive, ma petite belle-sœur, je veux que tu saches que je ne vous laisserai jamais tomber.

Chapitre 7

Le retour d'Ernest

Le printemps reprenait ses droits sur l'île. La neige disparaissait à vue d'œil. Le fond de l'air demeurait cependant frisquet, rappelant que l'hiver n'avait pas totalement disparu. Claire espérait le retour d'Ernest avec de plus en plus d'impatience et d'appréhension. Ignorant tout de ce qui venait de se passer, comment allait-il réagir ? Laurent tenta de l'apaiser :

— Nous ne devrions pas tarder à lui revoir la binette. Je ne serais pas étonné de le voir apparaître aujourd'hui ou demain, puisqu'il devrait être déjà de retour. Je me demande bien s'il a fait bonne chasse. Il va arrêter ici avant de se rendre à la Baie.

— Ça va de soi. Il sait que nous sommes là, Alfred et moi. Il va certainement nous emmener avec lui.

Laurent se leva. Il semblait songeur. Pour chasser l'humidité, il avait fait un feu. On entendait les bûches crépiter dans le foyer. Saisissant une éclisse de bois, il l'enflamma et s'en servit pour allumer sa pipe. Il fit encore les cent pas pendant que Jeanne, tout comme Claire, se taisait. Puis il murmura :

— Je me demande s'il voudra m'écouter.

— À quel sujet ?

— Quelque chose me dit qu'il ne devrait pas apporter les fruits de sa chasse à la Baie.

— Pourquoi donc ?

— Ça risque d'être mal vu. Il va se faire poser des questions par les hommes de Menier. Avec sa longue barbe et son teint d'Indien, il ne pourra pas mentir. Tout le monde saura qu'il revient d'un voyage de chasse. Ils vont vouloir voir les peaux. Si je me fie à la façon de procéder de ce Menier, il va sans doute exiger qu'Ernest les lui vende pour un montant ridicule. Le mieux pour lui serait qu'il laisse ses peaux ici afin de pouvoir en tirer un meilleur prix plus tard.

Comme pour se persuader elle-même, Claire avança :

— Ernest devrait comprendre ça.

— Je n'en suis pas si certain. Il se peut fort bien qu'il veuille faire à sa tête. C'est mon frère, je le connais.

Laurent avait vu juste, car le lendemain en milieu d'après-midi, Ernest entrait à la maison du phare. Claire courut au-devant de lui. Elle voulut l'embrasser. Il la repoussa doucement.

— Pas avant que je me sois lavé. Je me sens sale comme un cochon.

Laurent le taquina :

— Tiens, tiens ! Voilà du nouveau, mon p'tit frère qui demande à se laver.

Jeanne passa à la cuisine faire chauffer de l'eau. Avant de préparer la grande cuvette servant de baignoire, Claire s'approcha de nouveau d'Ernest.

— Si je ne peux pas te toucher, je peux au moins te parler et te montrer notre fils.

Elle lui tendit l'enfant qu'elle tenait dans ses bras.

— Regarde, dit-elle au bébé, c'est ton père.

Le petit fit la lippe et se mit à pleurer. Pour détendre l'atmosphère, Laurent s'exclama :

— Ma parole ! Il a peur des ours !

Sa réflexion amena un sourire sur tous les visages. Claire demanda :

— Quelle sorte d'hiver as-tu passé ?

— Excellent ! De bonnes chasses, pas de *bad luck*, un campe numéro un, des pêches miraculeuses sous la glace, un chien sans pareil, des lignes de trappe fantastiques et bien indiquées pour l'hiver prochain. Quoi demander de plus ?

— La possibilité d'y retourner, insinua Laurent.

— Comment ça, la possibilité d'y retourner ?

— Il a coulé beaucoup d'eau dans le fleuve depuis ton départ. Il y a pas mal de choses dont nous avons à te parler.

Pendant que Laurent s'adressait à lui, Ernest passa à la cuisine et se prépara à entrer dans la cuve. Laurent l'interpella :

— Es-tu bien assis dans ton bain ?

— Pas encore.

Il patienta une minute avant d'aller retrouver son frère.

— Maintenant, écoute-moi bien. D'abord, tu auras sans doute remarqué que nous sommes seuls ici.

— P'pa et m'man sont pas là ?

— M'man ne sera plus jamais là.

Il se fit un long silence. Sous sa crasse, Ernest avait pâli. Au bout d'un moment, il marmonna :

— Est morte ?

— Pendant que tu étais là-bas. P'pa a passé l'hiver à Québec. Il travaille maintenant pour le nouveau propriétaire de l'île.

Ces nouvelles semblèrent assommer Ernest qui s'enfonça dans sa baignoire pour qu'on ne le voie pas pleurer. Laurent respecta sa douleur. Puis, au bout d'un moment, il poursuivit :

— Le nouveau propriétaire a posé ses conditions aux habitants de l'île. Ceux qui voudront y demeurer devront travailler à salaire et uniquement pour lui. Plus le droit de pêcher, sauf pour la consommation personnelle, ni de chasser, plus le droit d'avoir un fusil, plus de boisson et obligation de leur céder les maisons vides.

À ces mots, Ernest réagit vivement :

— Qu'est-ce que tu dis là ?

— Tu as bien entendu. D'après moi, tu ne pourras plus vivre dans la maison de Lorraine et Bill.

— Comment ça ?

— Elle ne t'appartient pas. Les hommes de Menier se sont emparés des maisons vides. Ils y logent leurs ouvriers. Je n'ai pas été voir, mais je pense bien que celle de Lorraine et Bill est déjà occupée.

— Et nos affaires, à Claire et moi ?

— Si tu veux, nous irons les chercher ensemble.

— Ça se passera pas d'même.

— Ah, non ?

— Je vais me rendre là-bas et mettre ces ouvriers à la porte.

— Comment t'y prendras-tu ?

— Tout le monde recule devant un fusil.

— Bon. Écoute-moi attentivement. Ça serait la pire chose à faire.

— Comment ça ?

— Les hommes de Menier vont te mettre en prison sur l'île en attendant de t'expédier à Québec pour un procès et de nouveau en prison.

— J'aimerais bien voir ça !

— Crois-moi ! Si jamais tu espères encore pouvoir chasser, pêcher et vivre à Anticosti comme tu l'entends, tu es mieux de ne pas te faire voir là-bas. Si tu arrives avec tes peaux de martre et de loutre, ils vont t'arrêter sur-le-champ. Tu auras beau dire que tu ignorais que tu ne pouvais pas chasser, ils t'accuseront de braconnage. En allant les défier, tu vas anéantir toutes tes chances.

Ces dernières paroles firent réfléchir Ernest. Au bout d'un moment, Laurent ajouta :

— J'ai une proposition à te faire.

— Laquelle ?

— J'ai besoin d'un aide. Tu me secondes et tu demeures ici avec Claire et Alfred. Comme ça, tu prends le temps de voir venir avant de décider quoi que ce soit.

— Personne ne va m'empêcher de chasser et de pêcher. On ne m'enlèvera pas ma liberté.

— Parfait ! Les hommes de Menier ne te connaissent pas. Ils ignorent que tu habitais dans la maison de Lorraine et Bill, et que tu as passé l'hiver à la chasse. Le mieux pour toi est de te faire oublier. À leurs yeux, tu seras mon aide et tu habiteras ici. Le terrain et le phare ne leur appartiennent pas. En conséquence, ils ne pourront pas venir voir si nous avons des fusils. Si, ensuite, tu veux pêcher et chasser malgré l'interdiction, ça sera ta décision et ce n'est pas moi qui t'en empêcherai.

Ernest avait écouté Laurent sans rouspéter. Il se contenta de se renseigner :

— P'pa n'habite pas ici ?

— Il couche à Baie-des-Anglais en attendant d'y avoir sa maison. Le nouveau propriétaire fait les choses en grand et tu peux être certain que dans quelques mois, nous ne reconnaîtrons plus la place.

— C'est là qu'ils s'installent ?

— Oui. Ils vont en faire un gros village, et pas plus tard que cette année.

Ernest en avait assez entendu. Il s'était calmé.

— Avant toute chose, je vais étudier comme il faut les règlements de ce Menier. Après, je déciderai.

— C'est ton droit, approuva Laurent. Maintenant, dépêche-toi de te décrasser, j'en connais deux qui ont bien hâte de t'embrasser et un autre qui ne devrait plus brailler en te voyant. Ensuite, on va toujours bien prendre un verre pour célébrer ton retour.

Chapitre 8

Des changements

Anticosti se transforma en quelques mois, tel un papillon sortant de son cocon. Jusque-là, le voyageur foulant son sol pour la première fois avait l'impression de se retrouver sur une terre mystérieuse défendue par de dangereux récifs. Les marins craignaient plus que tout cette ogresse qui ne se privait pas pour avaler chaque année sa part d'embarcations. Avec ses lacs, ses rivières à l'eau claire, et ses rochers empilés les uns sur les autres comme des assiettes et s'avançant dans la mer pour former ce que les gens de l'île appelaient le *reef*, Anticosti éblouissait l'étranger qui se risquait à en faire le tour. Au gré des marées, ses récifs devenaient le garde-manger des goélands et des oiseaux de rivage. L'île cachait dans ses anses des centaines de canards, et dans ses forêts toutes sortes de bêtes sauvages. Striée de rivières poissonneuses, Anticosti était un grand sanctuaire inexploité.

Monsieur Menier avait décidé qu'Anticosti deviendrait son terrain de jeu où chaque été, au gré de ses fantaisies, il pourrait venir prendre un repos bien mérité. Il n'hésita pas à puiser dans son bas de laine les sommes nécessaires pour faire de cette île le rêve de sa vie. Quand il arriva à bord de son yacht le *Velléda* au début du mois de juin, Anticosti ne montrait déjà plus le même visage qu'au moment où il l'avait achetée, quelques mois auparavant. Durant ce temps, tous les édifices qui ne figuraient que sur papier avaient été construits. Pour peu qu'on regardât à partir de la mer ce qu'était devenue Baie-des-Anglais, on y admirait du côté droit la maison de l'administrateur, les bureaux de la comptabilité, l'école et la maison du directeur. À gauche s'élevaient le magasin, l'hôtel-restaurant et l'entrepôt derrière lesquels se trouvaient la boulangerie et l'abattoir, tandis que s'étendait droit devant un terrain vague prêt à accueillir la future église. En s'étirant vers le sud, la route longeait les maisons des employés. Chacune avait un jardin clos par un treillage peint en blanc, tout comme un hangar attenant à la maison. Huit cents pieds plus loin se dressaient fièrement, sur une butte, la maison de ferme et ses dépendances comprenant une étable dans laquelle on comptait quelques dizaines de vaches laitières dont on n'avait pas à se plaindre, et l'écurie pour les chevaux. Derrière tout cela, une porcherie abritait déjà des dizaines de porcs et de porcelets. Et tout près caquetaient un grand nombre de poules qui ne manquaient pas de fournir tous ces gens en œufs et en viande.

En deux mois seulement, Anticosti avait changé tout à fait de visage. Laurent suivait de près la progression des travaux, tout comme Jeanne et Claire. Les habitants de Baie-des-Anglais, qui avaient accepté de se plier aux exigences du propriétaire, voyaient grandir sous leurs yeux le rêve insensé de Menier. Ils étaient bien obligés d'admettre que cet homme savait où il allait et qu'il n'avait pas fait des promesses en l'air. Lorsqu'ils virent arriver Menier avec son acolyte, ce Georges Martin-Zédé que l'on craignait déjà sans même avoir eu l'occasion de lui parler, tous surent que leur sort était scellé. Leur première surprise fut d'apprendre que le nom de Baie-des-Anglais était désormais remplacé par celui de Baie-Sainte-Claire en l'honneur de la mère du propriétaire. La seconde surprise, ils l'eurent le 1er juin, quand se déroula la plus grandiose procession de la Fête-Dieu à laquelle ils avaient assisté. Le curé souligna la générosité du nouveau propriétaire qui était un fervent catholique et qui se proposait, dans un avenir pas trop éloigné, de construire une église à Baie-Sainte-Claire.

En apprenant cela, Laurent réagit :

— Menier a mis le curé dans sa poche. Jamais il ne pourra dire un seul mot contre les décisions de cet homme.

— Si ton père t'entendait, remarqua Jeanne, il ne serait pas heureux.

— D'une certaine façon, lui aussi est tombé dans le piège. Il dit et répète que dans les circonstances, il allait être du côté des plus forts, mais il a perdu en même temps la confiance de tous ceux qui se disaient ses amis. J'ignore s'il est heureux de ça. Il n'avouera jamais s'être trompé. Il est trop têtu…

— Parlant de lui, je trouve qu'il ne vient pas souvent voir ses petits-enfants.

— Il prétend qu'il a trop de travail. C'est vrai que ses patrons l'expédient fréquemment à Québec et qu'il ne se fait pas prier pour s'y rendre. Il vit toujours dans une chambre de la maison de l'administration, mais il aura bientôt sa propre maison.

— Ce qui veut dire qu'on le verra de moins en moins.

— Ce sera à nous d'aller le visiter.

— Que faut-il penser de tous ces chambardements ?

— On ne peut pas être totalement pour ni totalement contre, affirma Laurent. Depuis l'arrivée de ces messieurs, l'île a bien plus fière allure. Durant la période de navigation, tu sais que le *Savoy*, ce magnifique vapeur, fait le voyage à Québec aux deux semaines. Eh bien, avec la nouvelle jetée de Baie-Sainte-Claire, il est déjà plus facile de recevoir des marchandises et de se rendre aux bateaux à l'ancre au large. Mais mieux que ça, il paraît que monsieur Menier songe à faire construire un vrai quai où les vapeurs vont pouvoir accoster. Ça serait pas trop tôt ! En plus, il va y avoir sur l'île de nouvelles routes et aussi une voie ferrée. Le gouverneur parle même de faire installer le téléphone et l'électricité.

— Ça, c'est le beau côté de la médaille, comme disait le gouverneur, mais il y a l'autre qui, lui, est moins reluisant.

— Il me semble en effet qu'il y aurait eu moyen de moins bousculer les gens. Demander à quelqu'un de renoncer à sa liberté n'est pas une mince affaire. C'est pourtant ce qu'ils ont fait. Je suis étonné que la majorité ait choisi de rester.

— La plupart d'entre eux en arrachaient pour vivre, là au moins ils sont assurés de ne manquer de rien. Mais j'en connais un qui n'acceptera jamais cette situation. Ai-je besoin de le nommer ?

— Tu veux parler d'Ernest ?

— Oui, et Claire en est bien désolée.

— J'ai tâché de le conseiller de mon mieux, mais je ne peux rien garantir de ce qu'il fera. Il a la tête dure et sa liberté passe avant tout. Claire peut se compter chanceuse qu'il ait accepté sans rechigner de reconnaître la paternité de son enfant.

— Il a le cœur à la bonne place, soutint Jeanne, mais il a aussi l'âme d'un rebelle. Je ne sais vraiment pas où tout ça va le mener…

Tout en parlant, Laurent surveillait la mer par la grande fenêtre du salon. La journée était belle. Il n'y avait pas de danger pour les navires croisant au large. Il n'avait donc pas de souci à se faire. Il aimait ces journées calmes où la vie s'avérait paisible au phare. Il se réjouissait du fait que de plus en plus de gens connaissent l'existence de l'île grâce à la publicité des journaux qui avaient fait grand cas de l'achat d'Anticosti par un millionnaire français. D'un autre côté, il n'arrivait pas à comprendre pourquoi Menier s'était montré si dur dans l'établissement de ses lois et règlements. Si le millionnaire avait procédé avec plus de diplomatie, il aurait probablement conservé tout son monde. Puis Laurent se demanda de nouveau ce que deviendrait Ernest.

— Tant que mon frère pourra rester à l'île, dit-il à Jeanne, je ne m'en fais pas trop à son sujet. Si, par contre, il est obligé de partir, il cherchera à se venger. C'est un rancunier et rien de bon ne sortira de ce qu'il fera. Tâche de convaincre Claire de le persuader de demeurer à Anticosti.

Il fit une légère pause, fixa l'horizon, puis ajouta:

— Le connaissant, il trouvera certainement le moyen de faire à sa tête, puisque ce n'est que comme ça qu'il est heureux. J'espère seulement qu'il n'exagérera pas…

Chapitre 9

De la théorie à la pratique

Les semaines qui suivirent la rencontre des habitants de l'île avec le gouverneur furent passablement mouvementées. Il fallait maintenant faire appliquer les règlements. Tant qu'ils figuraient sur papier, tout allait plutôt bien. Mais dès qu'il fut question de les faire entrer en vigueur, ce fut une tout autre chanson. Priver de leurs armes des personnes dont la maison s'élève à deux pas de la forêt tenait déjà du tour de force, mais enlever à certains leur liberté de boire s'avérait quasi impossible. S'ils ne firent pas de grabuge lors de la visite des émissaires de Menier, quelques-uns se vengèrent de verte façon.

Le gouverneur avait laissé entendre qu'après deux semaines, chacun devait avoir pris sa décision. Il avait dit clairement : « Vous restez ou vous partez. » Quand, au bout de ce délai, des hommes de Menier avec à leur tête le constable Binette se présentèrent à la première maison de la Baie, celle de Boniface Savoie, ils y furent reçus comme il l'avait promis, au bout du fusil.

— Le premier qui avance, tabaslak, je le descends comme le cochon qu'il est.

La menace du vieil homme fut prise au sérieux puisque le constable et ses deux acolytes rebroussèrent chemin sans insister avant de poursuivre leur pèlerinage jusqu'à la maison voisine. Ils avaient certainement reçu des instructions leur interdisant d'utiliser la force. Ils eurent moins de mal avec les autres habitants et purent entrer chez eux sans difficulté. Ils en ressortirent satisfaits, à en juger par leur démarche plus assurée. Ils passèrent ainsi par toutes les maisons du village, mettant un sceau aux portes de celles qui n'étaient pas habitées.

Au plus grand étonnement des hommes de Menier, à l'exception du vieux Boniface, personne ne s'opposa à voir ses armes à feu saisies. Mais on protesta beaucoup plus fort quand ils mirent la main sur les bouteilles d'alcool conservées dans les maisons. Certains, qui avaient prévu le coup, prétendirent qu'ils n'avaient pas de fusil et d'autres assurèrent qu'ils n'avaient pas de boisson. Les commissaires n'insistèrent pas.

Au terme de la tournée de l'Anse-aux-Fraises, seuls Maxime Richard et Pit Boudreau firent savoir qu'ils entendaient quitter Anticosti. Les commissaires retournèrent les voir afin de négocier avec eux l'achat de leur maison. À Baie-des-Anglais, ou plutôt Baie-Sainte-Claire, à part le vieux Boniface qui s'entêtait à les recevoir à la pointe du fusil, les commissaires procédèrent à l'achat du magasin de Philippe Leblanc. Il avait compris qu'il n'avait plus rien à gagner sur l'île.

—Je ne suis pas un pêcheur, protesta Philippe. Puisque vous avez décidé d'être les seuls vendeurs ici, que voulez-vous que je fasse?

Sans sourciller, les commissaires accompagnèrent même Leblanc jusqu'au vapeur qui devait le mener à Québec. Ils se disaient désolés, mais le marchand n'était pas dupe et il le leur fit savoir du haut de la passerelle du vapeur en leur criant:

—Bande d'enfants de chienne! Je vous souhaite tous de crever sur votre île de marde!

Ce fut sa façon de se libérer de toute la haine qu'il cultivait à leur égard.

Voyant qu'on ne pouvait faire entendre raison au vieux Boniface et à son fils, les hommes de Menier décidèrent de les capturer sans effusion de sang et de les expulser de l'île. Suivant les conseils du directeur Zédé, ils voulurent les surprendre en pleine nuit. Ils arrivèrent à cinq, armés jusqu'aux dents, défoncèrent la porte et envahirent les lieux. Ils en furent quittes pour un grand nettoyage, car le vieil homme et son fils avaient disparu en laissant en guise d'adieu des planchers et des murs couverts de lisier de porc.

Les hommes de Menier eurent une autre surprise aussi peu agréable. Après avoir reçu les cinquante dollars de la vente de sa maison, Pit Boudreau se fit conduire quelque part sur la Côte-Nord. Quand les commissaires voulurent mettre les scellés sur sa maison devenue leur propriété, elle s'écroula sous leurs yeux comme un château de cartes. Ils trouvèrent au dos de la porte, écrit en lettres écarlates: «Il ne vous reste plus qu'à la rebâtir, bande de salauds!»

Tout compte fait, les commissaires se réjouirent de ne pas avoir rencontré plus de résistance et procédèrent ensuite à l'enregistrement de toutes les embarcations. Dès que cela fut accompli, ils firent défiler devant eux tous ceux qui avaient décidé de demeurer sur l'île. Tous devaient signer un contrat d'une durée d'un an, par lequel ils s'engageaient à travailler uniquement pour monsieur Menier. Désormais, le fruit de leurs pêches à la morue, au hareng, au flétan et à toute autre espèce de poisson, de même que le produit de leurs chasses – on leur fournissait les armes nécessaires – revenait en totalité au propriétaire de l'île. À peine pouvaient-ils conserver un peu de poisson pour leurs repas. En retour, on leur payait un salaire en argent comptant qui ne pouvait être dépensé qu'au magasin de Menier, de toute façon le seul et unique de l'île. S'ils transgressaient ce pacte, ils seraient immédiatement expulsés d'Anticosti.

Un des premiers pêcheurs à mettre sa croix au bas de ce contrat fut Elphège Latour. Il semblait inquiet et demanda:

— C'est-y à vie?

Le commissaire lui répondit:

— Non. Vous vous engagez pour un an. Si, au bout d'un an, ça ne fait pas votre affaire ou la nôtre, vous serez libre d'aller vivre ailleurs.

— Et si ça me va et à vous itou ?

— Nous renouvellerons le contrat, peut-être pour plusieurs années.

— Comment je vas être payé ?

— Vous voulez dire combien ?

— Les deux.

— Vous recevrez, chaque mois, un montant raisonnable et suffisant pour vivre très bien, vous et votre famille.

La grande majorité des habitants de la Baie et de l'Anse se succédèrent ainsi et signèrent leur contrat la mort dans l'âme. Si les choses se déroulèrent relativement bien avec eux, il n'en fut pas du tout de même avec les « squatters » de Fox Bay. Le gouverneur, monsieur Comettant, leur lut les règlements. À peine avait-il terminé qu'ils se levèrent d'un bloc et quittèrent les lieux, ne laissant que trois des leurs, chargés de s'expliquer avec le gouverneur.

— Vous n'avez pas le droit de nous expulser de chez nous, fit le dénommé Foster. Nous avons des droits acquis.

Monsieur Comettant allait répondre quand Georges Martin-Zédé intervint :

— Nous avons vérifié et il n'y en a pas un d'entre vous qui habite ici depuis trente ans.

— Si ça fait pas trente ans, c'est tout proche, soutint Foster. Vingt-sept, vingt-huit...

— De toute façon, sachez que tout cela est entre les mains de nos avocats et que désormais, la prescription de trente ans que vous évoquez n'est plus valide. Vous n'avez aucune chance de gagner en cour. Vous avez donc tout intérêt à écouter ce que vous propose monsieur Menier.

— Il ne propose pas, le reprit Foster, il impose. C'est pas du tout pareil. Nous, on négocierait volontiers, mais on le fera jamais le couteau sur la gorge.

Ils refusèrent donc carrément de discuter. Monsieur Zédé comprit qu'il n'en avait pas fini avec eux. Pour gagner la sympathie des gens de Québec, il fit largement courir la rumeur que tous ces squatters étaient des écumeurs de navire.

— Ce sont, disait-il, d'anciens naufragés, de véritables flibustiers et des pilleurs d'épaves. Ne vous demandez pas pourquoi il y a tant de naufrages à Anticosti. Ces gens émettent de faux signaux lumineux et attirent les navires sur les récifs. Ils vont ensuite en piller les marchandises.

Il en rajoutait:

— Vous en entendrez se lever pour leur défense et vous dire que ce sont des gens qui ont une vie misérable, qu'il faut donc excuser leur conduite et qu'au lieu de les menacer d'expulsion, on devrait les protéger et les aider. Dommage, mais nous, nous n'encourageons pas les voleurs. Ils font paraître dans les journaux des articles dans lesquels ils prétendent être propriétaires de Fox Bay, mais ils n'ont aucun papier pour le prouver. En réalité, ils ont accaparé les terrains sur lesquels ils habitent. Ils répètent que nous n'avons aucun droit et que nous n'avons aucune raison de nous acharner sur eux. Or, nous avons tous les droits. S'ils veulent rester à Anticosti, ils n'ont qu'à se plier à nos règlements.

Chapitre 10

Desneiges et Fabiola

Après tout ce brasse-camarade, l'été se réveilla d'un coup sur Anticosti qui vit arriver de leur couvent, plus belles que jamais, Desneiges et Fabiola dont les études se poursuivaient sur la côte. Elles avaient, comme tous les membres de la famille, vécu au loin la mort de leur mère. Ernest alla les cueillir à Baie-Sainte-Claire. Même si elles avaient lu et relu la lettre que leur père leur avait fait parvenir de Québec, les jumelles voulaient se faire raconter le décès de leur mère de vive voix. Mais leur frère n'avait absolument pas l'intention d'en parler.

— Que voulez-vous que je vous dise ? Je n'étais pas là. Vous en savez autant que moi. Pour en apprendre plus, vous demanderez à p'pa.

Desneiges s'écria :

— Tu peux être certain qu'on va le faire, et pas plus tard que tout à l'heure !

— Dis plutôt dans quelques jours.

— Comment ça ?

— Vous ne le saviez pas ? Eh bien, p'pa n'habite plus à la maison.

Ce fut autour de Fabiola de s'exclamer :

— Que dis-tu là ?

— Tu as très bien entendu. Il travaille pour le nouveau propriétaire de l'île et il couche à Baie-Sainte-Claire dans la maison de l'administration.

— Baie-Sainte-Claire ?

— Ce n'est plus Baie-des-Anglais, mais Baie-Sainte-Claire.

— Hein ! Ils ont changé le nom ?

— Oui, comme tout le reste.

À la maison du phare, pendant qu'Ernest descendait leurs valises de la charrette, ce ne fut pas vers les vivants que Desneiges et Fabiola se précipitèrent. Elles coururent au petit cimetière où leur mère reposait. Lorsqu'elles revinrent à la maison, Ernest avait eu amplement le temps de déposer leurs bagages. Elles pleuraient encore toutes les deux quand Jeanne et Claire les prirent dans leurs bras. Les moments d'émotion passés, les jeunes filles racontèrent jusqu'au souper les événements marquants de leur année scolaire dans les moindres détails.

Desneiges et Fabiola furent très étonnées de trouver une étrangère dans la maison. Julienne Giasson, la servante, était à peine plus âgée qu'elles. Laurent l'avait engagée un peu par charité, car c'était une orpheline, et en plus d'avoir un pied bot qui la faisait boitiller, elle était pratiquement sourde à la suite d'une méningite qu'elle avait eue étant bébé. Toutefois, elle était vaillante et donnait un précieux coup de main à Jeanne et Claire, notamment pour tout ce qui concernait le lavage du linge et celui des planchers. Elle était logée et nourrie, et touchait un salaire d'un dollar par mois. Desneiges et Fabiola sympathisèrent avec elle et s'en firent bien vite une amie. Leur présence pendant les deux mois de vacances donna du répit à Jeanne et Claire, car elles amusèrent tout au long du jour Émile et Alfred qu'elles emmenaient partout, se retrouvant souvent près du cimetière familial où elles prirent l'habitude de parler à leur mère comme si elle était encore de ce monde.

— Vous verrez, m'man, promit Fabiola, vous serez fière de nous. Desneiges veut devenir institutrice et moi, je songe de plus en plus à entrer chez les sœurs de la Charité. Je m'occuperai des orphelins.

— J'enseignerai aux enfants qui vivent dans des îles comme Anticosti, poursuivit Desneiges, ou bien à des endroits très lointains où il n'y a pas d'institutrice. Et puis, après bien des années, si je rencontre un homme qui me plaît, je me marierai et nous aurons beaucoup d'enfants. Je ferai à manger comme vous. Je vais déjà commencer cet été parce que Jeanne a promis de me montrer des recettes que vous lui avez apprises, comme la morue en sauce et aussi le boudin, et peut-être la tourtière, même si on est en été. Jeanne aime ça, faire des surprises à Laurent de temps à autre.

— M'man, je m'ennuie de p'pa, se plaignit Fabiola. Il ne vient pas nous voir parce qu'il a trop de travail. Nous sommes allées à Baie-Sainte-Claire. Papa travaille là pour monsieur Menier avec un monsieur Comettant qui a des filles presque de notre âge. Elles sont très gentilles. Elles savent toutes jouer d'un instrument de musique. Madame Comettant, elle, joue de l'orgue le dimanche à la messe. Elles nous ont dit qu'il va y avoir bientôt un vrai orchestre à l'île et que nous pourrons assister à des concerts. J'espère qu'il y en aura un avant qu'on retourne au couvent.

— Savez-vous ce que Renée Comettant m'a appris ? enchaîna Desneiges. Il paraît qu'il va y avoir deux grandes surprises cette année à l'île. Monsieur Menier en promet une à la Saint-Jean-Baptiste, et une autre aussi à la fête des Français, le 14 juillet. Renée n'a pas voulu me révéler de quoi il s'agissait. "Si je te le dis, ce ne sera plus une surprise", qu'elle a dit. J'ai bien hâte de savoir ce que c'est.

Durant le mois de juin, les jeunes filles s'amusèrent non loin du phare, puis à la mi-juillet, elles se rendirent tous les matins à l'Anse cueillir des fraises des champs. Elles revenaient en chantant au milieu de l'après-midi, leurs seaux remplis. Ensuite, elles s'installaient à la table de la cuisine et passaient de longues minutes à les équeuter. Jeanne en prenait une partie pour faire des tartes. Desneiges apprenait à les confectionner. Le reste de la cueillette servait aux confitures et Claire s'occupait de les faire cuire en compagnie de Fabiola. Julienne venait parfois à la cuisine pour sentir les bonnes odeurs et lorsqu'elle retournait à son lavage, on l'entendait respirer fort et émettre un son qui semblait être sa façon de montrer sa satisfaction.

Une fois le temps des fraises passé arriva celui de la cueillette des chicoutés. Quand elles se mirent à ramasser ce petit fruit délicieux dans les tourbières, Desneiges et Fabiola se firent moins volubiles. Elles savaient que leurs vacances se termineraient bientôt. La fin d'août allait marquer leur retour au pensionnat. L'été passait si vite ! Heureusement, elles retrouveraient là-bas leurs compagnes de classe et elles auraient une foule de souvenirs de leurs vacances à conter durant des jours.

Avant de repartir à leur couvent, elles ne manquèrent pas de venir raconter à leur mère les célébrations de la Saint-Jean et celles de la fête des Français.

— La surprise de la Saint-Jean-Baptiste, m'man, ç'a été un feu d'artifice comme on en avait jamais vu. Comme c'était beau ! s'exclama Fabiola. Il y avait des gerbes de couleurs dans le ciel comme des bouquets de fleurs. Ça éclatait de partout ! Papa a dit que monsieur Menier avait payé très cher pour nous donner un pareil spectacle. Même monsieur le curé a déclaré qu'il n'en avait jamais vu un si beau.

— Pour la fête des Français, continua Desneiges, il faut dire que la surprise n'était pas pour tout le monde. Monsieur Menier l'avait réservée aux adultes. Il avait acheté des bouteilles de champagne. C'est une boisson dans laquelle il y a des bulles. Quand on enlève le bouchon, il saute au plafond, et il faut se dépêcher de verser la boisson dans les coupes parce que ça fait beaucoup de broue comme un bon savon. Papa et Laurent en ont bu. Ernest, lui, n'a pas voulu venir à la fête. Je ne sais pas pourquoi, mais il n'aime pas monsieur Menier, ni monsieur Comettant et surtout monsieur Zédé. Lui, c'est un grand homme très sérieux avec une grosse barbe. Il ne rit jamais et a l'air encore plus sévère que sœur Sainte-Angèle au pensionnat. Vous ne la connaissez pas, m'man. C'est notre surveillante et elle a des yeux gris qui ne rient jamais. Avec elle, il faut toujours marcher droit et ne jamais chuchoter ni s'amuser, sinon elle nous donne une retenue.

Puis Desneiges et Fabiola récupérèrent leur valise et se mirent en frais de la remplir des vêtements et des effets dont elles auraient besoin pour les mois à venir. Quand il fut l'heure de quitter la maison, elles firent leurs adieux pour une autre année. Elles versèrent quelques larmes, mais elles grimpèrent vaillamment dans la charrette tirée par Oliver. Laurent les conduisit à Baie-Sainte-Claire où, au bord de la grève, elles attendirent le vapeur de la malle devant les conduire à la Pointe-aux-Esquimaux. Le bateau fit entendre de loin son criard : ce fut le signal. Elles montèrent dans le canot mené par Ange-Albert et Réjean. Ils filèrent vers le large où apparut bientôt le vapeur, qui ralentit sa marche. Un marin lança une échelle de corde. Ange-Albert l'attrapa et s'en servit pour coller le canot au flanc du bateau.

— Vite, mesdemoiselles ! les pressa-t-il.

Elles en avaient maintenant l'habitude. Malgré la houle et le vent, Desneiges grimpa la première à l'échelle, suivie par Fabiola. Le cœur battant, aidées par un marin, elles furent bientôt sur le pont. Pendant ce temps, Réjean était parvenu à faire hisser leurs bagages à bord et à récupérer la malle. Le vapeur poursuivit sa route et le canot s'éloigna lentement. Restées sur le pont, les deux jeunes filles regardèrent l'île rapetisser et disparaître peu à peu. Le cœur gros, elles entrèrent dans la cabine et s'assirent sagement sur un banc. À peine trente-cinq milles les séparaient de chez elles, mais elles n'y reviendraient pas avant dix mois.

Chapitre 11

La visite des phares

Son père étant retenu par son travail à Baie-Sainte-Claire, Laurent confia la bonne marche de la lumière à Ernest, et il accompagna l'inspecteur dans sa visite des autres phares de l'île. Quand ils arrivèrent à celui de la Pointe-Sud-Ouest, chez les Pope, ils n'eurent aucun reproche à leur faire tant le phare et toutes les dépendances étaient bien tenus. Depuis la mort de leur père l'année précédente, c'était Herbert et sa sœur Grace qui s'occupaient de la lumière. Grace était une femme très active qui prenait à cœur tout ce qu'elle entreprenait. Elle était chargée de la télégraphie et savait tout ce qui se passait sur l'île. L'arrivée de Menier, et de Zédé surtout, avait jeté l'émoi parmi ses amis de Fox Bay. Grace était scandalisée et révoltée du comportement des autorités à leur égard. Ce fut le sujet de son entretien avec ses visiteurs durant tout le dîner. Laurent fut étonné de constater avec quelle fougue elle défendait ses amis. Elle avait d'ailleurs abordé les voyageurs par une question directe :

— Que pensez-vous de la conduite du nouveau propriétaire envers les habitants de l'île ?

Puisque cette question ne préoccupait guère l'inspecteur, Laurent fut bien obligé de répondre.

— Il fait valoir ses droits de propriétaire.

— J'admets qu'il peut le faire, concéda la jeune femme, mais c'est ses manières que je désapprouve. Il ne respecte rien ni personne.

— Il a fait connaître ses exigences.

— On ne devrait jamais exiger d'un homme qu'il troque sa liberté de pêcher et de chasser, ou de gagner sa vie comme il l'entend, contre le bon vouloir de celui qui lui assure un salaire. Le temps de l'esclavage est passé depuis longtemps. Avez-vous entendu parler de la façon dont ce monsieur Menier et son directeur, monsieur Zédé, s'y sont pris à Fox Bay ?

— Je sais qu'il y a eu du chahut là-bas lors de leur visite, avança Laurent.

— C'est ce que ces messieurs laissent entendre. Accepteriez-vous que quelqu'un débarque chez vous sans y être invité et qu'il placarde vos maisons de règlements imprimés sur des tôles ?

Voyant que ni Laurent ni l'inspecteur n'allaient répondre, elle poursuivit :

— Voilà pourtant ce qu'ils ont fait à Fox Bay. Ils sont descendus à terre en compagnie d'une quinzaine de membres d'équipage de leur navire et ils ont exigé de visiter les maisons et la homarderie en disant qu'ils en étaient les propriétaires. Ils ont accroché leurs pancartes sur la maison du télégraphe, de même que sur tous les bâtiments principaux. Les gens les ont laissé faire. Pendant que ces messieurs entraient partout, les habitants apprirent qu'ils n'auraient plus le droit de pêcher ni de chasser à leur compte. Ils devraient remettre leurs fusils et ne pourraient plus boire une goutte de boisson. Comment auriez-vous agi à leur place ?

Sa question tomba dans le vide. Elle continua son laïus :

— Avant de partir, monsieur Zédé les a menacés en disant : "Lisez bien les règlements qui sont inscrits sur ces pancartes. Si vous les acceptez, vous n'aurez pas à quitter l'île. Dans le cas contraire, nous prendrons les moyens nécessaires pour vous faire déguerpir." Est-ce une bonne façon de gagner quelqu'un à sa cause ?

Les questions de la jeune femme embêtaient Laurent, mais comme l'inspecteur, qui représentait lui-même l'autorité, restait silencieux, Laurent était contraint d'entretenir la conversation.

— Quelle a été la réaction des gens ?

— Paraît-il qu'ils ont attendu que Menier, Zédé et leurs hommes soient retournés sur le navire pour s'emparer de leurs fusils et les décharger sur les pancartes. J'admets qu'ils n'auraient pas dû se comporter ainsi, mais ç'a été plus fort qu'eux. Soyez certains, messieurs, que tout cela n'en restera pas là, et mes amis de Fox Bay auront un appui entier de ma part et de tous ceux qui vivent sous ce toit. Je suis de religion méthodiste. Je crois au message de Jésus-Christ et je sais fort bien qu'une telle façon d'agir n'est pas digne de gens qui se disent catholiques.

Laurent fut bien obligé d'admettre qu'elle avait raison. Il savait également que Menier et Zédé devaient raconter cet épisode en d'autres termes. Laurent et l'inspecteur laissèrent les Pope après les avoir félicités de la tenue des lieux et ils poursuivirent leur visite des phares, soulagés d'apprendre qu'il n'y avait eu que deux naufrages mineurs à Anticosti au cours de l'année.

Au bout d'une semaine, Laurent était de retour à la Pointe-Ouest. Chaque fois qu'il s'absentait pour quelque temps, il était très heureux de rentrer chez lui. Il aimait son travail et la maison où il vivait. Sans trop le laisser paraître, il s'ennuyait de Jeanne et de leur fils Émile qui grandissait vite.

Quand Laurent arriva chez lui, Émile fut tout fier de revoir son père et il se précipita à sa rencontre. Laurent tenait son enfant, lui faisait faire des sauts à bout de bras, et le petit en redemandait, manifestant sa joie par des rires. Jeanne s'approcha :

— J'ai quelque chose à t'apprendre : Émile va avoir un petit frère ou une petite sœur dans environ sept mois.

— Hein ! Qu'est-ce que tu me dis là ? Tu es de nouveau en famille ?

Son visage s'illumina d'un grand sourire. Il embrassa Jeanne et lui murmura à l'oreille :

— Je n'aurais pas pu imaginer plus beau cadeau pour mon retour.

Jeanne se laissa étreindre et demanda d'une voix douce :

— Comment l'appellerons-nous ?

— C'est un pensez-y-bien, avoua Laurent. Donnons-nous quelques jours pour y réfléchir.

— Pour moi, c'est déjà fait.

— Vraiment ? Je suis curieux de t'entendre.

— Viviane pour une fille, Vincent pour un garçon.

Laurent prit le temps de répéter ces prénoms à voix haute, puis il s'exclama :

— Ce que femme veut, je le veux.

— La vie nous gâte, dit Jeanne avec un grand sourire.

— Laissons-la faire, approuva Laurent, et surtout ne la dérangeons pas.

Chapitre 12

Le rebelle

Comme le lui avait conseillé Laurent, Ernest se fit le plus discret possible après son retour. Il laissa à Laurent et à Claire la tâche de récupérer leurs effets restés dans la maison de Lorraine et Bill. Quand ils y arrivèrent, ils trouvèrent, éparpillés un peu partout, les biens des ouvriers qui l'habitaient désormais. Guidé par sa belle-sœur, Laurent ramassa le peu de choses qui appartenaient à Ernest pendant que Claire mettait aussi la main sur quelques affaires. Ils regagnèrent la Pointe-Ouest, satisfaits de leur déplacement. Ernest fut heureux de retrouver une partie de ses outils, ses sennes et ses filets, de même que quelques vieux vêtements dont, malgré leur usure, il ne voulait pas se départir.

Le temps de la pêche à la morue battait son plein. Ne voulant pas se plier aux exigences du nouveau propriétaire, Ernest fut contraint de regarder sans participer. Il aurait bien voulu pêcher avec Côme ou quelqu'un d'autre, mais tous refusèrent poliment son aide parce qu'ils craignaient d'être réprimandés de verte façon, ou même d'être expulsés de l'île si jamais leur supercherie était découverte. Laurent voulut raisonner son frère :

— Tu ne vivras pas gras avec ton seul petit salaire d'assistant. Que comptes-tu faire pour gagner ta croûte ?

— La pêche et la chasse.

— Tu sais que c'est interdit.

— Pour les résidants de l'île, mais pas pour ceux des phares.

— Tu penses ça ! Vas-tu te risquer à pêcher seul ?

— Je trouverai bien quelqu'un pour m'accompagner.

— Qui ? Personne ne voudra te suivre et risquer d'être expulsé.

— Il y en a plusieurs à Fox Bay qui voudront bien de moi.

— Tu n'as pas de barque.

— J'en ai trouvé une pour pas cher.

— De qui ?

— Maxime Richard. Je lui ai achetée avec l'argent de ma chasse. J'ai des sennes et des filets. J'irai pêcher du côté de Fox Bay. Il y a des vigneaux et tout ce qu'il faut pour sécher la morue.

Laurent réfléchit un moment avant de lui faire remarquer :

— Je ne t'ai pas engagé comme aide pour que tu partes des semaines durant pendant l'été. C'est surtout là que j'ai besoin de toi.

— Tu peux prendre quelqu'un d'autre.

— Dans ce cas-là, tu ne pourras pas dire que tu pêches pour nous.

— Je le dirai et ils n'y verront que du feu. Quand ils auront réussi à démêler tout ça, ma pêche sera faite et vendue. Les hommes de Menier ont mis leurs pancartes là-bas. Les gars de Fox Bay ont tiré du fusil dessus et ils se sont pris un avocat. Eux autres, ils se tiennent debout.

— Je vois que ton idée est faite. Je perds mon temps à tenter de t'éviter bien des problèmes.

— As-tu lu les journaux dernièrement ? Ce Menier a voulu empêcher les pêcheurs de Gaspé et d'ailleurs de venir pêcher dans un rayon de trois milles autour d'Anticosti. Il a même envoyé son yacht armé de canons pour faire la police. À Québec comme à Montréal, un paquet de monde a protesté. Ce gars-là n'a aucun respect pour qui que ce soit. Il est prêt à écraser tous ceux qui lui tiennent tête. Il a mis les gros bonnets et les curés dans sa poche. Ceux-là l'encensent comme s'il était un saint. Parce qu'il a des sous, il croit pouvoir se permettre tout ce qui lui passe par la tête. Maxime, Boniface et ceux qui ne voulaient pas se laisser dominer sont partis. C'est ce que veulent Menier et Zélé, son maudit assistant : vider Anticosti pour mettre leurs pions à notre place. On peut se compter chanceux. Si on n'était pas gardiens de la lumière, ils auraient fait la même chose avec nous autres. Mais les habitants de l'île ont des droits acquis et ils n'en tiennent pas compte. À leurs yeux, nous sommes juste du menu fretin. On ne vaut pas plus que de l'encornet. À Québec, au moins, il y en a qui ont protesté et tellement fort que ces messieurs ont été obligés de faire marche arrière. Ils permettent qu'on pêche à Anticosti cette année, à condition de payer une forte redevance. Les gros bonnets, le premier ministre en tête, et les curés ont sorti de nouveau leur encensoir. Comme cet homme est généreux ! Et ils l'ont reçu à des banquets avec sa suite. C'est marqué dans les journaux. Monsieur a mangé en compagnie du gouverneur général et du premier ministre. Il a été reçu au Club de la Garnison par les membres de la Chambre de commerce. Monsieur et sa suite couchent au Château Frontenac. On lui a payé un voyage au lac Saint-Jean. Ils ont dormi à l'hôtel Roberval, aux frais de qui ? Tout ça, si tu veux le savoir, me dégoûte. Et dire que p'pa travaille pour eux !

Après ce débordement, Ernest se tut comme un enfant boudeur. Laurent ne savait plus quoi dire. Il n'aurait jamais pu imaginer que son jeune frère puisse parler comme il l'avait fait. Il était étonné de le voir aussi bien renseigné et de constater à quel point tout ce qui se passait le révoltait. Il osa lui rappeler que l'arrivée de Menier n'avait pas produit que du mauvais :

— Tu peux dire ce que tu veux, mais depuis quelques mois, Anticosti n'est plus pareille. Ce qu'on y voit est pas mal mieux qu'avant. As-tu été à la Baie ? Ce n'est plus du tout le même village. Tu sais qu'on se prépare même à y transporter des maisons ?

— Qu'est-ce que ça change, si ceux qui restent là sont des importés ?

— Je n'approuve pas plus que toi ce qui se passe. Toutefois, il faut voir aussi le beau côté des choses. Dans la vie, il y a des gens qui savent juste se tenir dans l'ombre et ne cessent jamais de se plaindre qu'il ne fait pas soleil. Mais le soleil existe réellement et… il brille !

— Tu ne me convaincras pas. Jamais je n'approuverai ce que ces gens ont fait.

— Tu en as le droit, mais, à mon avis, la rancœur n'a jamais mené à bon port.

Chapitre 13

Baie-Sainte-Claire

Les forêts de l'île n'étaient pas très giboyeuses. Il y avait bien des ours noirs en abondance et aussi des renards roux et argentés, et quelques petits mammifères comme des loutres et des martres, mais curieusement, ça s'arrêtait là. S'il y avait eu autrefois des caribous, ils avaient été chassés par les Montagnais jusqu'à leur extinction. Monsieur Menier parlait d'introduire des castors et il voulait également y acclimater d'autres bêtes de grande taille si on se fiait aux deux wapitis et au bison gardés dans des enclos à proximité de la grande ferme construite non loin de Baie-Sainte-Claire. On y verrait certainement aussi des orignaux un jour, et vingt chevreuils avaient déjà été relâchés dans les bois.

Laurent ne bouda donc pas son plaisir quand il apprit qu'on venait de livrer à l'île quelque chose comme cent cinquante autres chevreuils vivants, mâles et femelles. Il voulait voir comment on s'y prendrait pour les sortir de leurs cages. Il se dirigea directement à la jetée d'où une multitude de barques s'éloignaient en direction du *Savoy* à l'ancre au large. Laurent était curieux de savoir comment on avait pu transporter ces bêtes vivantes depuis Québec. Il le comprit quand une première embarcation revint. Il y avait à son bord une grosse caisse de bois qu'on déposa avec précaution sur une charrette qui se mit aussitôt en branle en direction de la ferme. D'autres caisses, une cinquantaine en tout, prirent le même chemin. Le village entier, en procession, suivit la dernière charrette.

Les caisses avaient été déposées les unes contre les autres au bout d'un champ, l'ouverture en direction de la forêt. Le gardien exhorta tout le monde à se tenir à une distance d'une cinquantaine de pieds.

— Quand nous allons ouvrir les portes, vous êtes instamment priés de vous taire, de ne pas tousser et de vous abstenir de bouger, commanda-t-il. Ce sont des bêtes sauvages qu'il ne faut pas effrayer. À quinze dollars chacune, nous ne tenons pas à en perdre.

Après cet avertissement, tous s'attendaient à le voir agir. Mais il attendit, si bien que les assistants commençaient à s'impatienter. Le gardien intervint de nouveau :

— Soyez patients, nous allons les ouvrir dans quelques minutes. Ces bêtes ont été mises en cage et transportées sur un navire. Elles ont été sorties de leur milieu naturel. Nous leur laissons le temps de se rendre compte, par leur odorat, qu'elles sont maintenant dans un environnement qui leur est plus familier.

Après cette explication tout à fait sensée, il fit signe à ses aides de procéder à l'ouverture d'une cage. La porte fut rabattue vers le sol. Il ne se passa d'abord rien, puis on vit sortir un premier chevreuil, une femelle, qui sans trop se soucier de ce qu'il y avait aux alentours, se mit à brouter paisiblement. Elle fut suivie par deux autres bêtes de moindre taille qui l'imitèrent tout en se dirigeant lentement vers la forêt. Au fur et à mesure que les cages s'ouvraient, les bêtes en sortaient tranquillement. Au bout de quelques minutes, on pouvait en compter une trentaine dans le champ. Elles se regroupèrent pendant que, petit à petit, d'autres venaient se joindre à elles. Une première bande d'une vingtaine de chevreuils s'avança à la limite de la forêt puis s'y engouffra. En moins d'une heure, ils avaient tous disparu dans les bois.

Une fois ce spectacle terminé, profitant du fait qu'il se trouvait sur place, Laurent fit le tour de la Baie. Il se permit une pause à la maison de l'administration pour saluer son père. L'homme qui le reçut, ne le connaissant pas, lui demanda d'un ton aimable :

— Vous êtes ?

— Laurent Cormier.

À ce nom, le gouverneur, car il s'agissait de monsieur Comettant lui-même, esquissa un large sourire.

— Le gardien du phare, je gagerais. Et le fils de notre assistant-directeur.

Il lui tendit la main.

— Je suis heureux de faire enfin votre connaissance. C'est un hasard favorable qui fait que je me retrouve ici en même temps que vous. Est-ce indiscret de vous demander ce qui vous amène ?

— Je passais saluer mon père.

La réponse de Laurent sembla étonner le gouverneur. Il s'écria :

— Vous l'ignorez donc ? Votre père est présentement à bord du *Savoy*. Il se rend à Québec pour affaires et également pour une semaine de congé. Il y restera quinze jours.

— Sans doute a-t-il laissé un message que je n'ai pas vu, avança Laurent, puisque je suis venu assister à la mise en liberté des chevreuils.

— Vous avez aimé ?

— Oui ! C'était à la fois captivant et charmant.

— Appréciez-vous les développements de Baie-Sainte-Claire ?

— Beaucoup ! Je suis surtout étonné de voir à quelle vitesse tout cela se déroule. L'an dernier à pareille date, rien n'était fait et nous voilà avec un village entier, bien structuré, aux maisons toutes neuves et bien alignées, à l'exception de quelques anciennes…

— … qui seront bientôt déplacées.

— Vraiment ?

— Absolument. Il vous faudra venir voir comment nos ingénieurs et nos entrepreneurs s'y prennent pour réaliser ce miracle.

Ils en étaient là de leur conversation quand entra le directeur, en grande discussion avec un chef de service. Reconnaissant Laurent, il s'arrêta pour lui tendre la main.

— De la visite rare ! lança-t-il. Il est vrai qu'un gardien de phare ne peut guère quitter son domaine.

— À moins d'y être secondé par un aide.

— Ah oui ! J'oubliais. Et qui vous seconde présentement ?

— Mon frère Ernest.

— Que je n'ai pas le bonheur de connaître. Mais ne manquez pas de lui dire, comme aux autres membres de votre famille, à quel point nous sommes satisfaits des services de votre père que nous considérons tous comme un homme exceptionnel.

Le directeur les quitta sur ces mots. Laurent en profita pour s'excuser auprès du gouverneur :

— Je dois vous laisser, dit-il en lui tendant la main, le devoir m'appelle.

Laurent ne quitta pas la Baie sans se rendre au bord de l'eau pour regarder l'ensemble du village. Le coup d'œil s'avérait réellement agréable. Les maisons aux toits rouge brique et aux façades vert olive paraissaient toutes pimpantes sur le fond vert de la forêt et le bleu du ciel. En moins d'une année, la Baie avait rajeuni de trente ans. Le regard de Laurent alla se poser au loin sur la ferme et revint plus près, sur la place dominée par un mât où flottait un grand drapeau français.

Un peu malgré lui, en le voyant, il laissa échapper: «Nous ne sommes plus chez nous!»

À son retour au phare, Jeanne lui annonça:

— Tu as reçu une dépêche de ton père.

— Il m'annonce son voyage à Québec?

— Comment le sais-tu?

— Monsieur le gouverneur me l'a appris quand je me suis arrêté à la maison de l'administration pour saluer papa. J'avais l'air fin d'ignorer qu'il allait séjourner deux semaines à Québec…

— J'ai l'impression qu'il nous cache quelque chose, soupira Jeanne. Il n'est plus le même depuis qu'il travaille pour eux. On ne le voit pratiquement plus. Il ne parle pas du tout de ce qu'il fait et ne nous raconte plus les bons et les mauvais coups des uns et des autres. Les rares fois où il vient, il a l'air malheureux. Au moins, avant, il lui arrivait de sourire quand on racontait une drôlerie.

— Tu as sans doute raison, mais p'pa a toujours été un peu comme ça. Je ne suis pas surpris qu'il ait choisi de travailler pour Menier et ses hommes, du côté de l'ordre et de l'autorité. Dans un sens, je pense qu'il a été un peu piégé.

— Comment?

— Il a laissé entendre qu'il voulait être avec les plus forts pour les influencer et les contraindre à ne pas y aller trop raide avec les habitants de l'île.

— Si c'était son intention, il a royalement manqué son coup.

— Voilà peut-être pourquoi il a présentement une curieuse attitude. Il semble désorienté. C'est étonnant parfois comment une décision peut changer une vie.

— Mais n'oublions pas que tous ces changements sont survenus en même temps que la mort de Rose, souligna Jeanne.

Comme s'il y réfléchissait pour la première fois, Laurent approuva :

— Tu as tout à fait raison. Ça peut expliquer bien des choses.

— Il faut souhaiter que tout ça ne l'affecte pas trop et que sa santé n'en souffre pas, car ton père est un homme droit qu'on ne peut pas s'empêcher d'aimer et d'admirer, ajouta-t-elle.

— Parle pour toi, ma chère belle-sœur !

La réflexion d'Ernest, qui venait de surgir dans la pièce, les laissa pantois.

Chapitre 14

Toute une surprise !

Il y avait une semaine que Wilfrid était parti pour Québec quand il fit parvenir à Laurent un télégramme qui ne manqua pas de l'étonner.

Tu auras appris l'incendie, maison Landrieu. Stop. Famille doit se reloger à l'administration. Stop. Prendra ma chambre. Stop. Logerai à la maison à mon retour. Stop.

Dès qu'elles apprirent que leur beau-père revenait vivre à la Pointe-Ouest, Jeanne et Claire s'activèrent pour faire un grand ménage de sa chambre. Laurent n'avait pas voulu l'occuper avec Jeanne et il s'en félicitait. Il se demandait toutefois si son père reviendrait pour de bon au phare où s'il n'y passerait qu'un moment en attendant de retrouver sa chambre à l'administration. Les paroles de satisfaction du directeur lui revinrent à la mémoire et il se dit alors qu'il ne resterait sans doute que quelques jours avec eux, le temps de reloger les Landrieu.

La veille de son départ, Wilfrid envoya une nouvelle dépêche, cette fois pour préciser le jour et l'heure où on devait aller le chercher à Baie-Sainte-Claire. Quand il apprit que leur père revenait à la maison, Ernest réagit vivement :

— Je ne serai pas là !

— Où comptes-tu aller ?

— À mon camp de la rivière la Loutre.

— Faire quoi ?

— Me préparer du bois pour cet hiver.

— Tu as l'intention de retourner chasser ?

— Pourquoi pas ?

— Tu oublies la réglementation de monsieur Menier ?

— Je te l'ai déjà dit ! Ça vaut pour les gens qui ne sont pas chez eux sur l'île, mais nous…

— … nous ne le sommes pas non plus ! l'interrompit Laurent. Nous sommes engagés par le gouvernement. Le phare et la maison ne nous appartiennent pas.

— C'est tout comme.

— Si p'pa t'entendait !

— Justement, il ne m'entend pas. Et je ne ferai pas comme lui. Je ne me mettrai pas à genoux devant Menier et son Zélé.

— Qu'as-tu tant contre eux ? Ils ne t'ont rien fait.

— S'ils veulent m'enlever ma liberté, ils ont besoin de s'y prendre de bonne heure.

— Si p'pa demande où tu es ?

— Tu lui diras que je suis quelque part dans les bois.

Le lendemain, Ernest se prépara à partir avec son chien.

— Quand penses-tu revenir ?

— Lorsque je saurai que p'pa n'est plus ici.

Laurent attela Oliver et gagna la Baie. On ne pouvait souhaiter plus belle journée. Des moyacs surgissaient de la mer, en vol vers l'Anse-aux-Fraises. Laurent les apercevait à peine, absorbé dans ses pensées afin de trouver une bonne excuse pour expliquer l'absence d'Ernest. Que penserait leur père s'il apprenait que son frère voulait défier les règlements du propriétaire ? Comme il arrivait à la Baie, il se dit qu'il lui ferait croire qu'Ernest se trouvait à l'Anse-aux-Fraises pour aider Côme et les autres à saler leurs morues vertes, à réparer leurs filets et à préparer leurs agrès pour la chasse aux loups-marins. Il verrait bien sa réaction… Mais si Ernest prolongeait son séjour à l'Anse, quelle nouvelle excuse allait-il pouvoir inventer ?

Laurent attendit calmement, près de la jetée, l'arrivée au large du *Savoy*. La vue portait loin, la mer ne moutonnait pas. C'était le calme plat. Déjà, il lui semblait que ça commençait à sentir l'hiver. D'ailleurs, monsieur Zédé devait profiter du prochain voyage du *Savoy* pour regagner la France. Le maître des lieux serait alors monsieur Comettant, car quand Zédé était là, on sentait bien qu'il menait tout à la manière militaire en se servant du gouverneur comme d'un porte-voix.

Le *Savoy* parut au loin. Ses voiles étaient carguées et il avançait au rythme de son moteur à vapeur. Il fallait admettre qu'il s'agissait d'un bon navire. Depuis l'arrivée de Menier, la malle était expédiée et reçue toutes les deux semaines. Les habitants n'avaient plus besoin de se fier uniquement au bateau du gouvernement qui ne passait qu'une fois par mois. Vraiment, la venue de ce monsieur avait passablement transformé leur vie et ce n'était pas fini.

Laurent vit le vapeur s'immobiliser. Dès que le bateau fut à l'ancre, deux barques furent mises à la mer. De la jetée, trois embarcations chargées jusqu'au bord gagnèrent le large. À son arrivée comme à son départ, le *Savoy* n'était jamais vide. Il transportait des tas de marchandises qu'on s'empressait d'aller chercher, et repartait avec des barils de morue et d'huile de foie de morue, de hareng et de flétan destinés à la vente à Québec.

Dans une des deux barques, Laurent vit des voyageurs. Son père était sûrement du nombre. Quand la première toucha l'appontement, Laurent aperçut Wilfrid accompagné d'une grande femme à qui il tendit la main pour l'aider à descendre. Déjà, on s'affairait à décharger de la barque un grand coffre que deux hommes, suivant les instructions de son père, transportèrent directement dans sa charrette. Wilfrid poussa devant lui la femme, au corps raide comme un bâton, qui marchait précautionneusement en tenant d'une main un large chapeau à voilette qu'une soudaine brise menaçait d'emporter.

Le couple se dirigea vers Laurent et après un bref signe de tête, Wilfrid aida sa compagne à monter dans la charrette. Il y grimpa lui-même, toujours sans mot dire, et quand tous trois furent enfin bien assis sur le banc avant, il annonça :

— Laurent, je te présente ta belle-mère, Florida Fleury de La Gorgendière.

S'il n'avait pas été assis, Laurent serait tombé par terre. Il mit beaucoup de temps avant de pouvoir bredouiller, en levant les yeux vers cette femme au regard hautain :

— Enchanté de vous connaître.

— Et moi de même, jeune homme. C'est donc ici que vous demeurez ?

Il se surprit lui-même de répondre :

— Pas tout à fait. Nous habitons à la lumière de la Pointe-Ouest, à deux milles d'ici en passant par la grève. Mais on nous promet bientôt une belle route qui sans raccourcir vraiment le trajet, saura le rendre plus facile.

— Eh bien ! s'impatienta sa belle-mère. Qu'attendez-vous ? Menez-nous à ce fameux phare que dans votre curieux langage vous appelez la lumière.

— Les gens d'ici ont cette habitude et pour nous, ça n'a plus rien d'étrange, répliqua-t-il assez froidement.

Laurent ordonna à son cheval d'avancer. Pendant ce temps, son père n'avait pas ouvert la bouche. Sa nouvelle compagne ne semblait d'ailleurs pas vouloir lui en donner la chance, car elle reprit la parole aussitôt:

— Votre père et moi, nous aurions aimé vous inviter à notre mariage, mais comme vous exercez un métier qui vous garde rivé à votre devoir, nous ne l'avons pas fait. Il est, paraît-il, très difficile de remplacer un gardien de phare.

Par politesse, Laurent allait commenter ses paroles, mais elle ajouta, d'un ton quelque peu suffisant:

— Souffrez que je vous dise, pour ce que j'en sais, que ce travail ne me semble pas requérir de très grandes connaissances. Il suffit, à ce qu'on m'a dit, de bien connaître la mer, de savoir garder des lampes allumées et d'être discipliné à les éteindre et à les faire briller le temps voulu. Votre père a choisi, et c'est très louable de sa part, de travailler à autre chose de beaucoup plus utile. La direction des hommes et l'organisation de leur travail demandent infiniment plus de capacités, vous ne trouvez pas?

Voyant que Laurent ne réagissait pas, elle poursuivit sur le même ton pédant:

— Je suis née, si vous voulez le savoir, d'une famille noble. Mes aïeux ont été de grands patriotes. Pour ne mentionner que le premier porteur en ce pays du nom de La Gorgendière, et laisser dans l'ombre ses rejetons dont je descends et qui, soit dit en passant, furent des hommes plus téméraires et plus méritants les uns que les autres, je vous dirai seulement qu'il fut marchand et, qui plus est, agent général de la Compagnie des Indes, mais aussi le premier seigneur de la Nouvelle-Beauce. Quant à mon grand-père, Louis Fleury de La Gorgendière, apprenez qu'il fut seigneur de Deschambault. Pour ce qui est de mon père, que Dieu ait son âme, il exerça le métier si difficile de juge et d'agent de la paix, et ces titres à eux seuls soulignent tout son mérite. Moi, je fus mariée à un homme indigne du nom que je porte. Fort heureusement, il me laissa veuve encore toute jeune et je me suis gardée pendant toutes ces années pour devenir la semaine dernière la seconde épouse de votre père.

Laurent pensait qu'elle avait tout dit et que la fontaine s'était tarie, mais à peine eut-elle recouvré son souffle qu'elle reprit son verbiage pour ne plus se taire jusqu'à leur arrivée au phare. Il retint seulement qu'elle avait hâte de voir où Wilfrid avait vécu durant toutes ces années loin d'elle et de connaître également les autres membres de sa famille, à l'exception, bien entendu, d'une certaine Lorraine qui avait disparu comme ça un beau jour avec ses filles tout comme son premier mari supposément mort en mer. Wilfrid lui avait appris qu'il avait d'autres petits-enfants, Émile et Alfred, qu'elle était impatiente de tenir dans ses bras.

Le déluge de paroles n'était pas encore fini lorsqu'ils arrivèrent à la maison. Mais la belle-mère dut se taire deux secondes quand Wilfrid l'aida à descendre de ce qu'elle qualifia aussitôt de «la plus misérable et inconfortable voiture dans laquelle elle avait eu le malheur de monter de toute sa vie, de quoi s'éreinter pour le reste de ses jours». Une fois à terre, elle daigna jeter un coup d'œil au phare et commenta:

— Voilà donc cette fameuse lumière dont vous êtes les gardiens. Ne comptez jamais sur moi pour y monter. De la voir d'ici me suffit amplement. De plus, je me demande comment vous faites pour habiter dans un pareil…

Elle allait dire trou, mais elle sut se reprendre à temps pour dire:

— … endroit si dénué de tout.

Là-dessus, Wilfrid osa glisser:

— Florida, vous ne devez pas vous fier à ce premier contact un peu rude. Notre demeure, quoique privée de certains luxes, possède toutes les commodités et il fait très bon y vivre, comme vous le verrez.

Ils entrèrent à la maison sur ces mots. Jeanne et Claire eurent le souffle coupé lorsque leur beau-père leur présenta sa compagne. Elles retrouvèrent leurs moyens quand la nouvelle venue insista pour voir Émile et Alfred. Lorsque la femme les prit dans ses bras l'un après l'autre, les deux enfants réagirent de la même manière: ils se mirent à hurler et leurs mères durent avoir recours à tous les trucs qu'elles connaissaient pour parvenir à les calmer.

Après avoir visité la chambre conjugale qu'elle trouva tout à fait lugubre, la belle-mère déclara qu'elle mourait de faim. Jeanne et Claire se précipitèrent à la cuisine pendant que Laurent montait à la tour pour allumer la lanterne. Une fois là-haut, il poussa un long soupir, se prit la tête entre les mains et murmura: «Dans quoi p'pa vient-il de s'embarquer? C'est pas possible, je dois rêver!»

À peine était-il revenu à la maison que son père l'interrogea:

— Où est Ernest?

— À Rivière-au-Tonnerre.

— Que fait-il là?

— Il est allé rendre visite à Horace et Boniface.

— Quand compte-t-il revenir?

— Lui seul le sait.

Au grand soulagement de Laurent, son père n'en demanda pas plus.

Chapitre 15

Florida Fleury de La Gorgendière

La mégère se leva en pestant contre le matelas de mauvaise qualité. Wilfrid eut beau lui affirmer et tenter de lui démontrer qu'il s'agissait là de ce qui se faisait de mieux, parce qu'il était bourré de duvet de moyac, elle ne voulut rien entendre. Telle une enfant gâtée, elle bouda jusqu'au déjeuner.

Ils se mirent tous à table comme ils le faisaient chaque jour, laissant à Wilfrid le soin du bénédicité. Florida trouva encore à redire sur cette tradition familiale.

— Quelle idée de répéter toujours les mêmes choses ! Il faut savoir innover et changer de prière de temps à autre. Ça ne fait mourir personne.

Sa réflexion tomba dans le vide. Elle parlait, parlait et personne ne tendait plus l'oreille.

Laurent voulut savoir comment Wilfrid et elle avaient fait connaissance.

— Après le décès de votre mère, commença Wilfrid avant qu'elle n'ait le temps de l'interrompre, j'ai changé de pension et me suis retrouvé chez Florida, rue Sainte-Anne.

— Vous avez donc une maison de pension ? questionna Laurent d'un ton quelque peu sarcastique.

— Sachez que je possède une des meilleures pensions de Québec, pas loin du Château Frontenac, de l'hôtel Clarendon et de la basilique. Êtes-vous déjà venus à Québec ?

Comme personne ne répondait, elle les regarda avec un air de profonde pitié. Encore un peu et elle allait les traiter d'arriérés...

— Est-ce Dieu possible que vous ne soyez jamais sortis de votre... coin ? Vous ne devez jamais avoir entendu chanter de l'opéra. Connaissez-vous mademoiselle Albani ?

— Qui est-ce ? demanda Jeanne. Une chanteuse ?

— Une chanteuse ? Allons donc ! Bien plus qu'une chanteuse, une diva.

— Elle n'est jamais venue ici.

— Et elle ne viendra pas non plus ! Elle ne chante pas dans pareil coin reculé.

Elle commençait à taper singulièrement sur les nerfs de Jeanne qui glissa :

— Tant pis ! Elle n'aura pas le bonheur de nous connaître.

La belle-mère prit un air scandalisé et s'écria d'une voix pathétique :

— Pauvres de vous, quelles ignorantes vous faites ! Et vous me disiez, pas plus tard qu'hier, mesdames, que vous étiez institutrices avant de vous marier. Nos pauvres enfants peuvent bien ne rien connaître... Je présume que vous n'avez jamais assisté à une vraie pièce de théâtre et encore moins à une séance de cinéma. Mon pauvre Wilfrid, il est grand temps que vous les ameniez à Québec.

—Je ne manquerai pas de le faire quand l'occasion se présentera.

—Vous n'avez certainement pas vu les tramways, et savez-vous au moins ce qu'est l'éclairage électrique ?

—Il n'y en a pas encore à Anticosti, balbutia Claire, pour dire quelque chose, mais ça ne saurait tarder avec le nouveau propriétaire.

—Nous en aurons bientôt en effet, reprit vivement Wilfrid. Monsieur Menier va y voir dès l'année prochaine. De plus, je vous l'annonce en primeur, monsieur Zédé a promis qu'on viendrait nous poser le téléphone, et pas plus tard que cette semaine !

—Vraiment ! s'exclama Laurent. Ça va être toute une amélioration !

Le déjeuner tirait à sa fin. Il y avait eu du pain perdu, des confitures de fraises et du café que Jeanne torréfiait et moulait de son mieux, et que tous appréciaient. Mais la belle-mère trouva le moyen de lever le nez dessus. Elle susurra à Wilfrid d'un air pincé et contrarié :

—Tes belles-filles ne savent pas faire à manger. Il nous faudrait une cuisinière ici, à tout le moins le temps que nous y serons, sinon nous risquons bien de mourir de faim.

— J'y verrai, souffla Wilfrid.

Quand, après le déjeuner, Wilfrid emmena sa nouvelle femme visiter Baie-Sainte-Claire, Jeanne s'adressa à Laurent :

— Veux-tu bien me dire où ton père a déniché une pareille pimbêche et surtout pourquoi il l'a épousée ?

Laurent ne sut quoi répondre, mais il savait déjà que les deux ou trois prochaines semaines seraient très longues.

— Puisqu'elle soupera avec nous, je vais tout de même m'efforcer de lui préparer un de mes meilleurs plats.

— Que comptes-tu faire ?

— Des langues de morue, comme ça, elle va avoir de la concurrence.

Laurent ne put s'empêcher de rire. Il lui redemanda ce qu'elle allait préparer. Cette fois, Jeanne lui apprit qu'elle servirait effectivement de la morue, mais qu'elle n'avait pas encore arrêté son choix entre une quiaude ou une cambuse.

— Crois-tu qu'elle va aimer ça ?

— Si elle lève le nez sur un plat pareil, je pense que je vais le lui faire avaler de force, répliqua Jeanne.

Laurent s'exclama d'un ton moqueur :

— Ma p'tite femme qui se rebelle !

— Elle ne se rebelle pas, elle veut simplement se faire respecter.

Claire, qui avait tout entendu, s'approcha.

— Si tu prépares une quiaude, je veux que tu m'apprennes la recette, supplia-t-elle.

— Bien sûr, promit Jeanne. À bien y penser, il est préférable que je fasse une quiaude plutôt qu'une cambuse, parce qu'elle serait bien capable de dire que non seulement on la fait vivre dans une cambuse, mais qu'en plus on lui en fait manger !

Claire la suivit dans la cuisine. Jeanne lui garantit :

— Tu vas voir, c'est vraiment bon. J'ai été spécialement à l'Anse-aux-Fraises demander la recette à Anita il y a quelques mois. Tout le monde dit qu'il n'y a personne qui en prépare de meilleures… Elle m'a montré comment faire.

Tout en parlant, Jeanne sélectionna des morceaux de petites morues, des nauves de morues fraîches et des langues qu'elle fit rissoler dans du lard salé. Elle les plongea dans l'eau pour en commencer la cuisson, puis elle ajouta de gros carrés de pomme de terre qu'elle avait fait préparer par Claire. Quand elle vit que tout était pratiquement cuit, elle épaissit le bouillon avec de la farine délayée à l'eau. Elle décida de couvrir le tout de grands-pères. Lorsque le plat fut prêt, elle mit les grands-pères de côté pour le dessert qu'elle comptait servir avec de la mélasse.

Juste avant le souper, Wilfrid revint avec Florida et annonça que dès le lendemain, grâce à l'amabilité de monsieur Zédé, le chef Antonin s'installerait à la maison pour y faire la cuisine tant qu'ils y seraient.

La belle-mère goûta à peine à un morceau de morue et s'écria :

— Pouah ! Qu'est-ce que ce plat insipide ?

Pour ne pas faire d'éclat, Jeanne alla se réfugier à la cuisine qu'elle ne quitta plus jusqu'à ce que sa belle-mère se soit retirée dans sa chambre. Laurent vint la consoler.

— Ton souper était délicieux. Ne t'occupe pas d'elle. Dès demain, tu n'auras plus à te soucier des repas.

— J'ai rarement vu quelqu'un d'aussi détestable.

— Il y a du monde de même, expliqua Laurent. Ils passent leur vie à grogner et quand ils ne le font pas, ils se préparent à le faire.

La remarque de Laurent lui arracha un sourire.

— Tiens, se réjouit-il, je retrouve ma p'tite Jeanne d'amour.

Elle s'avança vers lui, se mit sur le bout des pieds et lui donna un bec dans le cou.

— Tu es vraiment mon gardien de lumière préféré, assura-t-elle.

Chapitre 16

Antonin Raspaille

Comme Wilfrid l'avait laissé entendre, une charrette s'arrêta à la porte de la maison au début de la matinée. Un petit homme tout en nerfs en descendit avec armes et bagages. Il frappa à la porte et cria avant même qu'on ne réponde :

— Y a quelqu'un ?

Julienne qui lui ouvrait la porte au même instant sursauta en arrivant nez à nez avec lui.

— Excusez-moi de vous avoir effrayée, ma p'tite dame ! Je suis Antonin, le chef cuisinier qu'on vous a promis.

Laurent s'avança :

— Entrez et faites comme chez vous.

— Comme chez moi, ce sera bien difficile puisque je n'ai qu'une chambre où je ne suis pas de la journée. Imaginez ! Moi, le chef cuisinier d'un multimillionnaire, je suis condamné à passer l'hiver dans cette contrée sauvage.

— Vous ne manquerez pas de chaleur à côté de votre poêle.

— Pour ça non, cher ami. Vous avez entièrement raison.

Sur ce, il tendit la main à Laurent.

— Je suis Antonin Raspaille, annonça-t-il, mais ici les gens me nomment Tonin.

— Et moi, je suis Laurent Cormier, gardien de ce phare.

— Qu'on appelle ici curieusement la lumière, je sais.

— Bienvenue chez nous. C'est un honneur pour nous de loger un chef cuisinier sous notre toit. J'en connais deux qui seront heureuses de vous seconder et sans doute de vous voler quelques secrets.

— Si elles sont jolies, je les laisserai faire volontiers.

Laurent sympathisa immédiatement avec cet homme qui paraissait jovial et volubile. Ils passèrent au salon, puis à la cuisine qu'Antonin examina en connaisseur.

— Je devrai y mettre les choses à ma main, s'excusa-t-il.

D'un geste large, Laurent l'invita à se familiariser avec les lieux :

— Ce sera votre royaume, le temps que vous serez avec nous. Permettez-moi de vous présenter mon épouse, Jeanne, et ma belle-sœur, Claire, les deux voleuses dont je vous parlais à l'instant.

En entendant Laurent les appeler voleuses, elles sursautèrent, ce qui fit bien rire le nouvel arrivant.

— Ne vous offusquez pas, mesdames, c'est que monsieur m'a laissé entendre à l'instant que vous seriez sans doute heureuses de me dérober certains secrets de cuisine. Soyez assurées que je ne vous accuserai de rien.

Laurent enchaîna :

— Dans la maison, il y a aussi Julienne que vous avez vue tout à l'heure. Elle est sourde et muette, et fait très peu de bruit.

Les présentations faites, Laurent lui montra la chambre qu'on lui destinait. Antonin ne mit guère de temps à s'y installer et revint immédiatement à la cuisine où Laurent lui offrit un verre de jus tout en lui avouant :

— Je suis curieux de savoir comment vous avez pu vous retrouver à Anticosti.

— Oh ça ! Voilà une histoire à la fois longue et courte. Je travaillais à Paris aux Trois Corbeilles, un restaurant fréquenté par les gros bonnets. À la fin d'un déjeuner, deux hommes demandèrent à me parler. Habituellement, quand des clients nous font venir des cuisines, c'est pour nous reprocher quelque chose. J'étais certain que c'était pour critiquer le plat qu'on venait de leur servir. Pourtant, il me semblait que j'avais réussi ma recette à la perfection. Mais je me trompais du tout au tout. Il s'agissait exactement du contraire. Celui des deux qui, j'aurais mis ma main au feu, était un bourgeois de la haute me questionna :

« — Voudrais-tu doubler ou même tripler ton salaire ?

« Je n'aime pas qu'un inconnu me tutoie la première fois qu'il m'aborde, mais j'ai répondu :

« — Qui serait assez fou pour refuser de tripler ses gages ?

« — Si ça te convient, je t'engage.

« Décidément, il devait être enchanté du veau aux pleurotes qu'il venait de déguster. Mais je me tenais sur mes gardes. Je trouvais qu'il allait un peu vite en affaire. Je hasardai :

« — Tout dépend de ce que vous voulez me proposer.

« Il me regarda comme quelqu'un peu habitué à ce genre de réponse, puis avança sans hésiter :

« — Je te prends à mon service comme cuisinier, tant ici que durant mes voyages.

« Comme je ne le connaissais pas, je voulus d'abord savoir qui il était. Il eut l'air étonné de mon ignorance. C'est là qu'il me demanda :

« — Est-ce que tu manges du chocolat Menier ?

« — Parfois.

« — Eh bien, je suis le propriétaire de la chocolaterie Menier.

« J'étais devant un multimillionnaire qui m'offrait de travailler pour lui et, qui plus est, dans ses cuisines privées. L'homme qui l'accompagnait, un grand gaillard carré, n'avait pas prononcé un traître mot. Il me fit signe de me pencher et me chuchota à l'oreille :

«— C'est la chance de ta vie!

«Je pense que c'est à ce moment-là que je pris ma décision. Mais je ne voulais pas aller trop vite et je demandai une journée pour y penser. J'ai tout de suite vu que monsieur Menier était un homme qui ne tergiversait pas longtemps. Il me regarda droit dans les yeux et me dit:

«— Demain, mon gérant, Georges Martin-Zédé que voici, viendra te voir avec une proposition bien précise. Il t'expliquera tout. Tu me sembles être un garçon intelligent, tu serais fou de refuser.

«Ils avaient fini de manger et se levèrent de table en me saluant. "Cuisinier de Menier", me répétais-je. Je n'y croyais pas! Quand je retournai aux cuisines, je n'osai pas parler de cette proposition à mon patron. J'avais encore du temps pour y réfléchir. Mais déjà, je tentais de m'imaginer ce que serait désormais ma vie. Même si, habituellement, le rêve et la réalité sont deux choses fort différentes, ce qui était certain, c'était que mon existence allait changer du tout au tout et c'était loin de me déplaire. En sortant du restaurant, la première chose que je fis fut d'aller m'acheter une boîte de chocolats Menier. Il me semblait qu'en mangeant ces sucreries, je me sentirais déjà plus près du travail qui serait désormais le mien, car j'étais bien décidé à accepter cette offre.

«Le lendemain, comme monsieur Menier l'avait promis, monsieur Zédé vint me proposer un contrat.

J'ai pris le temps de le lire et ça m'a plu tout de suite d'apprendre que je serais le chef cuisinier de Menier, tant à bord de son navire qu'à l'île d'Anticosti qu'il venait d'acquérir. Je lui demandai :

« — Qu'est-ce que c'est que cette île d'Anticosti et où est-ce ?

« Une réponse est venue aussitôt :

« — Anticosti est en Amérique, plus précisément au Canada.

« J'avais déjà entendu parler de l'Amérique, mais tout cela ne me disait pas grand-chose. C'est alors que monsieur Zédé se mit à m'informer sur cet endroit.

« — Anticosti est une île plus grande que la Corse et située en plein golfe du Saint-Laurent. On y compte une trentaine de rivières. Aimes-tu la pêche ?

« Moi qui adore pêcher, je répondis spontanément :

« — Bien sûr ! J'aime la pêche et le poisson.

« — Dans ce cas, tu vas pouvoir te régaler à ton goût. Ces rivières sont pleines de saumons et de truites, la Jupiter surtout, qui est un véritable fleuve.

« Sans m'en rendre compte, ce Zédé était en train de m'appâter comme un poisson. Il poursuivit ainsi :

« — Le patron veut en faire son lieu de rendez-vous pour ses vacances d'été. Il y a, paraît-il, quatre cents personnes qui y habitent et que nous devrons chasser de ces lieux à moins qu'elles ne veuillent travailler pour nous et soient aptes à le faire. Presque tout ce monde vit dans trois villages grands comme la main. On trouve sur l'île de belles forêts de pins, de sapins, de cèdres, de bouleaux et de trembles. Comme c'est une île, les eaux sont riches en poissons de toutes sortes: de la morue, du flétan, du homard et de l'anguille, sans compter les saumons et les truites dans les rivières. À part ça, on y voit des ours, des loutres, des renards, des martres, etc. Tu ne peux pas imaginer tous les projets qui trottent dans la tête du patron. On ne doit pas oublier que c'est un homme d'affaires. Il voit déjà tout le profit qu'il pourra tirer de cette île.»

Antonin s'arrêta, poussa un soupir avant d'ajouter:

— Voilà comment je me suis retrouvé sans trop y penser à Anticosti. Mais le patron est reparti en France en me laissant ici comme cuisinier de ses employés. Sans être au chômage, j'ai moins à faire.

— Ce qui vous permet de venir répondre aux exigences de ma belle-mère, fit remarquer Laurent.

— Tout est dit!

Laurent appela Jeanne pour qu'elle indique au chef les commodités de la cuisine. Antonin se mit tout de suite à l'ouvrage afin de préparer pour madame ce qu'il appela de la morue farcie à l'ancienne.

— En cuisine, confia-t-il à Jeanne, tout est dans la sauce et le nom. Vous avez sûrement préparé la morue comme nous allons le faire, ce n'est rien d'autre que de la morue farcie, mais en ajoutant "à l'ancienne", elle commence déjà à avoir un goût différent. Vous avez sans doute, par les temps qui courent, de la morue fraîche. Trouvez-m'en une de deux à trois livres. Avec un peu de sel, du poivre et des lardons, le tour sera vite joué. Je vais vous confier le secret de la confection de la farce. Vous y mettrez une tasse de pommes de terre, une tasse de pain émietté, quelques tranches de bacon et de l'oignon que vous allez couper très fin.

Pendant que Jeanne préparait la farce, Antonin ouvrit la morue par le dos, en conserva la tête, fit disparaître les ouïes et les yeux qu'il remplaça par un morceau de pomme de terre. Puis il prit la farce, en bourra la morue et la referma en la cousant. Il la déposa sur les lardons dans une lèchefrite avec des rondelles d'oignon et mit le tout à cuire au four. Il ne connaissait pas encore ce poêle et surveilla donc la cuisson de près.

— Voilà, lança-t-il, ce n'est pas plus sorcier que cela et madame devrait être satisfaite en sachant qu'il s'agit d'une morue farcie… à l'ancienne !

Comme de fait, Florida Fleury de La Gorgendière trouva le plat délicieux. Jeanne ne manqua pas de dire à Laurent :

— Ta mère faisait de la morue farcie qui avait aussi bon goût. Je te gage que la belle-mère aurait levé le nez dessus.

Son époux se contenta de répondre :

— Il y a des gens comme ça, ma chérie…

Chapitre 17

Confidences

Laurent devint rapidement le confident d'Antonin Raspaille. L'homme avait besoin de parler. Ayant pris Laurent en amitié, il se livra à lui sans détour. Lorsque tout le monde avait gagné sa chambre, il en profitait pour s'épancher. Il parlait presque à voix basse, assis devant le foyer, un verre à la main.

— Être chef cuisinier, c'est un beau métier, fit-il remarquer, mais il a un très gros défaut.

— Lequel ?

— Le fait que vous êtes seul et affairé au moment où tous les autres font la fête. C'est à vous de les rendre heureux en leur remplissant la panse. Ce métier fait que nous nous sentons souvent bien seuls. De me retrouver ici sous votre toit constitue en quelque sorte des vacances pour moi.

— Comme ça, votre travail ne vous laisse pas beaucoup le temps de vivre…

Antonin se tourna vivement vers Laurent.

— Allons, mon ami ! s'écria-t-il. Nous pouvons bien nous tutoyer sans que le ciel s'en porte plus mal.

Voyant que Laurent l'approuvait, il reprit d'une voix grave :

— Oui, mon travail est très accaparant, surtout quand mon patron reçoit ses amis ou se déplace avec eux. Remarque, je ne m'en plains pas trop puisque ça me permet de voir du pays, mais ça ne me laisse guère le temps de l'admirer. Tu vois, ce printemps, quand le patron est venu sur son yacht, il a donné congé à son cuisinier à bord et j'ai dû le remplacer le temps que ces messieurs fassent le tour de l'île. L'as-tu déjà fait ?

Tout en esquissant un signe d'assentiment, Laurent précisa :

— Quand j'étais petit. Mais depuis que je suis gardien de ce phare, je n'en ai plus eu l'occasion. Je traverse l'île d'une pointe à l'autre en hiver pour la surveillance des dépôts de provisions et la recherche de naufragés. Je le fais également en bateau avec l'inspecteur des phares, mais uniquement de ce côté-ci de l'île et encore, nous nous arrêtons seulement à trois phares.

Antonin s'étira avec une sorte de grognement de satisfaction. Il allongea les jambes devant lui et après s'être mieux installé sur son banc, il raconta :

— Moi, j'ai accompagné ces messieurs en juin dans leur tournée de l'île. Ce n'est pas rien d'avoir des sous, ça permet de s'offrir tout ce qu'on veut. Ils ont remonté chaque rivière en ne pensant qu'à deux choses : la pêche et l'argent qu'ils pourraient faire avec. Une des rivières qui les intéressait le plus était la Jupiter. Ils savaient que le saumon s'y trouvait en abondance. Il faut leur donner ce qu'il leur revient, ils s'organisent bien : bateaux plats, chevaux, guides, tentes, couchettes, tables, chaises, chaudrons, provisions, etc. Rien ne manque.

Puis, se reprenant, il grommela :

— Ah si ! Pour cette expédition, il y avait une grosse lacune.

— Quoi donc ?

— Ils n'avaient pas apporté de chasse-moustiques. Pourtant, il en existe. Ils pensaient que les voiles moustiquaires suffiraient amplement. Mais les moustiques ont gâché tout le voyage et celui qui en a le plus souffert, tu l'as devant toi. Comment penses-tu qu'on peut faire à manger lorsqu'on se fait dévorer par des milliers d'insectes ? Ils ont confié à leur savant docteur Schmitt la tâche de trouver le produit qui les délivrera, eux et leurs invités, de ce fléau à la prochaine expédition. Mais je te garantis qu'au cours de celle-là, ils ont souffert de leur oubli presque autant que moi. Nous n'avons pas connu une seconde de répit.

— J'imagine que ce devait être l'enfer.

— L'enfer ? Pire encore ! Et j'ai dû me fendre en quatre pour satisfaire les petits caprices de tous ces messieurs.

Il prononça cela avec du dépit dans la voix. Voulant changer le cours de la conversation, Laurent demanda :

— Comment s'organisaient-ils pour pêcher ?

— Il y avait trois bateaux plats. Comme la plupart des rivières de l'île, paraît-il, la Jupiter est peu profonde. En conséquence, ils ont réparti les bagages dans les trois barques, de même que les gens. Ils ont attelé à chaque embarcation un cheval qui était monté par un guide chargé de le diriger dans la rivière. Nous avons d'abord parcouru six milles pour arriver à une fosse à saumon. À certains endroits, les chevaux avaient de l'eau jusqu'au poitrail. C'était une eau très claire et très froide. On y voyait des saumons en grand nombre tout au long du trajet. Rendus à ce qu'ils appellent le *pool six miles*, ils ont décidé de s'arrêter pour manger. Mon ami, j'ai dû me démener là comme un diable dans l'eau bénite pour préparer un repas convenable et parvenir à faire chauffer l'eau suffisamment pour le thé. Heureusement, ils ont fait décharger tout le matériel des barques afin de pouvoir les vider. Elles avaient pris l'eau. Ça m'a donné le temps de souffler un peu.

Antonin fit une pause, se redressa sur son siège, poussa un soupir et poursuivit :

— Je croyais que nous nous étions arrêtés à cet endroit pour la nuit. Ils auraient pu pêcher tout leur saoul, tant il y avait de saumons, mais ils ont préféré poursuivre jusqu'à la prochaine fosse, six milles plus loin. Les barques ont été rechargées. Au moins, les chevaux avaient pu se reposer quelque peu. Nous sommes donc repartis. À l'arrière de chaque barque, un homme muni d'une perche travaillait avec habileté pour éviter qu'elle ne heurte le rivage ou un obstacle quelconque.

Laurent, que cette histoire intéressait vivement, commenta :

— Il devait être agréable de voyager de la sorte.

— Très, à part ces satanés moustiques. Nous sommes parvenus à cette fosse située à douze milles de l'embouchure de la rivière. Les bateaux ont été tirés sur la berge. Les tentes ont été montées sur une butte couverte de mousse dans laquelle les chevaux se sont roulés. Pendant que les bourgeois tentaient de prendre du saumon, je préparais à manger. Heureusement que je n'ai pas attendu qu'ils nous sortent suffisamment de poissons pour le repas du souper comme vous dites ici, car ils auraient eu peu à se mettre sous la dent.

— Ça ne mordait pas ?

— Il semble que nous étions là trop tôt dans la saison. C'est l'explication ou l'excuse qu'ils ont donnée. En tout, ils ont pêché seulement cinq saumons. Le plus gros pesait onze livres. Ils n'étaient pas bien fiers d'eux et leur patience a été tellement mise à rude épreuve par les bataillons de moustiques que le lendemain, très tôt, ils étaient tous d'accord pour déguerpir en vitesse. Je me suis levé avec le soleil et je me suis efforcé de les satisfaire rapidement par un petit déjeuner vite fait : du pain grillé avec de la confiture. J'avais aussi hâte qu'eux de fuir ces lieux…

Antonin réprima un bâillement. Laurent, qui sentait lui aussi la fatigue de la journée, aurait pu en profiter pour mettre fin à ce récit, mais sa curiosité l'emporta :

— À part la Jupiter, vous avez dû remonter d'autres rivières ?

— Nos messieurs les ont à peu près toutes explorées sans y pêcher. Ils préféraient revenir coucher sur le yacht et éviter de la sorte les piqûres de moustiques. Quand ils prévoyaient manger en route, je les accompagnais. Mais, bien souvent, je n'ai pas eu à le faire, parce qu'ils ne passaient que la matinée à l'extérieur.

— Avez-vous fait tout le tour de l'île ?

— Oui, et il y a eu un peu de grabuge à Fox Bay. J'ai entendu monsieur Zédé dire : “Quand nous aurons résolu le problème de ces pilleurs d'épaves, nous serons totalement chez nous.” Mais les patrons sont tout de même heureux parce qu'ils ont réglé le cas de presque tous les habitants de l'île.

Sur ces mots, Antonin se leva et déclara avec emphase :

— Allons, cher ami. Le lit sera le bienvenu.

Cette conversation réjouit Laurent. Grâce à son amitié naissante avec le cuisinier, il était assuré d'apprendre ce qui se passait dans le clan du nouveau propriétaire. Il se dit qu'il ne manquerait pas l'occasion d'exploiter ce filon bientôt.

Chapitre 18

Libération

Le cuisinier demeura deux semaines à la Pointe-Ouest. Pendant son séjour, comme Wilfrid l'avait annoncé, on vint installer le téléphone. On se servit des poteaux utilisés pour le télégraphe afin d'y poser les fils. La version officielle, celle de Florida, laissait entendre que monsieur Zédé devait pouvoir rejoindre Wilfrid en tout temps. D'ailleurs, il le fit dès le premier soir afin d'en vérifier le fonctionnement. Quand la sonnerie retentit, Wilfrid décrocha en hésitant le cornet acoustique et le porta à son oreille. Tout fonctionnait fort bien. Il fallait toutefois élever la voix pour se faire entendre, mais c'était là un moindre mal.

Florida ne manqua pas d'insinuer méchamment :

— Si nous n'étions pas venus loger ici, vous n'auriez jamais eu le téléphone.

Elle se méprenait royalement. En homme prévoyant, le directeur tenait à ce que les futurs invités du grand patron puissent téléphoner aux différents phares de l'île afin de communiquer leurs achats ou leurs ventes de titres boursiers à Québec, Montréal ou New York. Autant d'ouvrage de plus pour Jeanne qui devait relayer ces informations, elle qui était devenue la télégraphiste de la Pointe-Ouest.

Wilfrid et son épouse se rendaient tous les jours à Baie-Sainte-Claire et suivaient avec un vif intérêt les progrès de la construction de leur maison. Quand elle revenait au phare pour souper et coucher, Florida trouvait toujours l'occasion de souligner, comme une enfant, tous les avantages qu'aurait cette demeure.

— Nous serons éclairés à l'électricité dès l'an prochain et on nous installera le téléphone cette année. Nous aurons l'eau courante et des cabinets d'aisance à l'intérieur de la maison, et non pas à l'extérieur comme ici.

Un jour, Laurent rappela aimablement :

— Vous êtes des privilégiés. Ce n'est pas donné à tout le monde d'avoir autant de commodités. Nous sommes heureux pour vous. Nous finirons bien, nous aussi, par être éclairés à l'électricité.

Comme si elle voulait tourner le fer dans la plaie, Florida s'empressa d'ajouter :

— Mais quand ? Dans dix ans ? Il ne faudrait pas vous en surprendre. Quand on vit loin de la civilisation, c'est ce qui se produit.

Laurent, Jeanne et Claire la laissaient parler et cette fois encore, ses paroles tombèrent dans le vide.

Quand la maison enfin fut prête, Wilfrid y fit déménager leurs pénates. Puis, il dit à Laurent :

— Maintenant, tu es vraiment maître des lieux.

— Ouf ! soupira Florida. Comme je serai heureuse de m'éloigner de cet endroit !

Laurent se retint pour ne pas répliquer : « Et nous donc ! Quel bonheur nous aurons de vous savoir loin ! »

Lorsque la voiture emportant son père et sa belle-mère disparut en direction de Baie-Sainte-Claire, Laurent poussa un long soupir.

— Jamais je n'aurais pensé qu'un jour, je serais content de voir mon père s'éloigner de la maison.

Jeanne le reprit :

— Ce n'est pas ton père que tu es content de voir partir…

— Dans la vie, nous prenons parfois des décisions qui nous mènent trop loin. J'ai bien l'impression que mon père est dépassé par ses choix : d'abord, celui de travailler pour le nouveau propriétaire et ensuite, celui de se remarier. Il faut souhaiter qu'il soit heureux là-dedans.

— Sans doute l'est-il puisqu'il accepte cette situation.

Laurent ne semblait pas convaincu. Il ajouta :

— Espérons-le. Après avoir travaillé comme il l'a fait, il le mérite bien.

Voyant son mari soucieux, Jeanne voulut le rassurer :

— Tout ça est très nouveau pour lui. Il paraît que le temps arrange bien des choses.

Claire ne disait rien. Jeanne s'en avisa et lui en fit la remarque :

— Tu es donc bien songeuse.

— Je me demande seulement comment deux personnes si mal assorties ont pu en venir à se marier. Mais laissons de côté cette triste situation et passons à des choses plus gaies. Nous devrions en profiter pour faire nos dernières cueillettes. J'ai fait comprendre à Julienne qu'elle doit s'occuper des petits.

— Crois-tu qu'il reste encore des groseilles et des gadelles ?

— Sans doute pas, mais il y a certainement encore des atocas.

Munies de corbeilles, elles se dirigèrent vers la tourbière. C'était la mise en scène pensée par Claire pour s'éloigner de la maison et se confier à Jeanne.

— Je suis inquiète, se plaignit-elle. Que devient Ernest ?

— Tu devras t'habituer. Il a la chasse et la pêche dans le sang. Et puis, tu sais qu'il en veut à Wilfrid… Mais il ne doit pas être loin, à attendre que la place se libère. Il reviendra certainement sous peu. Avant de repartir trapper, il va attendre la neige.

— J'ai parfois l'impression d'être veuve.

— Pauvre toi ! Je ne veux pas te faire de la peine, mais tu dois te mettre dans la tête que ça risque d'être toujours ton lot. À moins que tu ne l'accompagnes en forêt…

— Il ne voudrait pas et je n'en aurais jamais la force, surtout avec les enfants. Nous vois-tu dans les bois à vivre comme les Sauvages dans un tipi ? Je pense que j'en mourrais.

— Tu as dit avec *les* enfants ?

— Eh oui ! Celui que j'ai déjà et celui que j'attends.

Jeanne sauta de joie.

— Mais c'est merveilleux ! Tu es enceinte ! Nos enfants auront presque le même âge. Te rends-tu compte ? La maison va bientôt déborder de vie, de rires, de cris, de pleurs. Les enfants sont là pour nous rappeler qu'il n'y a rien de plus beau que de donner la vie. Dans quelques années, ils auront deux institutrices pour leur apprendre à lire, à écrire et à compter.

— Pourvu que tout ça dure… Avec Laurent, tu as au moins l'avantage de savoir ce que sera ta vie pour les années à venir. Il n'y a absolument rien de sûr avec Ernest.

Claire et Jeanne étaient arrivées à la tourbière. Elles s'apprêtaient à commencer leur récolte quand elles se rendirent compte que le vent avait travaillé pour elles. Des milliers d'atocas flottaient sur l'eau d'un étang tout près. Ils formaient un tapis rouge vif repoussé au bord par le nordet. Elles n'eurent qu'à se pencher pour en remplir leurs corbeilles. Jeanne s'exclama :

— La nature a déroulé son tapis rouge pour nous ! Nous sommes ses invitées d'honneur. J'y vois un présage !

— Lequel ?

— Ernest ne devrait pas tarder à rentrer à la maison.

— Souhaitons que tu dises vrai ! Je m'ennuie tellement de mon homme…

— Si tu y crois, ça va se réaliser, affirma Jeanne.

Quand elles revinrent au phare, leurs paniers remplis de petits fruits, elles se butèrent à Ernest, occupé à décharger ses effets de la charrette menée par Côme.

— Je l'avais prédit ! s'écria une Jeanne toute souriante.

— Tu avais prédit quoi ?

— Que tu serais de retour aujourd'hui ! Demande à Claire !

Celle-ci s'avança vers Ernest qui la prit dans ses bras.

— Ne la serre pas trop fort, recommanda Jeanne.

— Pourquoi donc ?

— Elle n'est pas toute seule.

Ernest regarda sa femme et demanda :

— Est-ce que j'ai bien compris ?

Au signe d'assentiment de Claire, il l'étreignit deux fois plus fort. Puis, il supplia :

— Cette fois, fais-moi une fille !

— Ce n'est pas moi qui décide, mais je vais faire mon possible !

Ils invitèrent Côme à les suivre et entrèrent tous ensemble dans la maison comme une bande d'écoliers heureux parlant tous en même temps. Laurent les y accueillit en les interrogeant :

— Voulez-vous bien me dire d'où vous vient cet enthousiasme ?

— De notre libération à tous ! cria Jeanne.

Chapitre 19

Le départ d'Ernest

Comme il lui arrivait de plus en plus souvent de le faire, Laurent se rendit à Baie-Sainte-Claire sous prétexte d'aller saluer son père. Ces visites lui permettaient d'aller fureter au village et de constater les progrès réalisés. On était aux portes de l'hiver. Bientôt, Laurent allait éteindre la lumière pour quelques mois. Une première neige couvrait déjà le sol. Les arbres semblaient saupoudrés de sucre. La mer moutonnait et quelques mouettes cherchaient leur pitance le long des rives. Laurent marchait vite, satisfait de ce qu'il voyait. Il n'aperçut pas tout de suite le coffre rejeté sur la berge par la mer. Quand il le découvrit, il s'arrêta, jeta un coup d'œil vers le large. Ce coffre ne pouvait venir que d'un navire échoué. Il ne voyait pourtant pas d'épave. Il le tira vers lui, tentant d'en ouvrir le couvercle. Il n'y parvint pas. Ne voulant pas s'embarrasser de ce poids, il cacha le coffre derrière une touffe d'arbustes rabougris accrochés au bas de la falaise. Il empila quelques pierres tout près comme repère, se promettant de le prendre au retour.

Il poursuivit jusqu'à la Baie et se rendit droit à la maison de l'administration. Il y trouva son père.

— Accorde-moi quelques minutes et je suis à toi. Je t'emmènerai visiter la maison.

Laurent attendit. Libéré du travail qui l'accaparait, son père lui fit signe de le suivre. Lorsqu'ils eurent remonté la rue en direction de la ferme, Wilfrid tendit le bras vers la gauche.

— Laquelle ? demanda Laurent.

— La vert olive.

Laurent s'arrêta pour l'admirer. C'était une coquette maison avec son toit rouge et sa grande galerie. Elle semblait sourire dans la verdure.

— Très belle, fit-il en hochant la tête d'approbation. Magnifique ! Vous devez être content…

— Content n'est pas le mot. Très moderne avec ça. Nous ne manquons de rien. Je te souhaite qu'un jour, la maison de la Pointe ait autant de commodités.

— Ça viendra sans doute, prophétisa-t-il sans trop de conviction.

Ils entrèrent. Laurent s'étonna :

— Florida n'est pas là ?

— Elle est chez les Comettant. Pendant que j'y pense, monsieur Comettant aimerait faire meilleure connaissance avec toi. Il a manifesté l'intention de se rendre au phare bientôt. Il va téléphoner avant.

— Je serai heureux de le recevoir et de jaser avec lui.

Son père l'emmena faire le tour du propriétaire. Il s'agissait d'une belle demeure passablement spacieuse avec une cuisine bien éclairée et un salon pouvant accueillir facilement une quinzaine de personnes. La chambre était vaste et chaude avec son foyer.

La visite terminée, son père se tut un moment. Le sentant hésitant, Laurent en conclut qu'il avait quelque chose d'important à lui dire. Il patienta.

— Assis-toi, l'invita Wilfrid en lui désignant un fauteuil. Je ne peux pas t'offrir de gin, il est prohibé ici comme sur le restant de l'île.

— Pas chez moi, précisa Laurent. J'en ai.

— Tu ne devrais pas.

— Pourquoi ?

— La réglementation de monsieur Menier défend la possession de boisson.

— Mais p'pa, je ne relève pas de monsieur Menier. Je travaille pour le gouvernement et la maison est bâtie sur un terrain du gouvernement. Voilà pourquoi je me permets d'avoir de la boisson pour mes invités et pour nous.

— Il y a cependant un autre règlement de monsieur Menier auquel tu dois te plier.

— Lequel ?

— L'interdiction de pêcher et de chasser.

— Je ne pêche plus et je ne chasse plus. J'ai assez de travail à la lumière comme ça.

— Toi, tu ne le fais pas, mais ton frère ?

— Ernest fait bien ce qu'il veut. Je ne peux pas l'attacher.

— S'il lui prend l'envie d'aller trapper cet hiver malgré l'interdiction, veux-tu le prévenir de ma part que monsieur Zédé a engagé six gardes-chasses ?

— Six seulement, pour toute l'île ?

— Pour l'instant. Ils vont trapper pour monsieur Menier et ils vont recevoir un excellent salaire. Monsieur Zédé m'a laissé entendre qu'il songeait à augmenter leur nombre à vingt. Il cherche des trappeurs prêts à travailler à salaire. Ernest pourrait très bien s'engager. Il serait certain d'être bien payé et il ferait ce qu'il a toujours aimé faire.

— Je ne manquerai pas de le prévenir.

Ayant dit ce qu'il avait à dire, Wilfrid prétexta devoir retourner travailler. Laurent le laissa et poursuivit sa tournée de la Baie avant de revenir à la Pointe-Ouest. Sur le chemin, il récupéra le coffre qu'il avait trouvé et le rapporta à la maison. Dès son arrivée, il se servit d'une barre de fer pour forcer le couvercle. Le coffre contenait du linge et quelques papiers qui avaient été trempés, les rendant illisibles. Tout au fond, il y avait un coffret que Laurent ouvrit. Il contenait une centaine de dollars et une lettre assez bien conservée. Elle était adressée à Aurélien Dubois, rue du Sault-au-Matelot à Québec. Laurent télégraphia tout de suite à Québec afin de savoir qui était cet homme. La réponse ne tarda pas à venir. Il s'agissait d'un jeune homme arrivé à Québec un an plus tôt, et dont on n'avait plus de nouvelles depuis qu'il s'était embarqué sur un vaisseau à destination d'Halifax. Laurent révéla ce qu'il avait découvert et prévint qu'il gardait les vêtements et l'argent à la disposition de qui démontrerait qu'il était bien apparenté à ce jeune Dubois.

Dès qu'il fut seul avec Ernest, Laurent lui raconta ce que son père lui avait appris.

— Sacrement ! Le maudit Zélé y va pas de main morte, jusqu'à vingt chasseurs et gardes-chasses en même temps !

— As-tu l'intention d'aller trapper malgré les interdictions de Menier ?

— Je vais justement y aller à cause des interdictions.

— Tu prends de gros risques. Tu ne trouves pas que ce serait plus sage de t'engager comme garde-chasse ?

— Pour le gros millionnaire ? Jamais.

— Tu ne devrais jamais dire jamais. Peut-être qu'un jour, tu seras heureux de travailler à salaire.

— Avec l'obligation d'acheter tous mes effets dans son magasin et à son prix à lui ? J'ai de la misère à comprendre qu'il y en a qui marchent dans pareille combine. On n'est pas obligé de devenir esclave.

— Il y en a qui en arrachaient pour vivre. Ils tiraient le diable par la queue. Ils ont préféré une vie plus réglée.

— Avec des défenses de ci et de ça ? Je mange pas de ce pain-là, moi.

— Comme ça, tu comptes trapper cet hiver !

— J'ai mes lignes de trappe à la rivière la Loutre.

— Tu sais très bien que les gardes-chasses vont s'installer là. Ils vont travailler deux par deux et il va y en avoir à peu près sur toutes les rivières.

Ernest se retourna brusquement vers Laurent :

— Tu viens de confirmer exactement ce que je pense.

— Quoi donc ?

— Ils vont trapper le long des rivières parce que c'est beaucoup plus facile de se déplacer quand elles sont gelées. Je suis un de ceux qui connaissent le mieux l'intérieur de l'île. Je vais le faire sur mes lignes de la Loutre et s'il y en a qui s'y présentent, je vais remonter au centre de l'île et trapper là sans être ennuyé. Sans doute que j'y rencontrerai Horace ou quelqu'un d'autre, et on se mettra à deux pour les surveiller.

— Comment réussiras-tu à vendre tes peaux ? Tu sais qu'ici, tout ce qui entre et sort est inspecté à fond.

— Pas tout. Y a de la boisson en masse qui entre et je te garantis que mes peaux sortiront bien et au prix que je voudrai.

— Fais donc ce que tu veux… Mais je te trouve passablement égoïste. Ta femme et ton fils, pis l'autre en route ne méritent-ils pas mieux de ta part ?

— Je m'arrange pour qu'ils ne manquent jamais de pain ni de tout ce qu'ils ont de besoin.

— Tu pourrais le faire sans mettre en péril leur avenir.

— Peut-être bien ! Mais pour tout de suite, tout marche comme je le veux. L'avenir me dira si j'avais raison.

Chapitre 20

La visite du gouverneur

La période des fêtes approchait. Malgré la vive déception de Claire, Ernest était parti. Après avoir attelé Romulus au cométique chargé jusqu'au bord, il avait bien vite disparu à l'intérieur de l'île, comptant passer l'Anse-aux-Fraises sans être vu. Il ne serait pas de retour avant quatre mois. Il avait toutefois promis de revenir avant la naissance de son enfant, « de sa fille », comme il disait.

On était à quelques jours de Noël quand le téléphone sonna. Comme les appels se faisaient rares et que Wilfrid téléphonait toujours un peu avant le souper, Laurent en conclut qu'il pouvait bien s'agir du gouverneur. Il ne s'était pas trompé. Monsieur Comettant était au bout du fil :

— Monsieur Cormier, votre père vous aura prévenu que je désirais faire plus ample connaissance avec vous. Serait-il possible de vous rencontrer chez vous demain midi ?

— Certainement, mais à condition que vous acceptiez de dîner avec nous.

— Je ne vous appelais pas du tout dans ce but, mais puisque vous me l'offrez, je serai heureux de partager votre repas. Mais, surtout, dites à votre épouse de ne rien faire de particulier pour moi.

Le lendemain, vers onze heures, monsieur le gouverneur se trouvait à la maison du phare. Laurent le reçut de façon très amicale.

— C'est un honneur pour nous de vous accueillir sous notre toit. Permettez que je vous présente toute la maisonnée.

Le gouverneur salua d'abord Jeanne et Claire, puis s'intéressa aux deux enfants et à la servante Julienne. C'était un homme affable et enjoué. Il savait s'y prendre avec les enfants. Il parvint même à leur arracher un sourire. Laurent lui fit visiter la maison et l'invita ensuite à monter dans la tour. Le gouverneur accepta bien volontiers, quoique le temps fût passablement frais, pour ne pas dire froid. Il fut ébloui par la vue qui s'offrait là-haut et voulut savoir en quoi consistait le travail du gardien. Laurent se montra ravi de répondre à ses questions. De retour à la maison, ils profitèrent de la chaleur du foyer. Laurent n'osa évidemment pas lui offrir un verre de gin. Il proposa plutôt un verre de jus de cerise que monsieur Comettant accepta avec plaisir.

Le dîner était déjà prêt. On passa immédiatement à table. Jeanne et Claire avaient préparé une soupe d'orge à la poulette grasse. Comme plat principal, Jeanne offrit du pâté au saumon et pour dessert, un gâteau à la mélasse. Le gouverneur se régala. Il félicita même Jeanne pour ces mets délicieux et en particulier pour son gâteau.

— Il faudra que vous en donniez la recette à mon épouse, suggéra-t-il. Les desserts ne sont pas notre spécialité. Elle sera heureuse de savoir comment préparer ce gâteau.

— Et moi, je me ferai un plaisir de le lui montrer tout en faisant sa connaissance.

— Et celle de nos filles, ajouta fièrement le gouverneur. Souhaitons que nous ayons souvent l'occasion de nous voir. Vous savez, pour nous qui avons laissé derrière tous nos amis afin de venir vivre ici, le temps nous paraît parfois très long. Ce qui nous comble, c'est précisément de pouvoir nous faire de nouveaux amis.

Il se retira ensuite avec Laurent dans le bureau dont se servait Wilfrid et qui était devenu le sien. Dans la pièce voisine, on entendait le bruit d'une dépêche qui entrait au télégraphe.

— Qui prend les messages ? demanda le gouverneur.

— Mon épouse s'en charge habituellement.

— Je suis content d'apprendre qu'une femme peut faire ce travail.

— Jeanne était institutrice. Ça n'a pas été sorcier pour elle d'apprendre le morse, et ça me rend un grand service, surtout quand je suis dans la tour.

— Vous n'avez pas d'aide ?

— Mon frère est mon aide durant la période où le phare est allumé.

— Entre-temps, que fait-il ?

— Il a ses amis à l'Anse-aux-Fraises où il y a toujours un travail quelconque à faire. Ces gens, vous le savez, profitent de l'hiver pour réparer leurs filets de pêche et leurs gréements. Ils se préparent également à faire la chasse aux loups-marins quand ils ne sont pas à rafistoler quelque chose dans la maison. Le reste du temps, ils palabrent. Mon frère, lui, n'arrête jamais. Il ramasse le bois de grève dont nous nous servons pour chauffer le poêle, et aussi l'âtre et le foyer du salon. Nous vivons dans la seule maison en pierre de l'île, et elle n'est pas du tout facile à chauffer.

— Vous ramassez le bois de grève ? reprit le gouverneur. Savez-vous qu'il ne vous appartient pas ? Si vous ne recueillez que celui qui s'échoue sur le terrain du phare, nous n'avons rien à redire, mais si vous le ramassez ailleurs, il se trouve être la propriété de monsieur Menier. Mais passons ! Comment procédez-vous pour vos approvisionnements ?

— C'est le navire du gouvernement qui comble les besoins des quatre lumières de l'île.

— Quand vous apporte-t-il le matériel ?

— Dès que la navigation est possible. La plupart du temps en avril, selon ce qu'a été l'hiver.

— Les marchandises vous sont livrées directement ?

— Nous allons au-devant des barques qui nous les apportent et les faisons décharger dans notre charrette.

Laurent était quelque peu intrigué par les questions du gouverneur. Il se demandait où il voulait en venir.

—Je croyais que mon père vous avait informé de tout ça.

—En effet, mais je voulais vous l'entendre dire. Vous savez que monsieur Menier insiste pour contrôler tout ce qui entre et sort de son île. Il cherche comment procéder pour que les marchandises qu'on vous livre soient inspectées.

—Là-dessus, je ne saurais pas vous renseigner. Mais ce que nous recevons est à peu près toujours pareil. Si vous le désirez, je peux vous fournir une copie des denrées et marchandises commandées cette année.

Le gouverneur ne déclina pas l'offre. Laurent voulait de la sorte lui montrer qu'il n'avait rien à cacher, même s'il estimait que monsieur Comettant allait un peu loin.

—Puisque nous avons abordé ce sujet, ajouta le gouverneur, serait-il possible de savoir ce que vous expédiez hors de l'île ?

—Strictement rien, car nous ne faisons aucun commerce. À ma connaissance, il en a toujours été ainsi dans la famille.

—Si je vous demande cela, c'est que j'ai entendu dire que les Pope produisent plus que ce qu'ils consomment et qu'ils vendent le surplus à des commerçants de Québec ou d'ailleurs.

Même s'il connaissait fort bien le petit commerce des Pope, Laurent fit l'innocent.

— Vous savez, ça ne fait pas encore deux ans que j'ai remplacé mon père comme gardien de la lumière. Je n'ai eu l'occasion de me rendre chez les Pope qu'à quelques reprises, avec mon père d'abord et ensuite avec l'inspecteur des phares pour le gouvernement. Je connais très peu les gens de cette famille. Par contre, je sais qu'ils tiennent fort bien le phare dont ils s'occupent et font profiter les terres qui entourent leur domaine.

Monsieur le gouverneur avait posé toutes ces questions pour en venir enfin à ce qui l'avait incité à se rendre au phare.

— Si jamais vous appreniez que l'un ou l'autre des gardiens de phare faisait un trafic quelconque, auriez-vous l'honnêteté de venir me le dire ? Vous savez que monsieur Menier investit beaucoup pour le développement de son île. Il ne faudrait pas qu'il se fasse de la contrebande sous son nez...

Laurent se rendit compte que ces phares hors de leur contrôle semblaient beaucoup les contrarier. Il jugea que ce n'était guère se compromettre que de dire :

— Je comprends votre point de vue. S'il me vient quelque chose de semblable à l'oreille, je me ferai un devoir de vous le faire savoir. Toutefois, sachez que j'ignore ce qui peut se passer dans les trois autres phares de l'île. Je n'y vais qu'une fois par année avec l'inspecteur et une autre fois en hiver pour la vérification des dépôts de nourriture. Je communique à l'occasion avec l'un ou l'autre des gardiens pour transmettre un message. Pour le reste, je ne sais et ne vois que ce qui se déroule ici, et sur ce point, vous pouvez dormir tranquille.

Monsieur Comettant sembla satisfait de ce qu'il avait entendu. Il salua Laurent, remercia de nouveau Jeanne et Claire. Avant de repartir vers Baie-Sainte-Claire, il informa Laurent qu'il serait invité avec tous les siens à un concert donné à sa maison et que son épouse, ses filles et lui seraient heureux de les avoir à dîner.

— Ce qui signifie pour nous souper ? demanda Laurent.

— Non, dîner, précisa le gouverneur. Nous nous faisons petit à petit au langage d'ici !

Quand le visiteur fut parti, Laurent se demanda s'il devait accepter ou non cette invitation. Jugeant qu'elle n'était pas trop compromettante, il se dit qu'il irait, mais il se promit aussi de se tenir sur ses gardes.

DEUXIÈME PARTIE

LA RÉSISTANCE

(1897-1900)

Chapitre 21

Les squatters de Fox Bay

Le temps filait. L'hiver avait fondu sous les chauds rayons du soleil printanier. Ernest était revenu de ses chasses sans avoir vu qui que ce soit.

Sur l'île, la vie avait repris son cours avec le retour de Georges Martin-Zédé qui amenait avec lui des centaines d'ouvriers pour continuer le développement de Baie-Sainte-Claire et de ses environs. Le directeur n'était pas homme à laisser traîner une situation en longueur. Il n'allait pas continuer à regarder les habitants de Fox Bay braver les règlements de son patron. Profitant d'une plainte survenue contre le nommé Stubbert de Fox Bay, il insista auprès de l'agent de police qui s'y rendait pour qu'il fasse une descente en belle et due forme. Zédé voulait que soient saisis les barques, les filets et les armes qui permettaient à ces gens de gagner leur vie. Il désirait surtout faire main basse sur la homarderie, la moderniser d'abord et y substituer ensuite des employés à la solde d'Henri Menier. Monsieur Zédé voyait là une potentielle source de revenus tout à fait exceptionnelle. Il y avait seulement cette partie d'Anticosti qu'il ne contrôlait pas encore.

Ces squatters, en somme, étaient devenus fort embarrassants. Il fallait trouver le moyen de les expulser sans toutefois faire trop de vagues. Zédé devait tenir compte des répercussions que susciterait un scandale causé par une intervention trop musclée. « Hélas, se disait-il, dans la société, il y en a toujours pour critiquer ce qui est perçu comme du harcèlement ou de la persécution à l'endroit de gens considérés comme des miséreux, mais qui, en réalité, sont des bandits de la pire espèce. » Aussi fut-il très contrarié quand le policier lui affirma qu'il ferait son enquête sur cette affaire de vol, sans plus.

Ces squatters avec lesquels Ernest voulait travailler étaient des hommes qui en avaient vu d'autres. Ils avaient décidé de tenir tête à l'administration. Zédé leur faisait la guerre ? Ils allaient donc se battre. Ils ne quitteraient pas leurs maisons aussi facilement. À l'île, on ignorait que ce combat se déroulait également dans les journaux du pays. Quand Laurent mit la main sur une pile de gazettes des derniers mois, il fut tout étonné de voir l'importance qu'on accordait à la mésentente entre les squatters et Henri Menier. Il demanda à Jeanne de lui mettre de côté les articles concernant cette affaire.

— Tu les découperas pour que je puisse tous les lire.

Quand Jeanne avait quelques minutes de répit, elle se faisait un devoir de feuilleter les journaux. Elle se fit aider par Claire et au bout de quelques jours, Laurent disposait d'une bonne trentaine d'articles relatant cette chicane. Il les lut et en résuma le contenu à Jeanne et à Claire.

— Menier ne se fait pas une bonne réputation avec cette histoire d'expulsion des squatters de Fox Bay…

— Ils ne veulent pas partir ?

— Absolument pas. Tu savais qu'ils sont de religion méthodiste comme les Pope de la lumière du Sud-Ouest ? Quand j'y suis allé avec l'inspecteur, Grace Pope et son frère Herbert n'ont pas cessé de nous répéter qu'Henri Menier allait beaucoup trop loin en prétendant que Fox Bay lui appartient. Eh bien, la plupart des articles des journaux l'affirment aussi.

— Qu'est-ce qu'ils disent exactement ?

— En gros, que les gens de Fox Bay sont chez eux et que la seule raison pour laquelle Menier veut les chasser, c'est parce qu'ils parlent anglais. Et comme ils n'ont pas les moyens de se défendre en justice, Menier les poursuit devant les tribunaux. Mais l'affaire n'en restera pas là, car les méthodistes, tant du Canada que d'Angleterre, les appuient dans leur cause et se cotisent pour qu'ils puissent prendre un avocat.

— Monsieur Menier ne doit pas aimer lire ces articles…

— Il se défend et prend les grands moyens. Zédé est allé en son nom rencontrer le premier ministre du Québec et celui du Canada. Ils semblent qu'ils lui sont favorables, au point que Wilfrid Laurier est critiqué dans les journaux à ce sujet. Mais l'affaire est devant les tribunaux et sera jugée à La Malbaie. Le révérend Griffith, qui est le chef des méthodistes, appuie les squatters de Fox Bay. J'ai lu que l'affaire a des répercussions à travers tout le Canada et même jusqu'à Londres.

Jeanne s'écria en ricanant :

— Pour une fois, Anticosti fait parler d'elle !

Laurent parut soudainement soucieux.

— Et dire qu'Ernest veut se faire ami avec ces gens ! Il va falloir que je le mette en garde.

Claire approuva immédiatement :

— Je compte sur toi pour l'en dissuader.

À la première occasion qui lui fut donnée, Laurent aborda la question avec son frère :

— Pourquoi t'obstines-tu à vouloir faire la pêche avec eux ?

— Parce que j'ai pas le choix !

— Personne d'ici ne veut t'accompagner ?

— Personne.

— Tu ne pourrais pas prendre avec toi Christophe, le plus vieux des fils de Côme ?

— Il pêche avec son père.

— Dans ce cas-là, amène Benjamin. Il est assez grand pour t'aider. Et puis comme ça, tu pourras pêcher à ton compte sans être poursuivi, et sans risquer de salir ton nom avec ces squatters qui ne sont pas des enfants de chœur. Là-dessus, on ne peut pas blâmer monsieur Menier.

Ernest ne semblait pas de cet avis, car il rétorqua :

— Il les accuse faussement et sans preuve. Il leur fait une mauvaise réputation afin de gagner sa cause, mais ils ne sont pas si pires que ça. Ils ne font que se défendre.

— À ta place, je me tiendrais loin d'eux autres et je ferais tout mon possible pour être indépendant. J'ai dit à monsieur Comettant que tu étais mon assistant. Ça te donne le droit de pêcher où tu veux autour de l'île pour notre consommation.

Jeanne, qui écoutait cette conversation depuis le début, se permit d'intervenir :

— Si tu ne le fais pas pour toi, fais-le au moins pour Claire, pour Alfred et pour celui ou celle qui s'en vient.

— Je vais y réfléchir, promit Ernest en se renfrognant comme chaque fois qu'il était contrarié.

— Tu as tout à gagner, ajouta Laurent. Comme ça, tu ne te lieras pas les mains pour les années à venir. On ne connaît pas le futur. Peut-être qu'un jour, tu te féliciteras de nous avoir écoutés.

— Mais ne me demandez jamais de travailler pour le Zélé.

— Tu ne peux pas lui reprocher d'être efficace, tout de même.

— Il l'est peut-être, mais tout est dans la manière. C'est un homme sans scrupule qui est prêt à tout pour obtenir ce qu'il veut et tu sais comme moi qu'il ne recherche qu'une chose, contrôler tous les habitants de l'île. Ce qui le fatigue le plus présentement, c'est qu'après tout ce temps, il n'y est pas encore parvenu. En tous les cas, jamais il ne me contrôlera. Il a peut-être mis p'pa dans sa poche, mais il va apprendre qu'elle n'est pas assez grande pour m'y mettre aussi.

Laurent s'enquit :

— D'où te vient toute cette rancœur ?

— Le jour où, par ses maudits règlements, il a chassé plusieurs de mes amis de l'île et a fait des autres des esclaves, je suis devenu son ennemi. Il n'a pitié de personne, je n'aurai jamais pitié de lui. C'est un homme dangereux. Il vaut mieux se tenir loin d'un individu pareil.

— Pourquoi pas travailler pour lui ? insista Laurent. Il paye de bons gages.

Ernest s'emporta d'une voix indignée :

— L'argent ne remplace pas la liberté.

— Parfois, il vaut mieux avoir un peu moins que rien du tout, conclut Laurent.

Chapitre 22

Au phare

Les saisons se bousculaient, le printemps chassant l'hiver et l'été lui volant la place à son tour. La fin de juin ramena Desneiges et Fabiola. Les jeunes filles avaient beaucoup grandi et elles devenaient de belles jeunes femmes.

Comme elles l'avaient fait les étés précédents, Desneiges et Fabiola s'activèrent à toutes sortes de petits travaux dans la maison, mais surtout à l'extérieur, s'efforçant de se rendre utiles, en particulier auprès d'Émile et d'Alfred qu'elles emmenaient à la cueillette des petits fruits. Tout comme elles, les enfants étaient la proie des moustiques. Fort heureusement, Laurent leur avait fourni une huile particulièrement efficace contre leurs piqûres.

À leur arrivée, comme les fraises n'étaient pas encore mûres et qu'elles avaient entendu dire que la cueillette de la gomme de sapin pouvait rapporter quelques dollars, elles voulurent s'essayer à ce genre de récolte. Laurent réussit à leur obtenir à chacune un picoué, cet instrument fait d'un gobelet de fer-blanc surmonté d'un bec muni de dents permettant de percer les vésicules de résine et d'en recueillir facilement le contenu. Desneiges et Fabiola s'ingénièrent à en ramasser le plus possible. Elles avaient rapidement appris le maniement du picoué et devinrent bientôt très habiles, mais elles se rendirent vite compte que pour beaucoup de travail, ça rapportait bien peu : seulement deux dollars le gallon !

Elles se tournèrent dès qu'elles le purent vers d'autres genres de cueillettes, en particulier celle des œufs de goéland qu'elles allaient ramasser tôt le matin, ne choisissant que les nids en comptant trois ou moins, étant assurées de la sorte que ces œufs n'avaient pas commencé à être couvés. Puis, ce fut le temps des petites fraises, des baies de genévrier si utiles dans la préparation de viande de gibier, de l'oseille et du thé des bois, ainsi que des groseilles et des gadelles. Comme l'année précédente, elles terminèrent par la récolte de la chicouté.

Desneiges et Fabiola se plaignirent à Jeanne de ne pas pouvoir goûter aux fruits de leurs cueillettes. Jeanne leur reprocha :

— Vous avez mangé des fraises à vous en rendre malade !

— Ça ne compte pas ! s'écrièrent-elles, d'une même voix.

Jeanne leur fit une promesse :

— Je vais vous donner à chacune un pot de confiture de chicouté.

Desneiges fit la moue.

— Nous allons être obligées de le partager avec toutes nos compagnes.

Pour les consoler, Jeanne leur fit remarquer :

— Ce sera mieux que rien.

Desneiges et Fabiola furent invitées à la fête de la Saint-Jean, mais trouvèrent qu'elle était moins belle que l'année précédente, puisqu'il n'y eut pas de feu d'artifice. Elles apprécièrent cependant beaucoup leur visite chez les Comettant, regrettant le fait d'être pensionnaires, ce qui leur enlevait le plaisir de faire meilleure connaissance avec les filles du gouverneur.

Lors d'une visite à leur père, elles furent très impressionnées d'y trouver une belle-mère si peu aimable. Elles demeurèrent polies tant qu'elles furent en sa présence, mais dès qu'elles purent partager leurs impressions avec Jeanne, elles ne manquèrent pas de s'étonner auprès d'elle du choix de leur père.

Jeanne affirma :

— L'amour ne s'explique pas.

— Comment fait-il pour l'aimer ?

Jeanne reprit patiemment :

— L'amour ne s'explique pas et ne se discute pas.

— On peut aimer même quand on est vieux ? voulut savoir Desneiges.

— On peut aimer à tout âge.

Sa réflexion vint clore cet épisode passablement pénible pour les jeunes filles. Elles n'insistèrent pas pour retourner voir leur père. Ce fut lui qui eut le bon sens de passer à quelques reprises au phare. Mais le courant entre ses filles adolescentes et lui ne passait pas très bien et ils n'avaient pas grand-chose à se dire.

L'été amena un visiteur inattendu : Zidore en personne. Il avait disparu de l'île depuis que Menier l'avait achetée. Laurent lui demanda :

— Où étais-tu passé ?

— À Mingan !

— As-tu eu besoin de t'enregistrer en arrivant à l'île ?

— Batêche ! Oui et deux fois plutôt qu'une. Ils ne voulaient pas me laisser entrer, rapport que je ne suis ni pêcheur, ni chasseur, ni employé de Menier. Je leur ai expliqué que je suis conteur et que je fais le tour des maisons. Je leur ai dit qu'à Anticosti, j'étais aussi connu que Barabbas dans la Passion. Je n'aurais jamais pu descendre de la goélette qui m'a amené ici si le curé n'avait pas été là par hasard. Il a expliqué aux gardiens qui je suis et ce que je fais. Le curé s'est même porté garant de mon honnêteté. Ils m'ont tout de même fait promettre de quitter l'île au bout de deux mois. Monsieur Zédé surtout ne semblait pas trop chaud à l'idée de voir un conteur se promener à Anticosti. En partant, j'ai tout bonnement offert d'aller exercer mes talents chez les Comettant eux-mêmes. J'y ai passé trois agréables soirées. Les demoiselles, qui sont très charmantes, en redemandaient ! Je leur ai sorti tout ce que je connaissais d'histoires de naufrages, de revenants, de feux follets et, bien entendu, celle de Gamache !

Zidore ne manqua pas d'animer quelques soirées à la maison du phare par des contes parfois basés sur des faits réels. Il raconta entre autres le bon tour joué par le nommé John Girard de la Pointe-aux-Esquimaux. Girard arriva un jour en disant qu'il avait tué le plus gros caribou qu'il avait jamais vu. Comme il n'avait pas pu le rapporter, étant seul, il demanda si quelques hommes ne lui viendraient pas en aide. Espérant avoir leur morceau de caribou, trois d'entre eux l'accompagnèrent à la recherche de sa bête. Girard connaissait les bois par cœur. Il fit marcher ses aides durant deux jours et deux nuits. Tout au long du trajet à travers la forêt, il ne cessait pas de leur répéter : « De la patience, nous arrivons. » Après la deuxième nuit dans les bois, il les ramena tout simplement à la Pointe-aux-Esquimaux. Il n'y avait jamais eu de caribou.

Au cours de l'été, Jeanne, toute prête à accoucher, eut moins à faire, car la ligne télégraphique reliant l'île à Gaspé était rompue quelque part. Un vapeur parut avec des techniciens à bord pour repérer le problème et, surtout, le réparer. Ils mirent plusieurs semaines pour en venir à bout. Pendant ce temps, une fois par semaine, Laurent envoyait Ernest à Baie-Sainte-Claire pour y chercher les dépêches importantes arrivées via la Côte-Nord. Ce fut ainsi que leur parvint la nouvelle que de l'or en abondance avait été trouvé au Klondike.

Ernest se mit à rêver :

— Si on filtrait le sable de nos rivières, qui dit qu'on n'y trouverait pas de l'or ?

Laurent le ramena vite sur terre :

— Il y a si peu d'eau dans les rivières et elle est si claire que s'il y en avait, on l'aurait déjà trouvé.

En attendant, Ernest dut se contenter de donner un coup de main à Laurent, surtout pour l'entretien de la lumière. C'était lui qui se chargeait de l'allumer à son retour, car tout le long du jour, il s'adonnait à la pêche, heureux de profiter des revenus supplémentaires qu'il tirait de ses prises. Il attrapait les morues à la palangre, cette ligne maîtresse sur laquelle il attachait une centaine de lignes secondaires munies d'hameçons qu'il laissait traîner derrière sa barque. Le jeune Benjamin, fils de Côme et d'Anita, l'aidait à les appâter. Ernest profitait des vigneaux de l'Anse-aux-Fraises pour y faire sécher ses morues qu'il préparait dès son arrivée. Il procédait à l'étêtage, puis d'un geste rapide et sûr, ouvrait le poisson qu'il éviscérait, gardant la tête, la langue et la nauve sans compter le foie qu'il rapportait au phare et que les femmes transformaient en repas délicieux. Après trois mois de séchage, il allait enfin toucher le fruit de son travail.

Jeanne et Claire conservaient les foies qu'elles mettaient dans la fossière, un tonneau de métal ouvert. Tous les jours, elles ajoutaient ceux que rapportait Ernest. Sous l'action de la chaleur, tout se mettait à travailler là-dedans en dégageant une odeur quasi insupportable. L'huile des foies remontait à la surface. Elles la recueillaient au fur et à mesure. Avec une centaine de livres de foie, elles obtenaient environ un gallon d'huile qui se vendait une piastre.

Toutes deux étaient occupées à ce travail quand Jeanne ressentit ses premières contractions. Laurent prit le téléphone et appela le docteur Schmitt à Baie-Sainte-Claire qui se mit aussitôt en route. Moins d'une heure plus tard, il arrivait à la maison du phare. Desneiges et Fabiola, tout juste revenues d'une de leurs cueillettes, ainsi que Claire secondèrent le médecin lors de l'accouchement. L'enfant naquit à la brunante. Laurent et Ernest, retirés dans la tour pour la circonstance, regagnèrent la maison quand la servante Julienne vint les prévenir à grand renfort de gestes. Laurent tenta de savoir, en le lui mimant, s'il s'agissait d'un garçon ou d'une fille. Elle fit celle qui ne comprenait pas… Les deux hommes l'apprirent quand on tendit le bébé tout emmailloté à Laurent.

On le laissa deviner. Il regarda ce petit être aussi léger qu'une plume dans ses bras et hasarda :

— Bonjour Vincent !

Elles éclatèrent toutes de rire. Laurent se montra étonné.

— J'ai dit une bêtise ?

— Oui, murmura Jeanne.

Il se reprit aussitôt.

— Bonjour Viviane !

Le bébé se mit à pleurer. Il y eut de nouveau des rires soutenus dans toute la pièce. Laurent tenta d'apaiser la petite. Il la berça en lui murmurant :

— Tu n'es pas bien dans les bras de papa ?

Mais rien n'y fit. Ne sachant plus quoi faire, il s'approcha du lit et la déposa dans les bras de sa mère. L'enfant cessa presque immédiatement ses pleurs.

— Ah ! Je comprends, commenta-t-il. Tu triches.

— Comment ça ?

Elle avait approché la petite de son sein et l'enfant tétait goulûment. Au grand plaisir de tous, il conclut :

— Tu as vraiment un avantage sur moi ! Qu'est-ce que je dis ? Pas un, deux !

L'été commençait à achever son règne. La fin d'août marqua de nouveau le départ de Desneiges et Fabiola pour leur pensionnat. Elles s'étaient rendues la veille à Baie-Sainte-Claire dîner avec leur père. Il leur conseilla de bien étudier et de ne jamais baisser les bras devant quelque épreuve que ce soit. Elles se demandèrent bien ce qui l'avait motivé à leur faire cette recommandation.

Elles quittèrent la Pointe-Ouest de la même manière qu'elles l'avaient fait l'année précédente, ne s'attardant pas à de longs adieux. Elles étaient maintenant habituées à grimper à l'échelle de corde qu'on lançait au flanc du vapeur sur lequel elles faisaient la traversée de cinq heures jusqu'à la Pointe-aux-Esquimaux. Du haut du pont, elles saluèrent Laurent d'un geste et soufflèrent des baisers en direction de la berge où Jeanne, Claire et les petits agitaient les mains en guise d'adieu. Encore une fois, après leur départ, la maison sembla sombrer dans le calme qui suit les grands tourbillons de vent.

— Elles vont surtout manquer à Émile et Alfred, se désola Claire, et même à Viviane.

— À nous également, ajouta Jeanne. Elles sont tellement vivantes et toujours occupées à se rendre utiles.

— Qu'est-ce qu'elles deviendront plus tard ?

— Je vois bien Desneiges institutrice, et toi ?

— Oui. Je me revois à son âge et je n'étais guère différente d'elle, assura Claire. Mais je ne saurais dire ce que deviendra Fabiola.

— On verra plus tard si je me trompe, avança Jeanne, mais elle est bien partie pour se faire religieuse.

Chapitre 23

Une nouvelle stupéfiante

L'été était pour Laurent une période fort occupée. Il devait voir au bon fonctionnement de la lumière et ne pouvait pas quitter son poste, en particulier les jours de pluie, de grand vent et de brume. Toutefois, il s'accordait un congé de temps à autre et en profitait pour aller constater les progrès du développement de Baie-Sainte-Claire. Il passait alors saluer son père, puis déambulait dans le village, curieux de voir tout ce qui s'y déroulait. Il avait appris qu'on allait mettre des castors en liberté au nord de la Baie et il tenait à assister à l'opération.

Laurent attela Oliver et partit de bon matin, heureux de pouvoir profiter d'une belle journée loin de sa routine habituelle. Jeanne lui avait conseillé :

— Profites-en bien, tu n'arrêtes jamais, je m'occuperai de tout.

— Et toi ! Quand as-tu du répit ?

— Chacun son lot, admit-elle. Une mère n'a jamais congé.

Plutôt que d'emprunter la route habituelle en bord de mer conduisant à Baie-Sainte-Claire, Laurent décida de passer par l'Anse-aux-Fraises afin d'essayer la nouvelle route reliant maintenant ces deux villages. Il fut impressionné de voir à quel point les hommes engagés par Zédé travaillaient efficacement. La route d'une vingtaine de pieds de large permettait à deux voitures de s'y croiser facilement. Elle s'ouvrait à travers la forêt, contournant étangs et marais. De solides ponts de bois enjambaient les ruisseaux. La route rejoignait celle qui avait été construite entre Baie-Sainte-Claire et Baie-Ellis. L'étonnement de Laurent s'accrut quand il découvrit que la ferme qu'on projetait de bâtir à cet endroit était déjà debout. Trois milles plus loin, il aperçut au passage le parc servant à l'élevage des renards. Il arriva enthousiasmé à la Baie. Il fut toutefois quelque peu déçu d'apprendre que les castors allaient être relâchés au lac Saint-Georges, car il n'aurait pas le temps de s'y rendre. Mais il se promit d'y aller un jour.

S'arrêtant à la maison de l'administration, il demanda à voir son père. Wilfrid ne semblait pas dans son assiette, débordé qu'il était de travail. Le directeur l'employait un peu à toutes les sauces, le chargeant surtout de voir à ce que rien ne manque sur les différents chantiers en marche. Laurent ne put guère s'entretenir avec lui. Il fit donc ce qu'il s'était promis de faire. Laissant Oliver devant la maison de l'administration, il parcourut le village à pied, s'arrêtant ici et là pour admirer les nouvelles maisons en construction. Quand il passa devant l'hôtel, il tomba nez à nez avec Antonin Raspaille qui en sortait. Le cuisinier se montra tout étonné de le voir à la Baie :

— Qu'est-ce qui t'amène chez nous, cher ami ? As-tu un peu de temps devant toi que nous fêtions cette rencontre ?

— Du temps, j'en ai, répondit Laurent, et il me fera plaisir de causer avec toi.

— Dans ce cas, attends-moi ici. Je reviens dans deux minutes.

Laurent le regarda partir d'un pas décidé vers la maison de l'administration pour en revenir presque aussi vite les mains vides, mais l'air satisfait. Antonin prit Laurent par l'épaule et, le poussant devant lui, l'invita :

— Entre, cher ami. Peut-être n'as-tu jamais eu la chance de voir notre hôtel ? Voilà l'occasion rêvée.

Laurent fut surpris de constater à quel point cet édifice était bien construit. On pénétrait dans un vaste hall d'où partaient deux escaliers menant à l'étage.

— Nous y avons une trentaine de chambres qui sont toutes occupées, déclara Antonin. Mais tu n'as rien vu encore…

Il le guida vers la cuisine.

— Mon royaume ! s'exclama-t-il.

La pièce était vaste, et tout y semblait méticuleusement organisé et ordonné. Un large comptoir surmonté d'armoires couvrait tout un mur. Au fond, trônait un poêle à étage sur lequel des chaudrons fumaient, remplissant l'atmosphère d'une bonne odeur de bœuf aux légumes.

— Je suis désolé de ne pas pouvoir t'offrir un verre. Le règlement le veut ainsi. Mais tu mangeras, et j'y tiens, en ma compagnie quand j'aurai satisfait les appétits de nos affamés. J'ai quelque chose dont je veux t'entretenir.

Tout en parlant, il jetait des coups d'œil de part et d'autre, ce qui intrigua quelque peu Laurent.

— Je te laisse à ta besogne, dit ce dernier. Je me promènerai un peu ici et là, et je reviendrai dès après dîner.

— Mon cher, je t'attendrai avec un plat dont tu garderas un éternel souvenir. Tu sauras me dire si ton ami Tonin n'est pas un merveilleux cuisinier ou, si tu préfères, un excellent *cook*, comme vous dites si bien !

Laurent le quitta et se rendit tranquillement du côté de la ferme au nord de la Baie. Il ne pouvait souhaiter plus belle journée. La mer étale reflétait le bleu du ciel. Des goélands se disputaient une proie pendant que des hirondelles gobaient leur repas parmi les essaims de mouches au-dessus des goémons. Il s'arrêta un moment pour admirer ce cadeau de la nature et se sentit heureux de pouvoir profiter de ce bonheur de la vie.

Quand il revint, les travailleurs quittaient l'hôtel pour reprendre leur tâche. Il vit son père en sortir et se diriger vers la maison de l'administration. Celui-ci marchait le dos voûté et semblait accablé. Laurent songea qu'il aurait été mieux de demeurer au phare. « Le phare, c'était sa vie depuis l'enfance. Il a modifié son cap et ça ne semble pas l'avoir bien servi. » Bien qu'il déplorât la situation, il n'y pouvait rien. C'était à son père de donner le coup de barre pouvant le remettre sur la bonne voie.

Laurent entra à l'auberge où son ami Antonin l'attendait avec impatience, ce qui chassa aussitôt les pensées sombres de son esprit. Que pouvait-il avoir de si important à lui raconter ? Le cuisinier vint au-devant de lui et l'emmena dans une partie de la salle à manger où ils seraient seuls et pourraient parler à leur guise. En lui présentant une assiette débordante d'un bon hachis de bœuf, Antonin l'invita :

— Goûte ! Tu vas te régaler. Le secret est dans l'assaisonnement. Les gens d'ici le préparent presque tous de la même façon, mais moi, je l'assaisonne à ma manière… Je suis certain que tu n'en as jamais goûté de semblable.

Laurent se mit à manger, puis s'arrêta.

— Tu as raison, c'est un délice. J'aimerais bien connaître ton secret pour le dire à ma femme !

— Justement ! Voilà bien pourquoi les chefs ne livrent pas leurs secrets !

Laurent se rendit vite compte que même s'il insistait, Antonin garderait sa recette pour lui.

— Je trouve ça dommage que les bons cuisiniers ne notent pas pour la postérité ce qui rend leurs plats si bons, déplora Laurent. Tu devrais écrire tes recettes et les garder quelque part. Ainsi, si tu venais à disparaître subitement, tout cela ne serait pas perdu.

— Cher ami, sans doute as-tu raison et je m'y mettrai bientôt.

Laurent le regarda d'un air dubitatif.

— La plupart du temps, ce qu'on remet à demain ne voit pas le jour.

— Tu parles comme un grand sage, le taquina Antonin. Je peux donc te confier quelque chose qui te concerne indirectement et m'intrigue beaucoup.

Laurent se montra étonné.

— Une chose me concernant indirectement ?

Le cuisinier jeta un coup d'œil aux alentours, puis baissant la voix, il chuchota :

— Il s'agit de ton père.

— Mon père ? Que lui arrive-t-il ?

— J'ai surpris l'autre jour une conversation qui ne me disait rien de bon.

À ces mots, Laurent devint songeur. Avant qu'Antonin ne poursuive, il fit la remarque suivante :

— Je trouve mon père soucieux de ce temps-ci. Sans doute est-ce en rapport avec ce que tu veux me révéler.

— Peut-être bien. Tu sais que ta belle-mère n'est pas la femme la plus facile au monde…

— À qui le dis-tu !

— Sans doute ignores-tu que cette dame ne fait pas la cuisine. Elle a dédain de tout et ne saurait prendre un morceau de viande ou encore moins un poisson dans ses mains. Aussi, le midi comme le soir, un de mes aides doit lui porter son repas. Ton père a choisi de ne pas dîner en sa compagnie, mais il soupe avec elle. L'autre soir, n'ayant pas d'aide disponible, j'ai dû porter moi-même le souper. Comme j'arrivais à la porte grillagée que je m'apprêtais à franchir, j'ai entendu madame dire d'une voix courroucée : "Mon ami, il vous faudra choisir entre votre île et moi. J'ai décidé que je ne resterais pas plus longtemps dans ce trou isolé du reste du monde. Je profiterai du dernier voyage du *Savoy* pour quitter définitivement ces lieux où je me meurs. Je retourne à Québec et si vous voulez encore de moi, vous n'aurez qu'à m'y accompagner."

— Et qu'est-ce que mon père a répondu ?

— Il a juste dit : "C'est un pensez-y-bien."

— Il n'a pas discuté davantage ?

— Aucunement. J'ai donc frappé à la porte. Ton père est venu répondre comme il le fait chaque soir. Je lui ai remis les plats et je suis reparti sans m'attarder. Je crois qu'il était de mon devoir de te prévenir. La Providence a fait que tu es venu aujourd'hui.

Laurent resta silencieux pendant de longues minutes. Son ami prétexta qu'il avait un dessert à récupérer à la cuisine pour le laisser réfléchir en paix. Quand il revint, Laurent affirma :

— Tout ça sent bien mauvais.

— Il y a là de quoi laisser songeur, en effet.

— Je te remercie de me l'avoir dit. Ça me préoccupe beaucoup. Sans vouloir te faire de peine, j'en ai même perdu l'appétit. Ta tarte a l'air succulente, mais je crois que je devrai m'en passer.

— Prends-en une bouchée, insista son ami. Tu ne le regretteras pas !

Laurent ne se laissa pas tenter. Il avait l'esprit ailleurs et, surtout, il avait hâte de regagner la Pointe-Ouest. Antonin se dirigea vers la cuisine et revint avec une grande assiette dans laquelle il fit glisser la tarte entière.

— Si tu n'en veux pas à présent, j'en connais qui, à la lumière, comme vous dites, se feront un plaisir d'en manger. On ne lève pas le nez sur une tarte aux fraises et à la rhubarbe.

Laurent n'eut pas d'autre choix que d'accepter. Il venait de se lever, mais Antonin le fit se rasseoir.

— Attends une seconde, je reviens.

Il se précipita à la cuisine et fut rapidement de retour avec un demiard de crème. Il le donna à Laurent.

— Je suis certain que vous n'en avez pas à la maison. La tarte sera encore meilleure. Chez vous, ils vont se régaler. Toi le premier, je l'espère. Ton père est un homme mature, il saura se sortir de ce mauvais pas. Que ça ne t'empêche pas de dormir. Tu n'y es pour rien.

Mais les bonnes paroles d'Antonin n'y firent rien : préoccupé par le sort de son père, Laurent quitta l'hôtel et ne cessa de répéter tout le long du trajet jusqu'au phare : « Quel gâchis ! Mon Dieu, quel gâchis ! »

Chapitre 24

Désolation

Quand ils apprirent le départ éventuel de Wilfrid, la nouvelle agit sur ceux du phare comme un coup de massue. Jeanne ne pouvait pas croire que son beau-père s'apprêtait, comme elle le disait si bien, à lever l'ancre.

— Il a passé sa vie ici, comment peut-il penser être heureux en ville ? Québec, à ce qu'on dit, est une belle ville, mais elle n'est sûrement pas faite pour quelqu'un né sur une île et habitué aux grands espaces. Pauvre Wilfrid ! Je le plains.

— Il faut croire que cette femme l'a envoûté, supposa Laurent.

— Elle lui aura jeté un sort, renchérit Claire.

Quand Ernest fut informé de ce qui se préparait, il haussa les épaules et n'eut pour toute réflexion que les mots suivants :

— Il n'a que ce qu'il mérite. Il a couru lui-même après son malheur. Il n'aurait jamais dû s'engager pour ce Zélé sans cœur.

— Je ne vois pas le rapport, soutint Laurent.

— Eh bien moi, oui. Notre père a marié cette bourgeoise enragée en pensant pouvoir mieux figurer dans la haute société en sa compagnie, mais il s'est trompé et pas à peu près !

Laurent, pour sa part, ne pouvait pas se faire à l'idée de voir son père partir. Le lendemain, il décida d'en avoir le cœur net et d'aller parler au principal intéressé, ce qui mettrait fin aux spéculations. Quand Wilfrid le vit arriver, il comprit que son secret avait été éventé. Il prit l'initiative :

— Je présume que tu viens t'enquérir de ce que je m'apprête à faire ?

— Vous avez pleinement raison. Je veux savoir si la rumeur est bien fondée.

— On ne peut plus ! Monsieur Zédé m'a offert de travailler pour eux à Québec. J'ai pris beaucoup d'expérience à ses côtés. Je deviendrai là-bas responsable des commandes pour tous les besoins de l'île.

— Faut-il en rire ou en pleurer ? Vous quittez tout ce que vous avez le plus aimé tout au long de votre vie. Vous ne craignez pas qu'à votre âge, ce soit là un geste que vous regretterez ?

— À mon âge ! J'ai encore de belles années devant moi…

— Loin des vôtres ?

— Il arrive qu'à certains moments, un changement radical s'avère aussi bon qu'une pluie après plusieurs jours de sécheresse. J'en suis là et j'ai choisi cette nouvelle vie.

— Vous allez nous manquer à tous.

— Québec n'est pas si loin et le *Savoy* fait la navette entre Québec et l'île aux deux semaines. Je viendrai vous voir et vous n'aurez qu'à faire de même.

Tout était dit. Le plus déplorable venait du fait que cette décision était prise uniquement pour plaire à cette Florida Fleury, une adulte qui agissait comme une enfant gâtée en plus d'être déplaisante au possible. Une chose s'avérait certaine, leur belle-mère n'allait pas leur manquer.

Il ne restait plus qu'une semaine avant le départ de Wilfrid. Le *Savoy* s'apprêtait à entreprendre son dernier voyage à Québec avant d'être mis en cale sèche jusqu'au printemps. Fort heureusement, monsieur Comettant demeurait à l'île, mais également et surtout le docteur Schmitt. Claire avait eu une grossesse quelque peu difficile et l'aboutissement de ce qui avait été une épreuve pour elle approchait. Cette fois, on fit prévenir Anita à l'avance. La sage-femme s'amena à la maison et tout le monde fut apaisé. Elle n'y était que depuis la veille lorsque Claire sentit venir sa délivrance, mais le bébé ne semblait pas pressé de se retrouver sur la terre d'Anticosti. Quand Jeanne vit que les choses risquaient de mal tourner, elle se précipita vers le téléphone et appela le docteur Schmitt à la Baie, le priant de venir d'urgence à la Pointe-Ouest. Il n'était pas dans une de ses tournées et arriva promptement sur son cheval qu'il montait fort bien. Sa présence ne fut pas inutile, car l'accouchement s'avéra ardu. La mère passa plus de vingt heures dans les contractions. Elle finit, avec l'aide du médecin, par expulser le petit récalcitrant qui ressemblait drôlement à son père. Malgré la situation plutôt pénible qu'on venait de vivre, Laurent s'écria :

— Ce sera un entêté comme Ernest !

Claire mit plusieurs jours à se remettre de cet accouchement. À l'exception d'elle et d'Ernest, demeuré au phare, mais pas pour les mêmes raisons, tous assistèrent au départ de Wilfrid à la Baie. Celui-ci ne laissa pas paraître l'émotion qui le saisit au moment de monter dans la barque le menant au *Savoy*. La belle-mère, pour qui la vie semblait une continuelle pièce de théâtre, joua son rôle de femme désolée. Personne ne fut dupe et aucune larme ne fut versée pour elle. Mais après que Wilfrid l'eut aidée à prendre place dans la chaloupe, Jeanne pleura quand elle salua son beau-père. Il se pencha pour caresser les petits. Jeanne lui reprocha doucement de partir sans voir le nouveau-né.

— J'aurai bien le temps de me reprendre, répondit Wilfrid.

Puis, sans un mot, il tendit la main à Laurent et monta à son tour dans l'embarcation.

Ils restèrent longtemps sur la jetée à le regarder s'éloigner de cette île qui l'avait vu naître. Tous se demandaient quand ils le reverraient.

La tristesse les accabla tout au long du trajet jusqu'au phare. Jeanne dit à Laurent :

— Il faut que cette femme ait réellement troublé ton père pour qu'il ne trouve pas le temps de venir voir son petit-fils avant de partir. Je me demande si ce n'est pas sa manière de rappeler à Ernest qu'il n'approuve pas sa façon d'agir.

Laurent ne releva pas cette réflexion. Sûrement avait-il pensé la même chose. Il se contenta de balbutier :

— La vie continue.

À leur grand étonnement, quand ils entrèrent dans la maison, une agréable odeur leur chatouilla les narines.

— Qu'est-ce que ça sent ? questionna Jeanne.

— Le saumon, affirma Laurent. Fie-toi à mon nez.

— Je veux bien, mais il y a autre chose.

— Des herbes, sans doute.

— Lesquelles ?

Ils se mirent à tenter de deviner ce qui produisait un si bon fumet. Jeanne osa :

— De la moutarde sauvage ?

Laurent risqua :

— Peut-être du fenouil ?

— Pâté de pommes de terre au saumon et champignons assaisonnés à la moutarde sauvage, annonça Ernest en les invitant à passer à table.

— J'avais bien senti ! se réjouit Jeanne.

Pour la taquiner, Laurent lança :

— Avec ton grand nez, ce n'est pas étonnant.

Les petits que cet aller-retour avait dérangés dans leurs jeux s'y remirent comme si de rien n'était. Ernest avait eu l'excellente idée de profiter de leur absence pour préparer ce repas avec l'aide de Julienne. La sourde ne faisait pas grand bruit, mais elle observait fort bien tout ce qui se passait. Jamais Jeanne n'aurait pensé qu'elle aurait pu retenir cette recette. Ce fut pourtant le cas. Et quand elle vit que tout le monde trouvait ce repas savoureux, elle émit un grognement de satisfaction.

Maintenant que son enfant était né, Ernest se sentait libre de partir à la chasse. Laurent essaya encore de le retenir, mais son frère ne voulut rien entendre. Laurent se résigna :

— Tu es assez vieux pour prendre tes propres décisions. Arrange-toi cependant pour que personne ne te voie. Tu sais que monsieur Comettant et papa se doutent bien de ce que tu fais. Tu pourrais avoir de mauvaises surprises.

Ernest joua à l'invincible :

— Gardes-chasses ou pas, ils ne me trouveront pas. Inquiète-toi pas, cette forêt, je la connais comme le fond de ma poche.

Chapitre 25

Une chasse mouvementée

Ernest revint de ses chasses en avril, alors que fondaient les dernières neiges. Il rapportait un bon nombre de peaux de martre, mais il cacha la peau la plus précieuse qu'il avait récoltée juste au moment où il s'apprêtait à rentrer.

Malgré la présence de deux gardes-chasses à l'embouchure de la rivière la Loutre, il avait tout de même pris le risque de se rendre à son camp situé beaucoup plus à l'intérieur des terres. Il misait sur le fait que les gardes-chasses établiraient leur terrain non loin de leur maison au bord du fleuve. Il était bien connu que les martres et les loutres avaient de plus belles fourrures lorsqu'elles se tenaient près de l'embouchure des rivières, en raison de la nourriture plus riche et plus abondante qu'elles y trouvaient. Ernest s'était donc dit que les hommes de Menier ne remonteraient pas très haut le long de la rivière, de telle sorte qu'il ne serait pas dérangé. Il se félicitait d'avoir eu la bonne idée de construire son camp à plus d'un mille de la rivière.

Ernest avait monté ses pièges à martre au même endroit que l'année précédente, prenant les précautions nécessaires pour laisser le moins de traces possible. Il comptait sur les chutes de neige pour effacer son passage et préférait chasser près de son camp. Sa seule crainte était d'être trahi par la fumée de ses feux et celle qui se dégageait du petit poêle dont il se servait pour chauffer son camp. Il s'efforçait de ne l'utiliser que la nuit, mais en réalité, il ne dormait jamais en paix en raison de la crainte constante de voir arriver à l'improviste l'un ou l'autre des gardes. Il laissait donc beaucoup plus d'effets qu'à l'accoutumée sur son cométique afin de pouvoir déguerpir en vitesse, le cas échéant.

Dès qu'il fut de retour à la Pointe-Ouest, il eut à raconter les péripéties de ce séjour :

— J'ai passé un bel hiver. Il n'y avait pas abondance de martres et encore moins de loutres, mais j'ai parcouru plus de territoire à l'intérieur de l'île et j'ai découvert un endroit où je compte chasser l'an prochain.

— Tu es à peine arrivé que tu parles déjà de repartir, lui reprocha Laurent. Toi, tu ne t'ennuies pas dans les bois, mais ici, il y en a une qui a trouvé le temps long.

Ernest se tourna vers Claire et, après un moment d'hésitation, il murmura :

— Un jour, on va s'installer pour de bon quelque part avec les petits. Il me semble que ce serait agréable d'avoir notre propre maison en pleine forêt, mais au bord d'une rivière. Je pourrais faire la tournée de mes pièges tous les jours et revenir dormir au chaud, avec toi et les enfants, tous les soirs. Et quand Alfred sera assez vieux, je l'emmènerai trapper avec moi. On ira ensuite à la chasse aux loups-marins et pendant l'été, nous aurons notre goélette, la *Sainte-Claire*, pour la pêche à la morue.

Son discours laissa tout le monde songeur. Au bout d'un moment, Laurent, beaucoup plus réaliste, affirma :

— Je ne veux pas faire le rabat-joie, mais tu ne dois pas compter faire ça à Anticosti. Zédé et ses hommes ont envahi la place et sont constamment à la recherche de braconniers et d'autres hors-la-loi.

— Je me demande si un jour nous n'irons pas vivre quelque part sur la Côte-Nord.

— La Côte-Nord… reprit Laurent. Ce n'est pas une mauvaise idée. Il y a là-bas plusieurs rivières, vingt-deux en tout à ce qu'on m'a dit, mais bien des gens sont établis un peu partout près de leurs embouchures.

Laurent réfléchit un moment, puis alla fouiller dans le bureau et revint avec une carte. De l'index, il se mit à la parcourir en énumérant à voix haute :

— Rivière Sainte-Marguerite, Moisie, à-la-Chaloupe, Manitou et au-Tonnerre, Mingan, Saint-Jean, Magpie, Natashquan, Kegaska, Olomane, Romaine, Étamamiou, Mecatina, Saint-Augustin, Coxipi, Saint-Paul… et plein d'autres plus petites en plus.

Il s'arrêta, respira profondément et observa avec enthousiasme :

— Ce n'est pas le choix qui manque !

Il fit une petite pause, puis reprit :

— Mais tout ça ne nous dit pas ce que tu rapportes comme pelleteries.

— Des martres surtout, et la peau d'un animal qui devrait me valoir une jolie somme.

— Quelle peau ?

— Devinez !

Il y avait si peu de mammifères à Anticosti que leur réflexion fut de courte durée.

— À part les martres et les loutres, il n'y a que des renards et des ours sur l'île. Ça ne peut être qu'une peau de renard ou d'ours, supposa Laurent.

Jeanne risqua :

— Une peau de renard !

Claire était du même avis. Laurent opta pour celle d'un ours.

Ernest se mit à rire et finit par dire fièrement :

— Vous savez bien que je m'en suis pris au plus gros. Laurent a donc raison.

Sur ce, il se leva et alla chercher la peau en question qu'il étala sur le plancher au milieu de la pièce.

— Bonté divine ! s'écria Laurent. Elle fera une belle couverture de carriole. Où as-tu l'intention de la vendre ?

— Quelque part sur la côte ou bien à Québec.

— Comment penses-tu te rendre là-bas avec tes fourrures, sans que Zédé et ses hommes t'interceptent ?

— Figure-toi que j'ai eu bien du temps pour y réfléchir pendant que j'étais là-bas. Mon idée est faite.

— Tu ne pourras pas les envoyer par le bateau de la poste.

— Non, mais il y a d'autres façons. Tu sais comme moi que malgré la surveillance de notre Zélé, il y en a qui font entrer de la boisson sur l'île. S'il y a moyen de faire venir certaines marchandises sans que ce soit contrôlé, je réussirai bien à en faire sortir de la même manière.

Laurent eut beau vouloir en apprendre plus là-dessus, Ernest ne dit plus rien. Il choisit plutôt de raconter comment il s'y était pris pour tuer son ours. Avant qu'il ne commence son récit, il se fit un silence dans toute la maisonnée, comme si les petits sentaient que l'heure était grave. Laurent demanda :

— Tu l'as tué quand, ton ours ? Pas longtemps avant de revenir, je suppose ? Les ours ne sortent ordinairement pas de leur cachette d'hiver avant la mi-mars.

Ernest approuva.

— Justement. Par les vapeurs qui montent d'une petite butte de neige, je repère la cachette d'un ours au bout d'une de mes lignes de trappe. Un beau matin que je me rends relever mes pièges, qu'est-ce que je trouve à la place des martres ? Des morceaux de peaux et rien d'autre. Par les pistes, je vois tout de suite qu'un ours a fait son régal de plusieurs de mes prises. Me voilà furieux. Je me dis : "Je vais avoir ta peau, mon maudit gourmand !" Je regarde tout autour et je vois qu'il y a des petits arbres qui pourraient faire mon bonheur. Je prends ma hache et je me coupe des pieux d'à peu près cinq pieds de longueur et trois pouces de tour. Je les plante collés les uns aux autres en demi-cercle, de façon à laisser une ouverture d'au plus deux pieds. Là, je fais un de ces beaux piquets de quatre pieds de long que je plante bien solide dans le sol et je glisse dedans l'anneau de la chaîne de mon piège jusqu'à ce que la chaîne reste coincée comme il faut. Je tire dessus de toutes mes forces. Rien à faire, la chaîne décolle pas. Parfait ! Je tends le piège. J'y mets une des martres que j'ai prises et je couvre tout ça avec de la mousse.

— Pensais-tu que si un ours s'y prenait la patte, il n'aurait pas été capable d'arracher ton piquet ?

— Il était très bien planté dans le sol. J'étais certain qu'il se fatiguerait à tirer dessus.

— Quand es-tu retourné à ton piège ?

— Vers le milieu de l'après-midi. L'ours y était allé et d'après les marques, il s'était drôlement débattu avant de parvenir à déterrer le piquet. Ensuite, il a pris le bois en traînant le piège, la chaîne et le piquet. Mais ça m'a permis de le suivre à la trace. À un endroit, y est passé entre deux arbres et le piquet est resté coincé. En me fiant aux traces retrouvées là, j'ai tout de suite su qu'il s'était débattu là aussi comme un diable pour se déprendre. Au lieu de revenir sur ses pas entre les deux arbres et les contourner, il s'est acharné à tirer dessus. Il a réussi à se déprendre et à continuer pour un bout, mais le piquet est encore resté pris entre deux arbres rapprochés. Il a recommencé le même manège pour se libérer et il a fini par être si épuisé qu'il a dû se coucher sur place. Je l'ai trouvé d'même. Quand il a senti ma présence, il s'est levé sur ses pattes arrière comme pour me menacer. Je l'ai achevé d'une balle bien placée, je l'ai dépecé sur place et j'ai rapporté la peau à mon camp. Je l'ai tendue sur des perches pour la nuit. À matin, j'ai tout ramassé et je suis revenu. Ma chasse était finie.

Chaque fois qu'Ernest racontait un de ses exploits de chasse, des sentiments mêlés envahissaient Claire. Elle était heureuse de ses succès, mais également inquiète des dangers qu'il courait. Elle ne pouvait pas se faire à cette passion pour la chasse qui était toute la vie de son mari. Elle se demandait si, un jour, il ne s'adonnerait pas à une occupation différente et plus compatible avec son rôle de père. Mais elle n'avait que peu d'espoir et elle essayait d'accepter l'idée que son homme ne changerait jamais. Parfois, pour se persuader du contraire, elle se disait que certains hommes se transforment subitement du tout au tout. N'était-ce pas le cas de Wilfrid? «Tel père, tel fils!», songea-t-elle. Le doute l'envahissait, mais elle refusait de baisser les bras. Ernest finirait bien par se ranger.

Chapitre 26

Nouvelles du monde

Comme c'était le cas chaque année, le *Packet* avait apporté des calendriers et des almanachs avec le courrier. L'année avait beau être commencée depuis quelques mois, il était toujours agréable de jeter un coup d'œil à l'almanach et d'admirer les calendriers illustrés d'images d'Épinal.

Laurent prenait un plaisir fou à chercher dans les journaux les informations qu'il n'avait pas reçues par le télégraphe. Il profitait du temps du souper pour les partager. Ce soir-là, il fouilla parmi les articles qu'il avait retenus et s'exclama :

— Il se passe toutes sortes de choses pas loin de nous et nous les apprenons par des gazettes imprimées à des centaines de milles d'ici.

— Comme quoi ? demanda Ernest.

— Une fille de treize ans a été dévorée par des chiens à Tête-à-la-Baleine.

— Hein ! fit Jeanne. Ça se peut pas !

— Pire que ça, enchaîna Laurent. Deux hommes ont subi le même sort aux environs de l'Anse-aux-Loups, près de Forteau.

Claire s'informa :

— Où est-ce ?

— Au Labrador.

Laurent chercha dans ses notes.

— Tiens, une autre nouvelle qui va vous intéresser. Les dirigeants de la Pointe-aux-Esquimaux…

— Là où étudient Desneiges et Fabiola ? le coupa Claire. Je me demande bien ce qu'elles deviennent…

— Nous devrions le savoir bientôt puisque la navigation est recommencée, répondit-il.

— En effet !

— Eh bien, où en étais-je ? se demanda Laurent que cette interruption avait quelque peu dérangé. Ah, oui. Le maire de la Pointe-aux-Esquimaux et ses adjoints ont décidé de charger quatre dollars par chien à tous les propriétaires.

— Quatre dollars ! s'écria Ernest. Ils sont malades, c'est plus que la valeur d'un chien. Pour quelle raison ?

— Il paraît qu'il y a au moins trois chiens par famille. La nuit, ils hurlent comme des loups et tout le monde se plaint. En plus, ils ont dévoré tous les moutons que les habitants ont fait venir.

— Les chasseurs ont besoin de leurs chiens. Comment veux-tu qu'ils aillent chercher leurs proies ou encore qu'ils les débusquent sans leurs chiens ?

— Tu as tout à fait raison, mais ont-ils tous besoin d'en avoir trois ou quatre ? Quoi qu'il en soit, il ne doit pas y avoir de chasseurs par là, parce que les trois à quatre cents chiens de la place ont été tués à l'exception de deux.

Jeanne fit remarquer :

— La même chose devrait être faite à Baie-Sainte-Claire. Là aussi, les chiens hurlent toute la nuit et les gens s'en plaignent. Quelqu'un qui couche là pour la première fois n'est pas capable de dormir. Pourtant, il n'y a plus personne qui chasse. Pourquoi s'embarrassent-ils de ces chiens qui sont toujours affamés et ne servent à rien ?

— C'est étonnant, fit Ernest, que notre Zélé n'ait pas pensé à les faire tuer.

Laurent ne releva pas le commentaire. Il se contenta de dire :

— Voulez-vous d'autres nouvelles ?

— Bien sûr ! s'exclama Ernest.

— Savez-vous que le gouvernement a expédié dans le golfe un vapeur appelé le *Constance ?*

— Pour quoi faire ?

— Empêcher la contrebande de boisson.

Claire se montra étonnée :

— Hein ! Il y en a qui font de la contrebande ?

— Oui, et pas loin d'ici, à part ça. Il paraît qu'il y a des navigateurs de l'Isle-aux-Coudres et de l'île d'Orléans qui se rendent à Saint-Pierre-et-Miquelon charger de la boisson qu'ils importent ici. Pour éviter de se faire prendre, ils en laissent le long de la côte et l'envoient chercher par d'autres. C'est très payant, à ce qu'on dit, mais les risques de se faire prendre sont très grands.

— Si jamais je reste sur la côte, je m'arrangerai pour livrer cette boisson, promit Ernest.

— Tu ne ferais pas ça ! s'écria Claire en émoi.

— Pourquoi pas ?

— Ce n'est pas permis.

— Et qui l'interdit ? Ceux à qui la vente de boisson rapporte. Voilà pourquoi ça me ferait plaisir d'aider ceux qui leur coupent l'herbe sous le pied.

Tout à ses recherches dans les journaux, Laurent lança :

— Voulez-vous savoir une autre nouvelle qui nous a échappé et qui aurait pourtant dû nous parvenir par le télégraphe ?

— Vas-y !

— Les trois gardiens du phare de l'Île-aux-Oiseaux ont été emportés par les glaces en chassant le loup-marin. Deux sont morts sur les glaces à la dérive. L'autre a atterri au Cap-Breton et est mort huit jours plus tard.

— Les gardiens d'un phare ! C'est vraiment étonnant qu'on ne l'ait pas su par une dépêche, fit remarquer Jeanne.

— Ça s'explique, constata Laurent en vérifiant la date de l'événement. C'est arrivé pendant la période où la ligne télégraphique était brisée.

Ernest brûlait d'apprendre d'autres nouvelles importantes. Il demanda :

— Que se passe-t-il dans le reste du monde ?

— Il y a présentement le premier Salon de l'automobile à Paris. On prévoyait que plus de deux cents constructeurs y participeraient. C'est écrit que pour y présenter une voiture, il faut démontrer qu'elle peut parcourir quarante kilomètres.

Claire s'étonna :

— Quarante kilomètres, ça me semble beaucoup. Ça fait combien de milles au juste ?

— Je ne sais pas exactement, avoua Laurent, mais ça doit donner quelque chose comme une trentaine de milles.

— Il y aurait donc au moins deux cents automobiles qui peuvent parcourir cette distance… fit remarquer Ernest. C'est incroyable comme les progrès vont vite. Avec Menier, ça ne m'étonnerait pas qu'on en voie bientôt une à l'île.

— Comment ça marche ? s'enquit Jeanne.

Laurent réfléchit un moment et expliqua :

— Il paraît que ça fonctionne avec de la gazoline.

— À part ça ? fit Ernest qui souhaitait changer de sujet.

— Un Français nommé Ader aurait fait voler un appareil dans les airs. Mais il semble que cette affaire est fausse et que tout cela est de la supercherie.

— Je me demande bien si un jour on sera capable de voler comme les oiseaux… dit Jeanne, songeuse.

Ernest affirma avec enthousiasme :

— Moi, je pense qu'on va y arriver !

— C'est pas aujourd'hui la veille, assura Laurent. Mais il y a autre chose qui fait beaucoup de progrès et qu'on nous promet pour bientôt.

— Quoi donc ?

— On appelle ça la télégraphie sans fil. Il va y avoir une expérience tentée à partir d'un vaisseau en mer. On enverra du navire un message télégraphique à quelqu'un resté sur terre. Imaginez comment ça sera commode de pouvoir expédier des dépêches sans fil, ajouta Laurent. Vraiment, la science évolue à toute vitesse et nous sommes bien chanceux de pouvoir être témoins de tout ça.

Ernest était toujours aussi curieux d'apprendre autre chose. Il demanda :

— C'est tout ?

— On organise un grand événement pour la fin du siècle. Il va y avoir une exposition universelle à Paris en 1900.

— En quoi ça consiste ?

— Dans une exposition universelle, il y a de tout. On va montrer les nouveaux moyens de transport, comme un trottoir roulant qu'on appelle la rue de l'avenir et un transport souterrain appelé métropolitain. Il va y avoir une fontaine lumineuse et on verra aussi sur un grand écran des films des frères Lumière et la présentation du Cinéorama. Beaucoup de nations comme les États-Unis, l'Allemagne et d'autres pays d'Europe vont y avoir un pavillon où ils vont présenter ce qu'on fait de mieux chez eux.

— Est-ce qu'il y aura un pavillon du Canada ?

— Oui, et il paraît qu'on va y montrer des animaux d'ici. Mon ami Placide Vigneau, le gardien du phare de l'Île-aux-Perroquets, m'a prévenu par télégraphe que monsieur de Puyjalon se propose d'y exposer de belles peaux d'animaux à fourrure. Il semble qu'il est prêt à payer de bons prix pour ces peaux.

Ernest s'écria :

— Enfin une nouvelle que je suis heureux d'entendre ! S'il est intéressé à de belles peaux, je saurai bien lui en rapporter.

Laurent feuilleta encore ses notes.

— Il y a la guerre entre l'Espagne et les États-Unis pour l'indépendance de Cuba. Ce n'est pas une information très réjouissante. Je pense qu'il vaut mieux ne pas en parler. Je préfère terminer par une autre, beaucoup plus joyeuse. Une fille de quatorze ans qui est mariée et reste à la Pointe-aux-Esquimaux a donné naissance à un bébé. Il paraît que la mère de cette fille est la plus jeune grand-mère de la Côte-Nord. Elle n'a que vingt-huit ans !

Il mit fin sur ces mots à sa séance d'information. Il promit :

— Quand j'aurai du nouveau, je vous le ferai savoir.

— On en a pas mal à digérer pour aujourd'hui, dit Ernest en bâillant. Je pense bien que ma journée est faite.

— Et la mienne aussi, confia Laurent. Demain, je peinture la tour du phare.

Chapitre 27

Divers développements

L'été se mit solidement de la partie avec des chaleurs écrasantes comme on n'en avait jamais vu à l'île, aux dires des plus vieux. Au début de juillet apparut un yacht superbe qui jeta l'ancre à Baie-Sainte-Claire. Une fois de plus, les vieux furent en émoi. Ils n'avaient jamais croisé un si beau vaisseau. On courut aux lunettes d'approche et tous lancèrent des cris d'admiration en l'examinant de plus près.

— Comment s'appelle-t-il ?

— La *Bacchante*.

— Un curieux de nom. Ça veut dire quoi ?

— Ça doit être le nom d'une femme.

— C't'un bateau de millionnaire !

— Ça s'rait-y pas celui de monsieur Meunier ?

— Pas Meunier, Joséphine, Menier ! Ça fait cent fois que je te le dis !

Ils eurent leur réponse quand, à l'appontement, ils virent débarquer d'une chaloupe à vapeur le directeur accompagné d'un homme carré d'épaule, qu'on devina être monsieur Menier. Ils furent reçus au son de la fanfare. L'orchestre de monsieur Comettant, avec ses cuivres, son tambour et son triangle, se surpassa en faisant entendre des airs joyeux comme aux plus grandes fêtes. Tout ce beau monde monta dans l'immense voiture tirée par deux chevaux qui les attendait au débarcadère. Ils traversèrent lentement le village, s'arrêtant un moment à la maison de l'administration, puis à celle du gouverneur où ils entrèrent sans doute pour prendre en cachette le verre de bienvenue. Ils empruntèrent ensuite, sous les regards de tout le village, la direction de Baie-Ellis.

Après leur arrivée, l'île se mit à se transformer comme sous les mains d'un magicien. Une route définitive apparut qui menait jusqu'au bout de Baie-Ellis. Les habitants de Baie-Sainte-Claire apprirent alors avec consternation que tous les prochains développements se feraient là-bas dans cette baie où avait vécu nul autre que le fameux Gamache, dont la maison réparée et transformée logeait désormais ces messieurs avec serviteurs et servantes.

Les vieux n'avaient pas manqué de jeter un œil attentif à tout ce qu'il y avait de neuf dans cette maison. Toute l'île savait qu'on y avait ajouté une grande pièce servant de bureau et une immense cuisine, de même qu'une salle de bain dernier cri.

— Il paraît qu'ils ont de l'eau chaude et de l'eau froide.

— Si vous voyiez la belle cuisine avec un poêle à deux ponts !

— Avez-vous remarqué tout le bois qu'ils ont cordé dans le hangar ?

Il n'y avait pas deux jours que ces messieurs étaient arrivés que la route était nivelée jusqu'au bout de la baie. Toute la place se transforma pendant que le grand patron et ses invités partaient à bord de boggies accompagnés de voitures transportant armes et bagages, pour une tournée de l'île par les rivages et une expédition de pêche au saumon à la Jupiter.

Bien entendu, tout cela, on ne l'apprit qu'après le départ de la *Bacchante*, de la bouche même de serviteurs bavards. Cet été-là, en quelques semaines seulement, Baie-Gamache devint méconnaissable. Les marais des alentours furent asséchés. Un canal creusé depuis le lac Saint-Georges se déversait dans la mer et des maisons poussèrent comme des champignons, mais de façon bien ordonnée. On vit même apparaître une nouvelle route qui menait au lac Plantin. À mi-chemin de Baie-Sainte-Claire et de Baie-Ellis, les ouvriers s'affairèrent à construire une des plus belles fermes qu'on avait jamais vue sur l'île. Elle fut baptisée Rentilly. Une autre naquit à deux milles de Baie-Ellis sous le nom de Meynardière.

Laurent en fut informé quand un bon après-midi, il décida d'atteler Oliver et d'emmener toute la famille en promenade, y compris Desneiges et Fabiola revenues de leur pensionnat, en laissant à Ernest le soin de s'occuper du phare. À leur retour, une surprise les attendait: Wilfrid était à la maison. Il avait profité d'un des voyages du *Savoy* à Québec pour venir rendre compte de son travail. Ce fut en vain qu'on chercha Ernest: il avait tout bonnement disparu et Wilfrid se trouvait seul en compagnie de la sourde qui gardait les bébés.

Comme elle savait si bien le faire, Jeanne s'affaira à préparer un repas de circonstance. Les enfants étaient intimidés par la présence de leur grand-père et jouaient sans élever la voix. Desneiges et Fabiola causèrent avec Wilfrid qui leur posa toutes sortes de questions au sujet de leur vie au pensionnat. Puis, Laurent profita de la visite de son père pour lui dire ce qui se préparait au phare:

— Avez-vous déjà entendu parler du système à lentilles et prismes?

— On le trouve déjà dans plusieurs phares. Il remplace celui à miroir comme le nôtre.

— Nous en aurons bientôt un. J'ai hâte de savoir comment ça fonctionne. D'après monsieur Vigneau de l'Île-aux-Perroquets, ça donne beaucoup plus de lumière.

— Mais par contre, c'est pas mal plus fragile et il va falloir qu'ils installent un rideau autour de la lanterne pour protéger les lentilles et les prismes contre le soleil. Tu vas devoir fermer ces rideaux-là tous les matins et les ouvrir pour la nuit.

— Le système est plus délicat, mais il semble qu'on aura moins de travail pour nettoyer la lanterne.

— Attends qu'ils t'en installent un et tu m'en reparleras !

Laurent comprit que son père n'avait pas changé. Il n'appréciait guère les nouveautés. Passant à un autre sujet, Wilfrid demanda :

— Es-tu content de ton salaire ?

— Oui, ça me va.

— Il est rendu à combien ?

— Trois cent vingt piastres par année.

— Certains gagnent plus que ça pour des phares moins importants. Ne te gêne pas pour demander une autre augmentation.

Laurent laissa entendre qu'il y verrait.

— Il y a autre chose qui devrait rendre ma tâche moins difficile.

— Quoi ?

— On va remplacer le canon de brume par une sirène d'Écosse.

— Une sirène d'Écosse ?

— Oui. C'est une invention anglaise. Ils vont la mettre dans un nouveau hangar. Il paraît que le cornet du signal doit être placé le plus haut possible. Ça marche à air comprimé. Le cornet est monté sur des rails en demi-cercle de façon à ce qu'il soit déplacé en direction des vents.

— Des nouvelles affaires qui sont pas meilleures que ce qu'on avait !

Voyant que son père ne semblait pas trop intéressé par ce qu'il lui racontait, Laurent l'invita :

— Bon, ben, p'pa, vous devez avoir faim ! Je pense que le souper est prêt. On va passer à table. Tout le monde est bien heureux de vous voir.

— Tout le monde ? Pas Ernest, en tous les cas.

Laurent choisit de ne pas relever la remarque.

— Vous allez coucher ici ?

— J'ai ma place à Baie-Sainte-Claire et il me faut être à pied d'œuvre tôt demain matin.

— Vous ne repartirez pas avant le prochain voyage du *Savoy*, ça veut dire qu'on aura le plaisir de vous voir toute la semaine.

— Non pas, parce que je m'en retourne sur la *Bacchante* avec monsieur Menier et monsieur Zédé. Nous partons après-demain.

Ils s'installèrent à table. Ernest ne se montra pas. Jeanne, secondée par Claire, avait préparé un filet de morue assaisonnée au sel de mer, poivre rouge, jus de citron et huile de loup-marin dans laquelle avaient macéré des aiguilles de pin. Tous se régalèrent et Wilfrid le premier. Il reconnut que ce qu'il lui manquait le plus à Québec était précisément de pouvoir manger du poisson frais. On aurait pu croire, puisqu'il venait de faire allusion à sa vie à Québec, que quelqu'un demanderait comment allait son épouse Florida. Or, personne ne posa la question. La belle-mère avait laissé un trop mauvais souvenir lors de son passage pour qu'on s'inquiète de sa santé et de ses humeurs.

Sa visite faite, Wilfrid retourna à Québec sans revenir au phare.

Jeanne confia à Laurent :

— Je suis désolée de te le dire, mais ton père n'a pas l'air d'un homme heureux…

Chapitre 28

Magasinage

Jeanne et Claire ne se plaignaient que très rarement de manquer de quelque chose. Toutefois, il arrivait qu'elles aient besoin de renouveler leur garde-robe. Ce temps était précisément arrivé. L'argent s'avérait si difficile à gagner qu'elles n'auraient jamais osé s'acheter une robe toute faite. Pour éviter des frais, elles décidèrent de se procurer du tissu au magasin de Menier à Baie-Sainte-Claire et de confectionner elles-mêmes leurs robes. Claire précisa :

— Il nous faudrait un bon patron pour découper le tissu comme il faut.

— Je ne suis pas inquiète, répondit Jeanne. Ces tissus viennent de France et ils ont des catalogues et des patrons pour toutes sortes de robes.

Elles partirent de bon matin pour la Baie, laissant le soin à Desneiges et Fabiola de s'occuper des enfants.

— Nous ne serons pas absentes longtemps, assura Jeanne. On sera de retour pour le dîner.

Arrivées au village, elles se dirigèrent directement au magasin et plongèrent tout de suite le nez dans un catalogue présentant les dernières nouveautés. Elles n'avaient que l'embarras du choix ! La dame qui vint les trouver pour les conseiller ne semblait guère de bonne humeur.

— Comment puis-je vous aider, mesdames ?

— Nous désirons nous confectionner une robe. Mais nous avons de la difficulté à arrêter notre choix. N'est-ce pas, Claire ?

— Oui ! Ces catalogues viennent de France et il nous semble que toutes les robes qu'on y présente sont en fait des robes de toilette. Vous n'auriez pas un catalogue avec un modèle de robe de tous les jours ?

— Ces robes sont celles portées tous les jours par les dames en France.

— À mon avis, si elles venaient vivre ici, elles ne les trouveraient pas très adaptées à notre climat et à notre façon de vivre, lança Jeanne.

La femme leva le nez et dit d'un air pincé :

— Pour ça, vous avez raison. Je vous proposerai donc le catalogue destiné aux bonnes et aux servantes. Mais d'abord, puisque je n'ai pas le bonheur de vous connaître, pourrais-je savoir qui vous êtes ? demanda-t-elle d'un ton méprisant

— Nous habitons à la lumière de la Pointe-Ouest. Mon mari en est le gardien. Je m'appelle Jeanne et Claire que voici est ma belle-sœur. Puis-je vous retourner la question ? Vous êtes madame…

— Beaumet. L'épouse du chef de la ferme Meynardière.

— Ah bon ! murmura Jeanne. Nous sommes heureuses de faire votre connaissance.

Elles finirent par s'arrêter sur le patron d'une robe droite toute simple et déboursèrent chacune un dollar pour le tissu. Profitant de cette première visite à ce magasin, elles prirent le temps d'en faire tranquillement le tour, s'arrêtant pour admirer ici des rideaux, là une tapisserie, plus loin un miroir dans un cadre sculpté surmonté d'une rosace, un cadre bombé prêt à recevoir des portraits et un magnifique album pour photos de famille. Jeanne le feuilleta longtemps, admirant la couverture de cuir souple sur laquelle figurait une scène d'automne : deux daims en bordure d'une forêt où les feuilles rougissaient.

— Si j'avais des sous, se plaignit-elle, je l'achèterais et je mettrais sur la couverture une photo du phare. Dedans, j'insérerais la photo de notre mariage et ensuite, au fur et à mesure, celles des enfants.

Elle replaça l'album où elle l'avait pris et son regard fut attiré un peu plus loin par un comptoir où se trouvaient de jolies poupées à tête de porcelaine, vêtues comme des princesses. Tout près, elle s'arrêta devant une étagère où étaient posés des bibelots de toutes sortes : anges, sirènes, urnes, miniatures, oiseaux, papillons…

Elles allaient reprendre la route de la Pointe-Ouest quand Jeanne s'arrêta près de la porte, fascinée par une petite table d'une rare beauté. Claire, qui s'était attardée un moment devant un parapluie à manche de corne, vint la rejoindre. Jeanne fit semblant de s'intéresser à un buffet. Claire lui demanda :

— Tu n'as pas idée de l'acheter ?

— Je n'en ai pas les moyens, mais il n'est pas défendu de regarder.

Elles furetèrent encore un moment parmi les meubles et osèrent même s'asseoir sur un divan, uniquement pour voir s'il était confortable.

— Qui peut se payer des meubles pareils ?

— J'en avais entendu parler, affirma Jeanne. Ça me revient, maintenant. Je crois que ce sont des meubles destinés aux maisons que monsieur Menier veut construire pour ses amis.

— Pourquoi les garde-t-on ici comme s'ils étaient à vendre ?

— Ils le sont. Mais personne n'a les moyens de les acheter. On les entrepose en attendant et sans doute aussi en espérant que quelqu'un se laissera tenter.

Elles revinrent vers la porte. Jeanne s'arrêta de nouveau devant la petite table qu'elle avait admirée plus tôt. Le vendeur, posté près de la porte, s'en rendit compte.

— Ma petite dame, cette table Louis XVI semble vraiment vous plaire.

— Elle est très belle.

— Pourquoi ne pas l'acheter, alors ? Il faut savoir se faire plaisir dans la vie.

— Ce n'est pas dans mes moyens.

— Je parie que vous avez déjà en tête l'endroit où vous allez la mettre.

Jeanne rougit et répondit :

— Vous lisez dans les pensées ? Oui, je sais exactement où elle irait bien.

— Qu'attendez-vous alors ?

— Il faut que j'en parle à mon mari.

— Je le comprends bien, mais si vous retardez trop, quelqu'un d'autre l'achètera et vous me verrez désolé de vous dire : "Elle est vendue."

Jeanne y jeta encore un coup d'œil et suivit Claire qui lui soufflait :

— Ce serait une folie. Jamais Laurent ne voudra. Sais-tu seulement le prix ?

— Je n'ai pas osé le demander, mais le vendeur me l'a indiqué avec ses doigts écartés.

— Il demande combien ?

— Vingt dollars.

Claire porta sa main à sa bouche et répéta :

— Vingt dollars ! Mais ça doit être près du salaire de Laurent pour tout un mois.

— Je ne vais même pas lui en parler. Rien n'empêche que cette table ferait grandement mon bonheur.

— Tu vois, la taquina Claire. Il n'y a pas cinq minutes, tu n'en connaissais même pas l'existence et voilà que maintenant, tu dis qu'elle ferait ton bonheur.

— Avoue qu'elle est belle !

— Je suis d'accord avec toi, elle est magnifique. Mais on ne peut pas se procurer tout ce qui brille et est très beau.

— Rien n'empêche… balbutia Jeanne.

De retour à la maison, durant le souper, Claire raconta les péripéties de leur matinée et ne manqua pas de parler de la table. Elle ajouta :

— Si elle en avait eu les moyens, Jeanne l'aurait certainement achetée.

Laurent demanda vivement :

— Vraiment ? Elle te plaisait tant que ça ?

— Oui. Elle est très belle.

— Eh bien ! J'ai encore des choses à apprendre de toi. Ma femme qui tombe amoureuse d'une table ! Supposons que tu l'aies, proposa-t-il. Où la mettrais-tu ?

— À la place de celle qui se trouve le long du mur dans le salon, parce qu'il s'agit d'une table décorative.

— Mais celle du salon sert à mille et une choses.

— C'est vrai.

— As-tu seulement pensé que si tu avais cette table, il te faudrait constamment la protéger pour qu'elle ne soit pas égratignée, la surveiller pour éviter que les enfants la frappent, la frotter pour qu'elle reluise, faire attention à la moindre chose posée dessus ? Et sais-tu ce qui arriverait ?

— Quoi donc ?

— Tu deviendrais l'esclave d'un objet dont nous n'avons pas besoin puisque la table que nous possédons fait très bien l'affaire. Pour satisfaire un caprice passager, tu t'embarrasserais d'un meuble inutile. Tous les vendeurs savent ça et ils s'assurent d'exploiter ces faiblesses en nous. Comptons-nous chanceux, au fond, de ne pas être riches.

— Rien n'empêche…

— … que c'est une maudite belle table ! se moqua Ernest. Attends, ma petite belle-sœur. Quand je serai millionnaire, je t'en achèterai une de même. En attendant, tu seras bien obligée de garder celle qui est là.

Pendant tout le reste du souper, ils continuèrent à parler de tout ce que la richesse peut apporter. Ils ne manquèrent pas, évidemment, d'évoquer les biens de Menier.

— Il possède des maisons partout, au moins cinq ou six, il paraît, et il s'est payé une île comme terrain de jeu. Ce n'est que la deuxième fois qu'il vient. Je me demande s'il est plus heureux que nous, s'interrogea Ernest.

Ils s'imaginèrent un moment être dans la peau d'un millionnaire.

— Sauf que ça doit être commode d'avoir beaucoup d'argent, fit remarquer Jeanne. Tu entres au magasin et tu achètes tout ce qu'il te plaît.

Laurent esquissa un sourire.

— Et tu ressors du magasin pour entrer dans un autre et te gâter en achetant encore ! Tu finis par avoir tellement d'affaires que tu ne sais pas trop quoi en faire et tu oublies même ce que tu possèdes déjà !

Il s'arrêta avant de reprendre la question d'Ernest :

— Être millionnaire, est-ce que ça rend quelqu'un plus heureux ?

Ils restèrent songeurs. Ils venaient de finir de manger. Ils se sentaient bien tous ensemble autour de la table. Les petits s'amusaient autour d'eux. Chacun ici n'avait pas d'autre souci que de bien remplir sa tâche. Dehors, le ciel préparait tranquillement le grand spectacle du coucher de soleil. Ce fut Ernest qui reprit la parole en disant :

— En tous les cas, j'ai l'impression que notre millionnaire ne doit pas être très satisfait de voir comment les affaires tournent avec les gens de Fox Bay, par les temps qui courent. Et si j'étais à sa place, je ne serais pas fier de la façon dont les habitants de l'Anse-aux-Fraises et de Baie-des-Anglais ont été mis au pied du mur. Si on demandait à ceux qui sont restés s'ils sont contents de leur sort, j'ai l'impression que nous n'aurions pas de réponses bien positives. À mon avis, ce Menier n'a pas beaucoup d'amis à l'île.

— Tout ça pour dire que l'argent ne fait pas nécessairement le bonheur, énonça Laurent, et la vraie richesse n'est pas de posséder beaucoup d'argent.

— Qu'est-ce qui fait le bonheur, alors ? voulut savoir Ernest.

Comme si la question s'adressait à elle, Jeanne répondit tout simplement :

— Nos enfants et nos amis, tous ceux que nous aimons.

Sa déclaration fut suivie d'un long silence qu'elle brisa en disant :

— Comme ça, je pense que je suis mieux d'oublier ma petite table !

Chapitre 29

La nouvelle lumière

L'automne montrait de plus en plus le bout de son nez. Le bateau du gouvernement sur lequel s'amenait l'inspecteur des phares apportait également le ravitaillement d'hiver et tout ce qu'il fallait pour rajeunir la lanterne et améliorer la lumière. Comme promis, on avait décidé de changer le système d'éclairage en installant de nouveaux capteurs de lumière. Les deux ingénieurs chargés du travail quittèrent le navire en barque, au petit matin, apportant tout ce dont ils avaient besoin pour la journée. Laurent admira surtout la nouvelle tête du réflecteur faite de multiples prismes et lentilles. Les hommes hissèrent le tout dans la tour et ne tardèrent pas à se mettre à l'ouvrage. Ils ne pouvaient pas se permettre de flâner, le nouveau système devant être installé dans la journée afin que le soir même, le phare puisse accomplir son travail.

La journée s'annonçait belle. Le soleil traçait sur l'horizon en feu les premiers coups de pinceau de sa fresque du jour. Dès que Laurent avait éteint les lampes, les ingénieurs s'étaient mis au travail. Ils ne parlaient pas beaucoup. L'un sifflait ses airs préférés, mais tous deux travaillaient fermement et efficacement. Après avoir enlevé le miroir parabolique qui avait servi tant d'années, ils s'affairèrent à installer le nouveau dispositif d'alimentation des lampes. Puis, en œuvrant avec minutie, ils disposèrent en ordre les divers morceaux du système d'éclairage et les montèrent comme un casse-tête, qui, une fois terminé, promettait d'augmenter la puissance de la lumière par dix.

À Laurent qui suivait le travail avec attention, le plus âgé des ingénieurs promit :

— Tu auras moins d'ouvrage. Tu verras, ça se nettoie pas mal plus facilement que l'autre.

— Je ne m'en plaindrai pas, assura-t-il.

— Cette petite bête-là est plus brillante, mais elle est aussi plus fragile, avança l'autre ingénieur. Tu vas devoir la flatter doucement aux bons endroits et au bon moment, comme si tu caressais une femme.

Il regarda son compagnon et ils rirent de bon cœur devant l'air ahuri de Laurent.

— Comment tu fais pour rester ici à longueur d'année ? demanda le premier.

— J'éteins la lumière le 1er décembre et j'ai quelques mois où je peux m'adonner un peu à ce que je veux.

— En hiver et coincé sur une île sauvage comme ici, il ne doit pas y avoir grand-chose à faire…

— Détrompez-vous ! Je fais ma tournée des dépôts de nourriture pour m'assurer qu'il n'y a pas de naufragés sur l'île. Je rends visite aux autres gardiens. Nous fêtons aussi en grand Noël et le jour de l'An.

Celui qui semblait aimer rire poussa son compagnon du coude et lança :

— Tu dois avoir du temps en masse pour flatter ta femme ?

Cette fois, Laurent réagit :

— Ça, c'est mes affaires…

Sa réflexion refroidit le plaisantin. L'autre en profita pour rappeler :

— Tu sais que ce système-là n'aime pas le soleil ? Nous allons installer des rideaux opaques que tu devras tirer tous les matins après l'extinction des feux.

— N'oublie surtout pas de les ouvrir le soir ! reprit son collègue.

Ils rirent de sa boutade et passèrent encore quelques heures à tout ajuster. Ils s'arrêtèrent ensuite pour dîner. Ils avaient apporté de quoi manger, mais Laurent leur offrit de se restaurer à la maison. Les ingénieurs ne se firent pas prier. Ils goûtèrent à la soupe de poisson préparée par Jeanne et blaguèrent un peu tout au long du repas, se permettant de lancer des farces à double sens comme des enfants qui s'amusent à tirer des boules de neige et regardent l'effet qu'elles font.

Tout juste après le repas, une barque amena l'inspecteur et Laurent lui rendit son rapport. Ils firent ensemble le tour des bâtiments, gardant le phare pour la fin.

Les ingénieurs étaient remontés dans la tour. Après avoir frotté longtemps les lentilles, les prismes et les cuivres du nouveau réflecteur, ils avaient vérifié la pression d'air du réservoir de kérosène. Finalement, ils allumèrent les lampes. La lanterne était éblouissante. L'inspecteur et Laurent arrivèrent au sommet de la tour à ce moment précis. En voyant Laurent, le plus vieux des deux ingénieurs lui dit :

— Tu n'as plus rien à craindre, mon homme. Il n'y a pas un capitaine de navire qui la manquera, à moins qu'il ne soit aveugle.

Malgré la présence de l'inspecteur, son compagnon insinua :

— Sauf s'il est en train de faire autre chose…

Et de nouveau, ils rigolèrent, ce qui fit sourire Laurent. Ils s'affairèrent ensuite à installer les rideaux pendant que l'inspecteur vérifiait les moindres recoins. Quand ils eurent terminé, ils s'écrièrent comme des enfants fiers de leur coup :

— Comme un neuf !

Ils ramassèrent leurs outils. Le vaisseau à l'ancre au loin avait mis une barque à l'eau pour venir les chercher. Ils précisèrent à Laurent :

— Ils ont capté le signal.

— Quel signal ?

— Quand on teste la lampe et qu'elle fonctionne, ils savent qu'on achève notre travail et ils s'amènent.

— En avez-vous plusieurs autres comme ça à changer ?

— Oui ! On fait le tour de tous les phares et bientôt, ils fonctionneront tous avec le même système.

Lorsque les deux ingénieurs furent repartis en compagnie de l'inspecteur, Laurent remonta dans la tour et examina tout minutieusement, comme celui qui vient de recevoir un cadeau. Il se frotta les mains, redescendit à la maison et, assis dans le bureau de la télégraphie, il ouvrit le journal du phare comme il le faisait tous les jours et inscrivit : *Installation aujourd'hui du nouveau système d'éclairage*. Il chercha sur le plan que les ingénieurs lui avaient laissé et ajouta : *Il s'agit d'un système d'éclairage dioptrique.* Il marqua l'heure où le travail avait été terminé et tel qu'indiqué sur le plan, les noms des deux ingénieurs venus faire l'installation.

Laurent avait faim et soif. Il se rendit à la cuisine où Jeanne et Claire causaient tranquillement en tricotant, pendant que les enfants s'adonnaient à leurs jeux. Il s'installa à table et attaqua avec appétit le plat de poulet que Jeanne lui apporta.

— Il y en a un qui était pas mal effronté, avança-t-elle.

Laurent la regarda, sourire en coin.

— Au moins, ce n'étaient pas deux grognons.

Claire demanda :

— Es-tu content de ce qu'ils ont fait ?

— Très ! Nous avons une nouvelle lumière, bien supérieure à la précédente. J'ai hâte de savoir ce qu'Ernest va en penser quand il la verra tantôt. Je le trouve plus de bonne humeur de ce temps-ci.

— Quand mon homme fait ce qu'il lui plaît, il est heureux, fit remarquer Claire.

— Il pêche toujours avec Côme ?

— Oui. Ils font d'assez bonnes pêches, mais tout va à Menier.

Jeanne avança :

— Il réussit à nous rapporter une couple de morues fraîches à chaque jour.

— C'est bien, du reste, sinon il travaillerait pour rien.

— Non, parce que Côme promet de le compenser autrement…

— As-tu su comment il s'est débarrassé de ses peaux de martre et surtout de sa peau d'ours ?

— Il n'a jamais voulu me le dire. Tout ce qu'il a laissé entendre, c'est qu'avec une autre de même, il pourrait partir à son compte.

Laurent hésita avant de lâcher :

— À mon idée, il ramasse ses sous pour s'installer ailleurs qu'à l'île. J'ai beau lui dire qu'il devrait se faire garde-chasse pour rester à Anticosti, il me répond : "Je ne serai jamais un esclave. Personne ne pourra m'empêcher de faire ce que je veux, où je le veux et quand je le veux. Toi, tu es le gardien de la lumière et elle te tient prisonnier. Moi, je suis le gardien de moi-même et de ma liberté. Personne ne va me garder captif. Je suis comme une bête sauvage. Si on la met en cage, elle dépérit et tout ce à quoi elle rêve, c'est de s'évader. Je pêche la morue, je trappe les bêtes à fourrure, je chasse le loup-marin. Ça me comble et c'est d'même que je veux vivre."

Claire s'exclama :

— Ça, c'est mon homme tout craché !

Laurent ajouta :

— Je lui répète : "Tu pourrais faire la même chose à salaire." Et il me demande : "Pourquoi travailler pour quelqu'un d'autre quand on peut le faire pour soi ?" J'ai beau lui répondre que c'est pour la sécurité que ça apporte, il ne veut rien savoir. Il me chante toujours : "Je préfère ne pas avoir les mains liées. C'est peut-être moins sécurisant, mais, au moins, j'appartiens à personne."

— N'appartenir à personne, renchérit Claire, c'est sa raison d'être. Tu le sais aussi bien que moi, ton frère est un entêté.

— Ce n'est pas toujours un défaut.

— Si tu veux, mais on peut souvent dire aussi que c'est une mauvaise qualité.

La réflexion de Claire mit fin à leurs propos. Laurent quitta les femmes occupées à tricoter. Il avait encore du bois à ramasser sur la grève.

Chapitre 30

Laurent s'informe

En se rendant avec l'inspecteur faire la visite des phares, Laurent fut intrigué de voir des maisons construites à l'embouchure de chaque rivière. Au retour de la tournée, il s'arrêta à la rivière la Loutre. Une maison neuve s'élevait sur chacune des rives. L'endroit était magnifique. Des barques se balançaient au bout de leur amarre dans le barachois formé par la rivière. L'endroit lui parut si agréable que Laurent voulut savoir qui habitait là et comment il était parvenu à s'y installer. Il alla frapper à la porte de la première maison du bord et y fut reçu par les aboiements d'un chien de traîneau heureusement bien attaché à la chaîne qu'il tirait avec fureur. N'obtenant pas de réponse, le visiteur allait partir quand, de l'autre rive, un homme l'interpella :

— Vous voulez quoi ?

Laurent se dit : « En voilà un qui ne fait pas de détour ! »

— Simplement des informations.

— Vous êtes qui ?

— Le gardien de la lumière de la Pointe-Ouest.

— On va pas s'crier d'même toute la journée. Traversez donc d'mon bord !

Laurent s'exécuta. Ne prenant pas le temps de retourner à sa barque, il franchit à pied la rivière peu profonde à cet endroit. L'homme le reçut sans lui tendre la main.

— Quoi c'est qu'vous voulez savoir ?

— J'ai toujours aimé faire connaissance avec les gens. Voilà pourquoi je me suis arrêté. Parfois, il y en a qui ont besoin que j'envoie des dépêches pour eux à Québec ou ailleurs. Ça me fait plaisir de le faire, surtout quand je les connais.

L'homme se radoucit et invita le visiteur à entrer chez lui. Laurent fut enchanté de découvrir à quel point cette maison était bien construite et possédait de nombreuses commodités. Il s'informa :

— Vous êtes à l'emploi de monsieur Menier ?

— Oui ! Comme garde-chasse.

— J'imagine que ça vous donne plusieurs avantages.

— On est des pachas.

— Tant que ça ?

L'homme gonfla la poitrine de satisfaction avant de poursuivre :

— On manque de rien et on est payés pour ça.

— Vraiment ?

— Ben sûr ! On pêche l'poisson qu'on mange et pour le reste, on va au magasin à Zédé. On n'a qu'à défricher tout autour de la maison et entretenir un jardin. J'vas faire venir ma femme et mes enfants, et l'affaire s'ra dans le sac.

— Votre femme va s'occuper du jardin ?

— En plein ça ! Pendant c'temps-là, je vas voir au bois flotté. Y faut qu'on l'ramasse sur l'rivage. Le p'tit pour nous chauffer, le gros pour les affaires à Zédé. Vous pensez pas qu'y en a qui ont l'tour d'faire d'l'argent ? Y perdent pas une cenne, d'même y peuvent nous garder à salaire.

— Les riches savent quoi faire pour le rester. Vous devez bien avoir d'autres travaux à faire à part d'être garde-chasse ?

— On sale le saumon et la morue qu'on pêche, mais Zédé fournit nos embarcations pour la pêche au large avec les gréements, les filets et tout l'kit comme des trappes à homard. On est gras dur. En plus, quand ma femme et mes enfants vont v'nir, Zédé a promis de nous donner des vaches, des cochons pis des poules. On va avoir de quoi manger en masse. Y paraît même qu'on aura une voiture, un "express" pour aller chez les voisins. Mais y faudra qu'on s'achète un ch'val. Ça, c'est loin d'être faite.

— Vous allez avoir de la misère à aller chez vos voisins par la grève.

— Justement ! Zédé a promis de fournir un express, mais seulement si on veut construire une route par la forêt pour s'rendre chez nos voisins. Ça, monsieur, c'est du bois à abattre et j'sus pas sûr si j'vas l'faire.

Si l'envie prend à mes voisins d'la Jupiter de s'en v'nir par icitte, y ont besoin de m'en parler d'avance, sinon leur route, y vont s'la faire tout seuls.

—Je vous trouve chanceux, avoua Laurent. Une maison, une embarcation, un salaire assuré, c'est pas tout le monde qui a ça.

— Oui, mais il faut travailler pour.

— L'hiver, vous devez avoir moins d'ouvrage ?

— On surveille les alentours et on trappe.

— Il doit y avoir passablement d'animaux à fourrure ?

— Des martres et des loutres surtout, et de temps en temps, un renard.

— Des ours ?

— Pas encore, mais y tarderont pas à apprendre où qu'on reste. Y vont venir fouiller dans les déchets. Mais j'les attends avec ça.

De la tête, il indiqua le foyer où était suspendue une carabine.

— Vous savez qu'on n'est pas beaucoup su l'île à en avoir une ?

Laurent acquiesça.

—Je connais les règlements de Zédé. Vous pouvez bien dire que vous êtes gâtés.

— Ça va au mérite. On a un bonus quand on rapporte plus.

— La belle vie !

— À qui l'dites-vous ! Et vous, ça fait longtemps qu'vous êtes sur l'île ?

— J'y suis né. Mon père était le gardien de la lumière. J'ai pris sa place.

— Ah bon!

Laurent avait obtenu les renseignements qu'il désirait. Il s'excusa:

— Je vais continuer, si je veux être à la maison avant la noirceur.

— La marée est en vot' faveur. Ça d'vrait ben aller.

Laurent s'éloigna non sans lui avoir auparavant demandé son nom.

— Hormidas Doyle. Et vous?

— Laurent Cormier.

— À la r'voyure! s'écria l'homme en le raccompagnant dehors.

— Si jamais vous passez à la lumière, arrêtez-vous. Je vous ferai visiter. Moi aussi, je suis gras dur.

Laurent le salua de la main tout en gagnant sa barque. Le soleil de midi tapait sur l'eau. Les réverbérations l'aveuglaient. Il porta sa main au-dessus des yeux et vit au loin des goélands se poursuivre en criant comme des forcenés et tout près sur la berge quelques grands chevaliers en quête de nourriture. Des nuages filaient au-dessus de l'eau telle une armada. On entendait le clapotis des flots cependant qu'un petit vent faisait frissonner la surface du fleuve. Laurent respira un bon coup juste pour sentir les exhalaisons des goémons. En montant dans sa barque, il se dit: « Ça vaut bien tout l'or du monde. »

Chapitre 31

Ernest résiste

Laurent ne manqua pas d'instruire Ernest de tous les avantages qu'il aurait à s'engager comme garde-chasse pour Zédé :

— Vous auriez une maison fournie gratuitement, un bateau, une voiture, des animaux.

— Rien à nous autres, et prisonniers en plus…

— Je vois qu'il n'y a rien à faire.

— Ça fait cent fois que je te le dis : on touche pas à ma liberté.

— As-tu tout de même l'intention de trapper cet hiver ?

— Certainement !

— Si jamais tu te fais prendre, j'en connais qui n'hésiteront pas à toucher à ta liberté.

— Il faudrait d'abord qu'ils m'attrapent.

— Ne fais pas trop ton fanfaron. Si ça t'arrive, tu vas chanter sur un autre ton. Où comptes-tu aller ?

— À mes lignes de trappe à la Loutre.

— Tu sais qu'il y a deux gardes-chasses à l'embouchure ?

— Oui. Mais comme c'est leur première année là et qu'ils ont beaucoup d'ouvrage à abattre pour gagner leur croûte, je pense pas qu'ils vont se forcer ben gros pour trapper plus haut sur la rivière. Les meilleures peaux, tu le sais, on les trouve sur les bêtes qui vivent non loin de l'embouchure. Je vais les laisser chasser là et moi, je monterai plus au nord. Mon camp est loin de la rivière. Tant qu'ils ne le découvriront pas, j'aurai la paix.

Encore une fois, il se montrait si décidé que Laurent n'insista pas. Et lorsque Claire apprit qu'Ernest partirait encore pour les mois d'hiver, elle se résigna. Le même scénario que l'année précédente se répétait. Elle lui annonça, juste avant son départ, qu'elle était enceinte pour une troisième fois. Ernest se contenta de dire :

— J'aurai bien du temps pour penser au nom qu'on lui donnera.

— Moi aussi, assura Claire. On verra bien si nos idées se rencontrent.

Ernest prit le chemin des bois au début de décembre avec son fidèle Romulus qui, malgré son âge, demeurait un chien très solide. Il remonta vers le milieu de l'île, évitant l'Anse-aux-Fraises et, non sans difficulté,

Baie-Ellis. Il fila par ses passages familiers jusqu'à la Loutre qu'il traversa sur la glace pour se rendre à son camp. Il s'y installa confortablement, prenant tout de même la précaution de ne faire du feu que le soir. Après avoir fait le plein d'appâts en pêchant sous la glace, Ernest se mit dès le lendemain à tendre ses collets. Il retrouva ses lignes de trappe de l'année précédente et, en deux semaines, il parvint à faire une assez bonne récolte de martres et à prendre également quelques loutres.

Il gagnait tous les jours le bord de la rivière en prenant mille précautions, s'attendant à voir surgir à tout moment l'un des gardes-chasses. Pour éviter de laisser des traces trop fraîches au bord de l'eau, il remontait très loin en pleine forêt avant de se rendre à la rivière et relevait ses pièges en descendant le cours d'eau. Il comptait sur les bordées de neige pour effacer ses pistes et l'hiver collaborait bien.

Puis, après trois semaines de trappage, il ferma le camp, ramassa tous ses effets et s'enfonça encore plus loin vers le milieu de l'île où il avait repéré, l'année précédente, un endroit qui lui semblait sûr. Il s'y installa sous une tente, se gardant au chaud sous un tas de fourrures et ne faisant du feu que pour se nourrir. Le poisson ne manquait pas dans la petite rivière au bord de laquelle il installa ses pièges. Il demeura là près d'un mois à trapper et pêcher sans voir personne et sans même craindre que quelqu'un surgisse à l'improviste. Calculant qu'il lui restait environ un mois de chasse encore, il retourna à son camp de la rivière la Loutre. Sur le chemin, Ernest eut la surprise de sa vie. Il aperçut un renard noir qui venait de s'emparer d'un tétras et se mit dans la tête de le piéger. Il suivit ses pistes et découvrit sa cachette. Il ne lui restait plus qu'à trouver le moyen de le surprendre.

Ernest savait qu'avec un renard il devrait ruser, alors il décida de le prendre au piège. Il étudia à fond les diverses pistes qu'avait laissées l'animal. La neige lui permit de suivre de la sorte ses allées et venues, et il choisit l'endroit qui lui parut idéal pour tendre un piège. L'animal avait l'habitude de grimper sur une butte qu'il redescendait en posant ses pattes à des endroits très précis. Ernest se munit de gants et creusa un trou dans la neige au milieu de la piste. Il y plaça un piège qu'il recouvrit délicatement de neige du bout d'une de ses raquettes. Un peu plus haut, au milieu de la piste, il déposa un tétras qu'il avait abattu. À cet endroit, il installa un second piège qu'il couvrit de la même manière. Il alla couper à la hache, un peu plus loin, des touffes de genévrier qu'il déposa vis-à-vis des pièges et de chaque côté de la piste, pour forcer l'animal à y passer. Il compta sur une chute de neige imminente pour effacer toutes traces de sa venue.

Il n'eut guère à attendre, car deux jours plus tard, il trouva l'animal, une patte prise solidement dans un des pièges. Il s'approcha, désamorça l'autre piège. Pour ne pas risquer d'abîmer la fourrure du plus beau renard noir qu'il avait jamais vu, il se munit d'un solide gourdin. Il prit une branche et l'approcha du museau de l'animal. Le renard y mordit de toutes ses forces. Ernest en profita pour lui asséner un coup violent sur le museau avec son gourdin. Il l'assomma net et l'acheva d'un coup de hache en plein ventre, exactement là où, ensuite, à l'aide d'un couteau, il commença son dépeçage. Il récupéra ses deux pièges et regagna sa tente. Prenant des branches fines et souples, il se fabriqua un cerceau sur lequel il tendit la peau au moyen de cordes.

Ernest avait idée de se rendre à son camp dès le lendemain, mais la nature en décida autrement. Une tempête de neige débuta dans la nuit et ne décoléra pas de la journée. Il n'eut donc pas d'autre choix que d'attendre. Romulus avait creusé un trou dans la neige où il avait complètement disparu. Seule une buée sortant à travers la couverture blanche signalait sa présence.

La tempête cessa durant la nuit. Ernest se leva avec le jour. Il entendit Romulus s'ébrouer. Il lui donna un des derniers poissons qu'il avait pêchés sous la glace du petit lac au bord duquel il avait campé. Le chien avala le poisson d'une bouchée et tourna autour de son maître pour obtenir d'autre nourriture. Ernest se garda de lui en donner, sachant très bien que s'il était trop bien nourri, son chien traînerait de la patte toute la journée. Il lui réserverait un meilleur repas pour le soir. Poursuivant son trajet dans la neige épaisse, il passa la nuit dans l'abri de sapin qu'il s'était bâti deux heures avant la brunante. Dès qu'il fut à moins d'un mille de son camp de chasse de la Loutre, il s'arrêta, attacha Romulus et le cométique à un arbre, chaussa ses raquettes et s'approcha doucement. Une autre surprise de taille l'y attendait.

Chapitre 32

Le retour d'Ernest

Ernest arriva à la maison trois semaines plus tôt que prévu, à la fin d'une journée de tempête. Laurent n'eut pas à lui demander s'il avait fait bonne chasse, jamais il ne l'avait vu si enthousiaste après ses mois de trappage. Dès qu'il eut mis les pieds dans la maison, Ernest s'inquiéta de la santé de Claire et lui promit sans autre préambule:

— Nous aurons notre maison.

Puis, affamé, il se jeta sur le pâté au saumon préparé par Jeanne comme un loup sur sa proie. Tout le monde souriait de le voir si fébrile. On sentait qu'il en aurait long à raconter dès que sa fringale serait passée et qu'on lui en donnerait la chance. On n'eut pas à le prier. Il s'installa lui-même au salon, prêt à narrer des péripéties de ses chasses. Mais il ne tenait vraiment pas en place.

— Qu'est-ce que tu as? lui demanda Laurent. As-tu attrapé la danse de saint Guy?

Ernest sourit et se leva d'un bond:

— Je ne peux plus attendre ! Fermez les yeux jusqu'à mon retour.

Il sortit en vitesse et revint bientôt en tenant précautionneusement la peau de renard noir. Avant d'entrer, il cria :

— Tout le monde a les yeux fermés ?

On lui répondit que oui. Il s'avança dans la pièce, étendit la peau sur le plancher et lança d'une voix forte :

— Vous pouvez maintenant regarder !

Des cris admiratifs jaillirent de toutes les bouches.

— Une saprée belle fourrure ! s'extasia Laurent. Je n'en ai jamais vu d'aussi belle. En plus, elles sont très rares.

— Elle fera notre fortune, assura Ernest en regardant Claire.

— Tu vas certainement en tirer un très bon prix, approuva Laurent. Mais encore faut-il que tu lui fasses quitter l'île sans encombre.

— Je prendrai le même moyen que l'an passé. D'ici là, pas un mot à personne.

Il leur raconta ensuite comment il s'y était pris pour attraper ce magnifique renard.

— Ce n'est pas tout ce que tu rapportes ? questionna Claire.

— Ah non ! J'ai aussi des peaux de martre et de loutre. Moins que l'année dernière, cependant.

— Peux-tu nous dire pourquoi tu es revenu si tôt ? demanda Laurent.

— Pourquoi ? Je me suis empressé de quitter mon camp dès que j'eus tué ce renard.

— L'as-tu eu près de la rivière la Loutre ?

— Non, beaucoup plus loin au milieu de l'île, au bord d'un petit lac, près de l'endroit où j'ai trappé pendant un mois.

— Tu as donc changé de place ?

— Je craignais d'être surpris par les gardes-chasses si je restais trop longtemps à mon camp.

— Chasser ailleurs t'aura été profitable.

— Comme le fait de ne pas être demeuré à mon camp.

— Explique-toi. Quelqu'un y est allé ?

— Oui ! Mais je n'y étais plus depuis plusieurs semaines.

— Comment l'as-tu découvert ?

— Quand j'ai eu mon renard, je me suis mis en route pour mon camp. Je m'y suis rendu sans trop me presser. Heureusement, j'étais sur mes gardes. J'ai donc laissé mon cométique environ un mille avant, j'ai attaché Romulus à un arbre, chaussé mes raquettes, pris mon fusil et je me suis dirigé lentement, l'oreille tendue, jusqu'à mon camp. Je devais être à cinq cents pieds environ quand j'ai entendu des voix. Je me suis arrêté net. Deux hommes sortaient du camp. Ils parlaient entre eux et riaient. De l'endroit où j'étais, ils ne pouvaient pas me voir et ils ont fini par s'éloigner. J'ai attendu qu'ils soient assez loin pour m'approcher prudemment. Ils y étaient installés comme chez eux.

Ils trappaient sûrement dans le coin. Une petite neige commençait à tomber. “Tant mieux, que je me suis dit, ils ne pourront pas voir mes pistes.” Je suis donc retourné à mon traîneau et suis parti à environ quatre milles du camp. Là, j'ai monté ma tente et j'ai commencé à réfléchir à ce que je devais faire.

— Avais-tu idée de faire un détour par les bois et t'en revenir ?

— Ç'a été la première chose qui m'a traversé l'esprit. Après, j'ai pensé : “Ce camp-là est à moi. Je l'ai construit. Ils se servent de mon bois de chauffage. Je ne les laisserai pas l'occuper sans qu'ils payent pour.” Le lendemain, je suis retourné près du camp et ils sont de nouveau partis vers la même heure pour relever leurs pièges. Cette fois, je ne me suis pas approché. J'ai attendu encore deux jours. Ils ne changeaient pas leurs habitudes. Un bon matin, j'ai vu que le ciel commençait à se couvrir et ça présageait une bonne bordée de neige. Quand les gardes-chasses se sont éloignés, j'ai laissé mon traîneau à quelques centaines de pieds de là et je me suis avancé. Ils avaient un traîneau sur lequel étaient déposés certains de leurs effets. Je n'y ai pas touché. Le reste était à l'intérieur du camp. Je n'ai rien pris. Je ne suis pas un voleur. Je me suis seulement emparé de quartiers de bois, je les ai déposés sur le plancher au milieu de la place et j'y ai mis le feu.

— Tu as fait ça ?

— C'était mon camp. Je pouvais bien faire ce que je voulais avec. Je suis retourné à mon traîneau. La tempête a pris. J'ai dit à Romulus : "À la maison !" Et il m'a ramené ici.

La fin de l'histoire, Laurent l'apprit quelques jours plus tard de la bouche même de son ami Antonin. Il avait pris l'habitude de lui rendre visite une fois par mois. Le cuisinier en profitait pour jaser de tout et de rien, et rapporter les moindres nouvelles. Quand Laurent le rencontra ce jour-là, Antonin était en verve :

— Monsieur Zédé, par les temps qui courent, n'est guère de bonne humeur.

— Il faudrait plutôt se demander s'il lui arrive de l'être… répondit Laurent. Il est constamment à la recherche de coupables. J'ai entendu dire qu'il pourchasse sans répit tous ceux qui ont de la boisson ou essaient d'en passer en fraudant.

Antonin soupira.

— Le pauvre homme ! Il ne pourra jamais empêcher les gens de s'en procurer même s'il engage des dizaines de policiers pour cela. L'île est trop grande pour être constamment surveillée. Personne n'aime être brimé par des règlements. Tu sais qu'il ne se prive pas de renvoyer chez eux les ouvriers qui se permettent des écarts ? Il paraît que lors du dernier voyage du *Savoy*, il y avait une quinzaine d'engagés à bord. Le navire venait tout juste de partir de Québec quand les hommes se sont mis à chanter à tue-tête et à faire la fête. Eh bien, Zédé a fait faire demi-tour au navire pour accoster au bord de la grève à Lauzon et il a fait descendre là tous ces hommes qu'il jugeait subitement indésirables. Ce Zédé a une poigne de fer. S'il m'entendait te raconter cela, il me ferait monter sur le *Savoy* et m'expédierait à Québec sans sourciller.

— À part ça, s'informa Laurent, rien de nouveau sous le beau ciel d'Anticosti ?

— Ah oui ! Les gardes-chasses à la rivière la Loutre s'étaient installés dans un camp bâti on ne sait par qui, à un mille environ de la rivière. Ils sont allés relever leurs pièges et quand ils sont revenus, le camp achevait de brûler. Ils pensent qu'ils avaient mal éteint le petit poêle dont ils se servaient pour leurs repas. Ils ont perdu tous leurs effets.

Laurent quitta son ami sous prétexte d'un travail urgent. Quand il sortit de l'hôtel, il poussa un soupir. Ernest ne serait pas soupçonné. « Rien n'empêche, songea-t-il, et c'est le cas de le dire, mon frère joue vraiment avec le feu ! »

Chapitre 33

Zédé s'en prend aux morts et à un vivant

Quand monsieur Zédé se présenta à l'île en avril pour six nouveaux mois de travail, il n'avait pas encore réglé l'affaire des squatters qui traînait devant les tribunaux. Aussi fut-il contraint de les laisser en paix. Puisqu'il ne pouvait pas mettre de l'ordre comme il l'entendait parmi les vivants, il décida de s'occuper des morts.

Sur toute l'île, il n'y avait aucun cimetière officiel. On enterrait donc les morts là où on le pouvait, la plupart du temps non loin de la maison ou du camp où ils avaient vécu. Dans ses allées et venues d'un bout à l'autre d'Anticosti, monsieur Zédé avait vu des croix un peu partout. L'île était renommée pour ses naufrages. Fréquemment, en parcourant le rivage qui, à plusieurs endroits, servait de route, il avait remarqué ces cimetières improvisés. Et puisque son patron désirait amener sur l'île de plus en plus d'amis et de gens importants, il décida de faire disparaître de leur vue les croix rappelant ces naufragés.

Certains évaluaient les embarcations de toutes sortes à plus de quatre cents, brigantins, frégates, goélettes, bricks, barques, vapeurs, etc., venues s'échouer et se perdre corps et biens sur les récifs d'Anticosti qu'on appelait le cimetière du golfe. On se racontait encore les récits terrifiants de ces naufrages et en particulier le plus horrible de tous, celui du *Granicus*. On ne manquait pas de rappeler le triste sort de la frégate anglaise l'*Active* sur laquelle se trouvaient lord Dorchester et sa famille. Certains vieillards se souvenaient de la perte du *Douth*, de la goélette *Lauzon*, du *Metrimack*, du *Leader*, du brick *Hibernian*, de la goélette *Thoro*. Et ils étaient nombreux à avoir encore en mémoire le naufrage du *Bristolian* et du *Pamlico* en 1880.

Les corps de ces malheureux naufragés reposaient donc un peu partout sur la côte de l'île. Zédé prévoyait créer un cimetière à Baie-Ellis, puisque c'était là que monsieur Menier voulait faire construire sa villa. Une fois l'emplacement choisi, il emmena une dizaine d'ouvriers munis de pelles et les transforma en fossoyeurs. Les hommes creusèrent d'abord, dans le cimetière officiel, ce qui devait devenir une fosse commune, puis commencèrent avec chevaux et charrettes leur tournée de l'île du côté sud en partant de la Pointe-Ouest. Ils recueillirent ainsi sans opposition des dizaines de dépouilles entre le phare de la Pointe-Ouest et celui de la Pointe-Heath, à l'extrémité est de l'île. Quand ils voulurent se mêler d'ouvrir les tombes autour de Fox Bay, ils furent reçus au bout du fusil et durent poursuivre leur macabre besogne au-delà de cette baie.

Les ouvriers ne se préoccupèrent pas d'identifier les corps, même quand leurs noms étaient inscrits sur une croix ou une pierre tombale. Ils enfouirent tous ces ossements pêle-mêle dans la fosse commune, à la grande satisfaction du directeur. Deux choses cependant asticotaient Zédé : les tombes autour de Fox Bay n'avaient pas été vidées, pas plus que celles situées sur les terrains des quatre phares de l'île. À tous ces endroits, pourtant, il y avait bien un cimetière. Le directeur se rappelait particulièrement les pierres tombales des Pope au phare qu'il avait visité en 1896 et aussi les noms de naufragés de la brigantine *L'Orient* qui avaient été inhumés là.

Zédé décida donc de se rendre en premier lieu au phare de la Pointe-Sud-Ouest pour signifier au gardien son intention de déménager les cercueils enterrés sur son terrain au cimetière de Baie-Ellis. Quand le directeur lui fit part de son idée, celui-ci se fâcha carrément et aboya :

— Vous ne toucherez à rien ! Ces hommes reposent auprès des gens de ma famille et ils resteront là où ils se trouvent. Vous pouvez peut-être déranger les vivants, mais vous ne toucherez pas à nos morts !

— Du calme. Je n'ai pas l'intention de vous enlever les morts de votre famille, reprit Zédé, mais seulement ceux qui devraient être ailleurs qu'ici.

— Ce terrain, à ce que je sache, ne vous appartient pas. Le cimetière qui s'y trouve est la propriété du gouvernement fédéral. C'est à lui que vous devez vous adresser.

Zédé ne s'attendait pas à une pareille réception. Il n'était surtout pas habitué à ce qu'on lui tienne tête. Il répondit d'un ton sec :

— Fort bien, j'irai en haut lieu.

Il tourna le dos en claquant des talons à la façon militaire et repartit furieux d'avoir échoué dans sa démarche. Sur le chemin du retour, il pensa pouvoir prendre sa revanche au phare de la Pointe-Ouest. Il se dit : « Maintenant que son père est loin, sans doute pourrai-je avoir du succès auprès du jeune homme – comment s'appelle-t-il déjà ? – qui l'a remplacé comme gardien. » Il s'arrêta à la maison du phare et à Jeanne qui était venue répondre, il demanda à parler au gardien.

— Il est dans la tour. J'envoie quelqu'un le chercher.

Elle fit entrer le directeur et expédia Julienne qui, malgré sa jambe malade, se précipita pour aller prévenir Laurent. Dès que ce dernier fut à la maison, Zédé choisit de procéder moins directement qu'il ne l'avait fait avec les Pope :

— Aimez-vous les améliorations que nous apportons à l'île ?

— Qui pourrait s'en plaindre ? répondit diplomatiquement Laurent.

— Vous savez que nous ne misons désormais que sur le développement de Baie-Ellis. Sans doute est-ce une bévue de débutant d'avoir consacré d'abord nos efforts sur Baie-Sainte-Claire. L'essentiel est de se rendre compte de ses erreurs et de les réparer sans attendre. Baie-Ellis se prête beaucoup mieux à un éventuel mouillage que n'importe quel autre endroit de l'île. Les embarcations y seront protégées des vents dominants. Nous étudions sérieusement la possibilité d'y entreprendre la construction d'un quai dès cette année. Si les études que nous effectuons présentement s'avèrent concluantes, nous devrions bâtir un quai de plus de mille mètres, ce qui en fera le plus long quai sur le Saint-Laurent. Mais je suis impardonnable ! Je vous parle de mètres, alors qu'ici on mesure en pieds. Ce quai devrait donc s'étendre sur environ trois mille cinq cents pieds.

Laurent l'écoutait parler et se disait : « Il n'est pas dans les habitudes de ce monsieur de se montrer si aimable. Tout ce verbiage doit servir d'entrée en matière et préparer le terrain pour une réclamation quelconque. »

Il avait deviné juste, car le directeur demanda subitement :

— Je ne crois pas me tromper, mais il me semble avoir déjà remarqué ici un enclos fermant un cimetière.

— En effet, confirma Laurent, nous avons ici notre cimetière familial. Ma mère n'y est enterrée que depuis trois ans. Avant elle, mon grand-père et ma grand-mère

Cormier y ont été inhumés. Je compte bien trouver là mon dernier repos si, bien entendu, nous sommes toujours les gardiens de ce phare, comme c'est le cas depuis sa construction.

Après ce qu'il venait d'entendre, Zédé comprit que son interlocuteur n'accepterait certainement pas que ce cimetière soit déplacé. Néanmoins, il tenait à s'y rendre. Laurent se plia de bon gré à son désir et l'y conduisit. Mais il n'était pas dupe. « Pourquoi veut-il visiter notre cimetière ? Ce bonhomme doit avoir une idée pas très catholique derrière la tête… »

Il ne pouvait viser plus juste. Zédé, contrarié dans ses projets, avait eu l'idée de se faire octroyer par le gouvernement la partie de terrain où était situé le cimetière. Il trouverait bien une raison pour justifier sa requête. En attendant, il devait savoir exactement où se trouvaient les tombes…

Le directeur venait de partir pour la Baie lorsque Laurent reçut un message de Grace Pope l'informant de la visite de Zédé et le mettant en garde contre son projet de vider les cimetières des phares.

Heureusement, la démarche qu'entreprit Zédé auprès du gouvernement fut rejetée par les autorités fédérales. Tout ce qu'il put obtenir fut la venue d'un arpenteur qui déterminerait de façon précise les mesures de chacun des terrains des phares. Puis Laurent, comme les autres gardiens des lumières de l'île, reçut un avis de monsieur Zédé rappelant qu'ils n'étaient autorisés à prendre, pour leur chauffage, que le bois de grève échoué sur la berge longeant le terrain du phare. En lisant ce message, Laurent grinça des dents et grommela : « S'il pense m'obliger à ramasser juste ce qui se trouvera devant le phare, il peut toujours repasser. »

Quelques jours après la visite de Zédé, Laurent se rendit à Baie-Sainte-Claire pour bavarder avec son ami Antonin. Ce dernier lui apprit une nouvelle qui ne l'étonna guère.

Il y avait, du côté nord de l'île, un vieil homme solitaire appelé familièrement le bonhomme MacDonald. Comme il vivait depuis plus de trente ans sur l'île, Zédé n'avait pas pu l'expulser et le vieil homme n'avait pas voulu vendre son terrain. La présence de ce vieillard agaçait beaucoup Henri Menier. Antonin demanda à Laurent :

— D'après toi, qu'est-ce que Zédé a fait du père MacDonald ?

— Il ne s'est pas gêné et il l'a chassé de l'île.

— Tu n'y es pas. Il s'est rendu au camp du bonhomme et, le trouvant souffrant et malade, il l'a fait transporter ici à l'hôpital, ce qui peut sembler un geste d'une très grande charité. En fait, il le garde là depuis, aux frais de Menier, en attendant, bien entendu, de le voir rendre l'âme. Ensuite, il pourra acheter le terrain.

— Ça ne m'étonne pas de lui. MacDonald est-il toujours aussi malade ?

— Il semble que non. Il paraît qu'il fait un raffut de tous les diables pour rentrer chez lui ! Le docteur le calme avec des médicaments.

— En d'autres mots, Zédé le garde prisonnier.

— Ça ressemble beaucoup à ça, oui… Moi, je ne parle pas anglais, ajouta Antonin, sinon j'essaierais de m'entretenir avec lui.

Laurent avait écouté son ami avec intérêt.

— Je me débrouille assez bien en anglais, lui apprit Laurent. Je vais lui rendre visite.

Profitant du fait qu'il se trouvait déjà à Baie-Sainte-Claire, Laurent se dirigea droit vers l'hôpital. Il demanda à voir le bonhomme MacDonald, ce qu'on lui refusa. Monsieur Zédé avait donné l'ordre de ne laisser entrer personne.

Chapitre 34

Un curieux été

La belle saison débuta avec l'arrivée surprise à l'île de nul autre que Wilfrid. Il laissa entendre que Zédé l'avait fait venir pour régler quelques problèmes urgents concernant diverses fournitures reçues de Québec. Il passa quelques heures à la maison, s'informant de la santé des uns et des autres. Il fit la connaissance de Lorenzo et Viviane, ses deux petits-enfants qu'il n'avait pas encore vus, et il constata que Claire en avait un autre en route. Jeanne en profita, au grand plaisir de Laurent, pour annoncer à son tour que les Sauvages allaient la visiter, elle aussi, au cours de l'hiver.

Wilfrid était toujours à l'île quand Desneiges revint de son couvent pour les vacances. Elle était seule. Elle expliqua que Fabiola était restée à la Pointe-aux-Esquimaux parce qu'elle désirait devenir religieuse. La mère supérieure avait écrit à leur père à Québec à ce sujet. Mis au fait de la situation, Wilfrid assura qu'il n'avait pas reçu cette lettre, ce pour quoi il décida de passer éclaircir les choses au pensionnat de Fabiola avant de retourner à Québec.

Desneiges allait entreprendre en septembre ses études pour devenir institutrice. Elle aimait beaucoup les enfants. Elle mit à profit le temps des vacances pour s'exercer à son nouveau métier auprès de ses neveux et nièces. Elle le fit avec patience, mais on la vit souvent partir seule le long de la berge, s'asseoir et admirer tout ce qui l'entourait, ce qu'elle ne faisait pas les étés précédents. Elle aimait observer les goélands dont le comportement lui rappelait en bien des points celui des hommes. Elle les trouvait ingénieux, mais cruels quand ils s'emparaient d'un crustacé. Pour pouvoir le manger, ils s'élevaient dans les airs et le laissaient retomber pour qu'il se brise sur un rocher. Mais elle se raisonnait en se répétant: « Il faut qu'ils se nourrissent. Après tout, les hommes tuent bien les animaux sans défense pour les manger. »

Sa curiosité fit qu'elle se mit à s'intéresser de plus près aux plantes, aux animaux, aux astres et à tout ce qui composait la nature. Le passé lui revint soudainement en mémoire lorsqu'elle tomba par hasard sur une pierre fossile durant une promenade. De retour à la maison, sa première préoccupation fut la suivante:

— Où est passée la collection de fossiles de maman?

— Si elle n'est pas dans la chambre de ton père, tu devrais la trouver quelque part dans le grenier, avança Jeanne.

Desneiges dénicha la collection sur une tablette près du lit de ses parents. Elle resta longtemps songeuse en se remémorant cette époque pourtant pas si lointaine où sa mère se réjouissait quand elle découvrait une nouvelle pierre fossile. « Comme le temps passe vite ! », soupira-t-elle. Desneiges sortit et se dirigea vers l'enclos où reposaient les morts de la famille. Elle poussa la porte et s'approcha de la tombe de sa mère.

— Je te le promets, m'man. Tu seras fière de moi.

Ernest donnait un bon coup de main à Laurent, mais il rongeait quelque peu son frein d'être obligé de demeurer continuellement au phare. Un matin, il vint le voir.

— Pourrais-tu t'occuper de la lumière sans moi pour quelques jours ?

— J'imagine que si tu t'absentes, ce n'est pas pour un caprice.

— J'ai des choses importantes à régler et pour ça, il faut que je me rende sur la côte.

— Je saurai bien me passer de toi quelques jours.

— Je te le revaudrai.

— Ne fais pas une promesse que tu ne sauras pas tenir.

Ernest profita du passage du bateau de la poste pour se rendre d'abord à la Pointe-aux-Esquimaux. Il y connaissait Elphège Latour, anciennement de l'Anse-aux-Fraises. Sa femme Hortense le reçut avec beaucoup de plaisir. Elle voulut avoir des nouvelles de tous ceux qui habitaient à l'Anse. Un peu malgré lui, Ernest avait été contraint de couper les ponts avec les habitants de ce village. Il put donner des nouvelles de Côme et d'Anita, de même que d'Eudore et d'Eulalie, mais il ne savait pas trop ce qu'étaient devenus les autres. Aux questions d'Hortense, il répondit de son mieux, inventant des anecdotes au besoin. De son côté, Hortense lui apprit entre autres choses que Pit Boudreau s'était noyé dans le bout de Natashquan en allant à la pêche. Ernest finit par pouvoir demander ce que devenait Elphège.

— Mon homme est à la pêche. Il est heureux d'même ! On n'est pas riches, mais pas pauvres non plus. On a ce qu'il faut. Il n'a jamais été capable de s'habituer à travailler à salaire et sans son bateau à lui.

— Est-ce qu'y va revenir à soir ?

— Ah, il va être là betôt. C'est juste parce qu'y arrête prendre son p'tit coup avec les autres. À l'Anse, y en pouvait plus de ne pas pouvoir boire son gin. Ce monsieur, comment il s'appelait donc ?

— Zélé ?

— Ouais ! Ce monsieur-là ! Ç'avait pas d'allure de demander des affaires de même à nos hommes…

Ernest entendit des pas à l'extérieur et Elphège entra la pipe au bec. Quand il vit Ernest, il s'écria :

— Sapré tonnerre de Dieu ! Qu'est-ce que tu fais par icitte ?

— Je m'en vas chez Boniface à Rivière-au-Tonnerre.

— Comment comptes-tu y aller ?

— Avec quelqu'un qui va par là.

— Ben, j'vas t'y mener demain, si tu veux.

Elphège, qui venait de boire avec ses amis, se précipita à la cuisine afin de servir un verre à Ernest et il en profita pour s'en verser un aussi.

— Une grande visite d'même, ça s'arrose ! lança-t-il en levant son verre.

Ernest resta coucher chez eux, ce qui leur donna l'occasion d'évoquer, tout au long de la soirée, les bons moments qu'ils avaient vécus à l'Anse-aux-Fraises.

— Sans ce fou-là, on y s'rait encore, Hortense pis moé, assura Elphège. Pas de boisson, pas de bateau, pas d'argent, faut-y être tombé su la tête pour d'mander des affaires de même !

— Zélé l'a fait exprès, soutint Ernest. Il voulait vider l'île pour y mettre ses propres hommes. Évidemment, ceux-là sont obligés de suivre ses règlements. Rien n'empêche qu'à Fox Bay, il n'a pas encore réussi à mettre qui que ce soit dehors. Il y a même un procès en cours.

— Penses-tu que ceux de Fox Bay ont des chances ?

— J'en doute. Son grand patron Menier a de l'argent, et avec de l'argent, on achète n'importe qui, même des juges.

— Ça s'rait ben d'valeur qu'ils partent.

— J'ai bien peur que c'est ce qui va leur arriver.

La vieille horloge placée sur une tablette de la cuisine sonna neuf heures. Ce fut comme un signal. Elphège se leva de sa chaise et marmonna :

— Tout ça, c'est ben beau, mais on a assez veillé !

Ils allèrent donc se coucher et ils se réveillèrent avec le soleil. Elphège conduisit Ernest dans sa barque jusqu'au quai de Rivière-au-Tonnerre. Après avoir remercié Elphège dont l'embarcation reprit aussitôt le large, Ernest demanda à une femme s'étant approchée par curiosité où se trouvait la maison de Boniface. Elle la lui indiqua aimablement en disant :

— Impossible de le manquer, il est toujours chez lui à cette heure-là.

Ernest s'y rendit à grands pas. Il avait hâte de voir comment réagirait le vieil homme en le voyant. Boniface se reposait justement sur sa galerie. Il ne sembla pas reconnaître Ernest à première vue, puis se levant vivement malgré son âge avancé, il s'écria :

— Arnest, batêche ! Une maudite belle visite !

Il se rassit aussi vite sous le coup de l'émotion. Ernest lui tendit la main. Le vieil homme la serra vigoureusement.

— Pour une surprise, c'est toute une surprise. Qu'est-ce qui t'amène che nous ?

— Une affaire sérieuse, révéla Ernest. J'ai besoin de votre aide pour quelque chose qui va rapporter gros.

— Dis-moé pas !

Le bonhomme aspira un coup sur sa pipe. Elle était éteinte. Se penchant pour se préserver du vent, il la ralluma, prit une bonne bouffée et l'invita :

— Raconte !

— Allez-vous encore pêcher ?

— Des fois avec Horace.

— Viendriez-vous à mi-chemin entre l'île et la côte, au-devant d'une autre embarcation ?

— Pour une commission ?

— On peut appeler ça d'même !

— Ça paye combien ?

— Quinze piastres.

— Si c'est pour d'la boisson, j'irai pas.

— Pour une peau de renard noir.

— Rien qu'une ?

— Oui !

— C'est tiguidou. Même si le maudit Zédé fouillait mon bateau, y la trouv'rait pas.

Ils s'entendirent sur l'endroit, le jour et l'heure.

— Si le temps est mauvais et la mer impossible, on remet ça au jour suivant, conclut Ernest.

Ernest ne voulut pas quitter Rivière-au-Tonnerre sans faire le tour du village. À peine quarante familles y vivaient, venues de Gaspésie, des Îles-de-la-Madeleine et d'Anticosti : les Loisel, Duguay, Huard, Perron, Tapp, Le Brun, Hart, Denis, Pagé, Cody, Blaney,

Morin, Beaudin, Poulin, Noël, Bezeau, Boudreau, Martin, Anglehart, Leblanc, Lelièvre, Lapierre, Cormier et Dignard. Tout le monde se connaissait et chacun ne manqua pas de saluer Boniface et son invité. Puis, le vieux Boniface et son fils Horace reconduisirent Ernest à l'île. Celui-ci leur indiqua l'endroit où ils devaient l'attendre.

— On va faire comme si on pêchait, assura Horace. Te casse pas la tête.

La mise en scène était parfaite.

Le jour dit, Ernest emprunta une barque à l'Anse-aux-Fraises. Il vogua vers l'ouest, tourna la pointe, dirigea sa barque vers la côte puis, au bout de cinq milles marins, mit le cap à l'est. Il repéra rapidement l'embarcation de Boniface. À peine les deux barques se rapprochèrent-elles un moment. Ernest remit son paquet discrètement et continua un peu sa course avant de revenir sans problème à l'Anse-aux-Fraises.

Durant son séjour à Rivière-au-Tonnerre, Horace lui avait confirmé que monsieur Beetz, l'agent de la firme Révillon de Paris, payait très cher pour de belles peaux de renard. Il voulait qu'elles soient vues en 1900, lors de l'Exposition universelle de Paris.

— Il en a payé une près de cinq cents piastres l'année dernière, avait précisé Horace. Il cherche justement une belle peau de renard noir. Si tu veux, je la négocie pour toi.

— Tâche d'aller me chercher cinq cent cinquante piastres, le supplia Ernest. Si tu réussis, t'en auras vingt-cinq.

Au bout de quelques jours, Horace vint porter lui-même à la Pointe-Ouest la somme obtenue.

— As-tu eu cinq cent cinquante ?

— Mieux que ça.

— Six cents ?

— Tu ne brûles même pas. Tu as eu la plus haute somme jamais payée pour une peau de renard noir sur la côte et au Labrador.

— Sept cents ?

Horace secoua la tête et remit sept cent cinquante dollars à Ernest qui n'en croyait pas ses yeux.

— Je suis riche ! cria-t-il.

Il prit cinquante dollars et les donna à Horace en s'exclamant :

— Pour ta commission !

Horace mit l'argent dans sa poche et proposa à Ernest :

— On devrait faire équipe.

— Pourquoi ?

— Viens marcher !

Ils s'éloignèrent lentement le long de la berge. Les cris des goélands occupés à se chicaner pour leur nourriture enterrèrent leurs paroles.

Chapitre 35

Anticosti se transforme

On avait beau dire et beau faire, Anticosti se développait à un rythme accéléré et l'île changeait rapidement de visage. Un visiteur qui ne serait pas venu depuis quelques années à Baie-Sainte-Claire aurait eu de la difficulté à reconnaître le moindre recoin de ce qu'était Baie-des-Anglais quatre années plus tôt. Même s'il n'approuvait pas la manière dont le nouveau propriétaire s'y était pris pour envahir les lieux, Laurent savait reconnaître que le village avait bien meilleure mine.

On y comptait maintenant une soixantaine de maisons alignées parfaitement et bien agréables à regarder avec leurs murs verts et leur toiture rouge. Parmi celles-ci se détachait celle de monsieur Comettant, le gouverneur, avec ses larges vérandas et ses serres à fleurs tout près. La chapelle temporaire, quoique modeste, ne manquait pas d'attirer l'attention, de même que l'hôpital, un beau bâtiment bien entretenu. Plus loin s'élevaient le magasin général et deux hôtels où logeaient ouvriers et visiteurs. La villa du comptable et l'école attiraient également le regard par leurs lignes simples. Au-delà de cet ensemble, on apercevait les forges, l'abattoir, la boulangerie et la beurrerie, et plus loin encore, un peu en retrait du village, la ferme avec ses champs, les écuries, les granges, les étables et la porcherie qui semblaient proclamer la prospérité des lieux.

Wilfrid confirma à Laurent par télégramme que les travaux à Baie-Sainte-Claire étaient terminés et que désormais, tout le développement de l'île se ferait à Baie-Ellis.

— Il ne manquait plus que ça ! s'indigna Ernest lorsque Laurent lui annonça cette nouvelle. Ils ont chassé une bonne partie des habitants de Baie-des-Anglais pour faire Baie-Sainte-Claire et ils l'abandonnent maintenant pour développer du côté de l'ancienne Baie-Gamache. On dirait vraiment qu'ils ne savent pas ce qu'ils font.

— Au contraire, reprit Laurent. Ils ont déduit qu'il serait plus facile de construire un quai à Baie-Ellis. Maintenant qu'ils sont sur place et après toutes les études et tous les sondages qu'ils ont faits, ils en sont convaincus, et je crois qu'ils ont raison. Il sera plus commode de le bâtir à cet endroit.

— Un quai là ? Il va bien mesurer mille pieds !

— Mets-en ! Trois mille cinq cents pieds !

— Voyons donc, ça se peut pas…

Ernest écoutait et semblait montrer quelques signes d'impatience. Laurent s'en rendit compte.

— Quelque chose te fatigue ?

— Oui, admit Ernest. Comme p'pa, tu sembles approuver ce qu'ils font.

— Même si je m'y opposais, penses-tu que ça changerait quelque chose ?

Ernest fut piqué au vif :

— Tu m'étonnes ! Approuves-tu leur manière d'envahir l'île ?

— Absolument pas. Je vais même t'avouer quelque chose : si j'avais été forcé de travailler pour eux, je ne serais plus ici. Mais je ne suis pas aveugle et je suis bien obligé de constater que les travaux de reconstruction et de développement sont bien faits. Ils connaissent leur affaire.

— Rien de plus facile quand on est multimillionnaire.

— L'argent aide, bien entendu, mais il y en a qui ont beaucoup d'argent et ne savent pas bien s'en servir. Aurais-tu oublié l'époque de Forsyth et de Stockwell ?

— Je n'ai pas oublié ce temps-là, même si je ne l'ai pas connu, j'étais trop jeune. Tout ce dont je me rappelle, c'est que les hommes disaient quand ils parlaient des femmes : "J'espère en trouver une aussi belle que madame Stockwell !" Elle devait être belle en maudit !

Jeanne arriva au salon en criant :

— Allez vite chercher le docteur Schmitt, Claire va accoucher !

— Dis-moi pas ! s'écria Laurent. Elle est encore avant son temps.

Ernest se précipita dehors et deux minutes plus tard, on entendit le galop d'Oliver en route vers Baie-Sainte-Claire. En attendant, Laurent demanda à Jeanne s'il pouvait faire quelque chose.

— Amène donc les enfants dans la tour. Si jamais j'ai besoin de toi, je t'enverrai Julienne.

Laurent appela les petits et leur proposa de monter dans le phare. Émile et Alfred se précipitèrent derrière lui. Jeanne précisa :

— Les autres peuvent rester, ils sont trop jeunes pour comprendre ce qui se passe. Julienne saura bien s'occuper d'eux dès que le docteur sera là.

Laurent monta dans la tour, suivi des petits pour qui escalader cent vingt marches n'était pas une tâche facile. Mais ils exprimaient si souvent le désir d'y aller, qu'ils firent l'effort de grimper jusque là-haut. Cherchant à chasser l'inquiétude qui l'accablait, Laurent se fit aider par les enfants pour frotter lentilles et prismes. Puis, il poussa un soupir de soulagement quand il vit apparaître au loin la voiture menée à grande vitesse par son frère. Il intéressa Émile et Alfred à l'arrivée d'Ernest et attendit patiemment qu'il vienne les rejoindre là-haut. Quand il arriva, tout essoufflé, Laurent lui demanda sans attendre :

— As-tu pu savoir comment ça se passe en bas ?

— Pas vraiment. Jeanne a seulement dit au médecin que la tête de l'enfant était engagée.

— Ce qui veut dire que le docteur est arrivé à temps et que les choses vont bien.

Ils n'eurent d'ailleurs pas à attendre bien longtemps parce qu'une vingtaine de minutes plus tard, Julienne vint les chercher, leur indiquant par signes qu'il s'agissait d'une fille.

Laurent et Ernest descendirent en vitesse, tenant chacun un enfant dans leurs bras. Les petits furent tout étonnés de découvrir que pendant leur séjour dans la tour, les Sauvages avaient apporté une petite sœur à Alfred. Claire se portait bien. Le docteur expliqua :

— Je suis arrivé à temps pour la voir naître. Je n'aurais pas été là que ça se serait bien passé quand même.

Comme pour justifier le fait de l'avoir dérangé, Jeanne lui rappela en désignant le plus jeune :

— Vous ne devez pas avoir oublié quand vous êtes venu pour lui la dernière fois.

— En effet, ce ne fut pas facile.

— Voilà pourquoi nous sommes allés vous chercher, d'autant plus qu'on n'a pas pu prévenir Anita.

— Vous avez bien fait. Quand comptez-vous la faire baptiser ?

— Demain, si monsieur le curé le peut.

— Peut-on savoir comment elle s'appellera ?

Ernest intervint :

— Claire et moi, on a choisi de l'appeler Flore.

— Voilà un beau prénom, approuva le docteur. Vous savez que je collectionne toutes sortes de choses, dont des plantes. Flore, c'est un prénom que je n'oublierai pas. Il me semble qu'il est plein de couleur et de parfum.

Chapitre 36

Le père MacDonald

Si Laurent n'avait pas souvent la chance de quitter le phare, l'hiver lui laissait cependant plus de répit. Jeanne s'occupait de lui faire suivre les rares dépêches qui entraient. Laurent s'intéressait à tout ce qui se passait à Baie-Sainte-Claire. Un matin, il décida de s'y rendre avec l'idée d'aller voir Antonin. Comme toujours, son ami le reçut avec enthousiasme. Ils causèrent un bon moment, puis Antonin, baissant la voix et le tirant par la manche, lui chuchota à l'oreille :

— Le père MacDonald s'est enfui de l'hôpital.

— En plein hiver ? Il n'était pas aussi malade que le disait Zédé.

— Monsieur Zédé prétend que des gardes-chasses à l'entrée de sa rivière l'avaient prévenu que MacDonald ne passerait pas l'hiver, et que c'est pour ça qu'il était allé le chercher. On lui avait promis, paraît-il, de le ramener à sa cabane au printemps. C'est en tous les cas la version de Zédé.

— Le bonhomme était là tout seul depuis des années et il s'arrangeait bien.

Antonin jeta un coup d'œil autour de lui pour s'assurer qu'il n'y avait pas d'oreilles indiscrètes. Il rappela :

— Tu te souviens, je t'en avais parlé. Quand on sait que Zédé refuse que quelqu'un échappe à son contrôle, il ne faut pas s'étonner qu'il soit allé chercher le vieux. Il disait à qui voulait l'entendre que le bonhomme était content d'être logé à l'hôpital et qu'il ne demandait qu'une chose : pouvoir manger uniquement de la viande de phoque conservée dans de la mousse. Le directeur est venu me voir pour me demander ce que je pensais de tout ça. Je lui ai dit que si le vieil homme se nourrissait comme ça, il fallait le laisser faire. Quant à moi, j'aimais autant que ça se passe de même. Je n'allais pas être obligé de lui préparer ses repas.

— Sait-on où MacDonald s'est rendu ?

— Il s'est éclipsé en pleine tempête de neige. Personne n'aurait pu croire que quelqu'un oserait mettre le nez dehors par un temps pareil. C'est d'ailleurs la raison pour laquelle il n'était pas surveillé. Il a donc pu s'enfuir. Et oui, il était en meilleure santé qu'on le pensait.

— Il doit bien être mort à l'heure qu'il est !

— Quand Zédé s'est rendu compte qu'il s'était enfui de l'hôpital, il s'est dit que le vieux devait être retourné chez lui.

— À pied en pleine tempête, s'indigna Laurent, à soixante milles d'ici ? Avait-il au moins de quoi manger ?

— Il avait apporté des morceaux de phoque. Il avait pris aussi ses raquettes, son capot de cuir et ses moufles. Dès que la tempête a été finie, Zédé a envoyé Richard, le chef des gardes, pour voir si le vieil homme s'était rendu à sa cabane.

— Et puis ?

— Il s'y trouvait, mais il était couché sur son lit, mort. Le plus étonnant dans cette affaire, c'est que le vieux MacDonald a pris le temps d'écrire avant de mourir.

Laurent se montra fort étonné :

— Il savait écrire ?

— Absolument ! À son arrivée sur l'île, il était le seul survivant d'un naufrage. Il s'est construit une cabane et a conservé le journal du capitaine. Il y inscrivait tous les jours ce qu'il faisait : la météo, ses récoltes de chasse et de pêche, les sommes touchées, etc. Richard m'a montré ce cahier et m'a traduit ce que le bonhomme avait écrit, sans doute dès qu'il fut de retour à la cabane.

— Il disait quoi ?

— "Je suis mourant et trop fatigué pour prendre mon fusil afin de tuer l'ours qui me regarde par la fenêtre et viendra me manger."

— Il devait commencer à divaguer ?

— Pas du tout, puisqu'il a aussi écrit qu'il léguait sa maison et sa terre à celui qui trouverait son corps. Et le plus important, c'est qu'il a pris le temps d'ajouter : "Le Français m'a gardé prisonnier contre ma volonté."

— Tu es sûr de ce que tu dis là ?

— Sûr et certain ! J'ai été obligé de tourmenter Richard pour qu'il me traduise cette phrase-là. En fin de compte, c'est lui qui a hérité de la maison et de la terre, et il les a revendues à Zédé pour deux cents piastres.

— Jamais je ne croirai que le directeur ne se sent pas coupable de la mort de ce pauvre homme ?

— Il doit bien avoir quelques remords… Ce qui m'incite à le penser, c'est qu'au lieu de faire emporter sa dépouille ici pour l'enterrer au cimetière, il a fait creuser une fosse près de sa cabane et l'a fait inhumer là avec une croix sur laquelle figure son nom et le temps où il a vécu sur l'île.

Laurent ne voulut pas partir sans s'informer de ce qu'il y avait de nouveau à Baie-Sainte-Claire. Antonin lui apprit que le docteur Schmitt avait créé un musée, dans une salle de l'hôpital.

— Il y a un musée là ?

— Oui, et il est très intéressant à visiter. Le docteur y a mis toutes ses collections et Zédé y a aussi fait exposer les artéfacts que les ouvriers ont trouvés quand ils ont creusé pour construire les maisons. Il y a toutes sortes d'objets qui remontent aussi loin que le dix-septième siècle, du temps où l'île appartenait à Louis Jolliet. Je te le dis, Laurent, c'est à voir. Tu devrais y amener ta femme et tes enfants.

Laurent en avait assez entendu. Il laissa Antonin en promettant de revenir pour visiter le musée au printemps. Il en profiterait pour lui piquer une bonne jasette par la même occasion.

À peine une semaine après la visite de Laurent à Antonin, Jeanne donna naissance à un garçon, le troisième enfant de la famille. Pour celui-là, elle n'avait pas choisi de prénom. Toute la maisonnée voulut donner son avis et presque tous les saints du calendrier y passèrent: Jude, Théophile, François, Nazaire, Thomas, Hippolyte, Apollinaire, Léon, Prosper, Omer, Édouard, Paul, Placide, Vital, Xavier, Jean-Baptiste, Hilaire, Antoine, Eusèbe, Daniel, Christophe, Charles, Edmond et Hilarion.

Laurent leva les bras au ciel et fit taire tout le monde.

— Un enfant doit porter un prénom de circonstance, affirma-t-il. Je vais vous apprendre quelque chose d'important. Si mon grand-père Cormier vivait toujours, il aurait cent ans cette année. Aussi, j'aurais le goût d'appeler le petit Onésiphore.

Jeanne et les autres se récrièrent spontanément:

— Pas Onésiphore!

Laurent s'indigna:

— Mon grand-père s'appelait bien d'même! Mais je vois que ce nom-là ne semble pas vous plaire, dit-il, dépité.

— À vrai dire, avoua Jeanne, il ne m'enchante pas du tout. Je n'aime pas trop les noms qui finissent par "phore", comme Télesphore, Nicéphore et là, Onésiphore.

Pince-sans-rire, Ernest déclara :

— À ce que je vois, les noms en "phore" ne sont pas ton fort.

Son jeu de mots détendit un peu l'atmosphère.

— Ton grand-père devait bien avoir d'autres prénoms ? questionna Jeanne.

— Probablement, mais je ne les connais pas.

Ne voulant pas déplaire à Laurent, elle cherchait désespérément un compromis. Elle s'écria :

— Il doit bien exister un prénom semblable qui pourrait faire l'affaire !

Claire intervint :

— Je pense que j'en ai un !

Laurent la pressa :

— Dépêche-toi de le dire.

— Il débute comme l'autre, mais se termine autrement : Onésime.

— Si c'est un saint du calendrier, va pour Onésime, approuva Laurent.

Il se tourna vers Jeanne.

— Qu'en dis-tu ?

— Ce sera Onésime.

— Ce que femme veut ! approuva-t-il, et il s'esclaffa d'un grand rire d'homme heureux.

Chapitre 37

L'affaire Stubbert

Le *Packet* de Gaspé laissa en passant le courrier et les journaux. L'arrivée de ce vaisseau constituait chaque année un événement très particulier. Les périodiques contenaient les nouvelles des cinq ou six derniers mois. Au phare, on en glanait bien quelques-unes grâce au télégraphe, mais combien d'informations intéressantes trouvait-on en épluchant les journaux ! Aussi, dès qu'il avait une minute, après les avoir classés par ordre chronologique, Laurent se lançait dans la lecture des différents titres. Si l'un d'entre eux piquait sa curiosité, il prenait des ciseaux, découpait l'article, et le mettait de côté pour le lire à tête reposée. Il s'étonnait toujours de toutes les informations que donnait la presse. Il y était question de ce qui se passait dans le vaste monde, mais aussi beaucoup de ce qui touchait les gouvernements, tant celui d'Ottawa que celui de Québec. On y mentionnait les visites de personnalités marquantes ainsi que les disparitions d'hommes connus. Il faut dire qu'il avait appris par télégramme, au cours de l'hiver, qu'Henri Bourassa avait démissionné pour protester contre l'envoi de troupes contre les Boers, de même que le décès de Charles Chiniquy, ce prêtre apostat converti au presbytérianisme et qui avait tant fait parler de lui à une certaine époque.

Mais ce qui passionnait Laurent, c'étaient les faits divers. Les journaux avaient longuement commenté le procès et la condamnation à mort de Cordélia Viau pour le meurtre de son mari. Laurent se montrait toujours étonné de découvrir des choses qui s'étaient aussi déroulées pas loin d'Anticosti, mais dont il n'avait pas eu vent. Ainsi, il apprit par la presse qu'un jeune homme travaillant avec un groupe d'arpenteurs s'était gelé un pied alors qu'il se trouvait à cent quarante milles à l'intérieur des terres. Ses compagnons l'avaient traîné pendant neuf jours avant de le laisser dans une cabane de chasse près de la Romaine. Ils lui avaient laissé de la nourriture pour trois jours et l'infortuné y était resté neuf autres jours. Heureusement, un trappeur qui passait par là l'avait secouru, sinon il serait mort de froid.

Une des nouvelles qui captiva le plus Laurent concernait un événement survenu à Fox Bay. Il s'empressa d'en faire part à Ernest :

— J'ai lu quelque chose qui va t'intéresser. Tu en as peut-être déjà entendu parler.

Il fouillait dans ses articles. Quand il mit la main sur celui qu'il cherchait, il s'exclama :

— Tiens, je l'ai ! Tu savais que les squatters de Fox Bay ont perdu leur procès contre Menier ?

— Oui, mais ils ont fait appel.

— Connais-tu John Stubbert, le télégraphiste ? Il devait vendre son terrain à Henri Menier pour six cents piastres. Sauf qu'il ne veut plus vendre et s'est même mis du côté des squatters. Imagine-toi que Menier a expédié le juge Simard à Fox Bay avec la mission de faire déguerpir tout le monde avant qu'il y ait un nouveau jugement là-dessus.

— Oui, quelqu'un m'a dit ça…

— Eh bien, le juge Simard est arrivé à Fox Bay à bord du *Savoy*. Il n'a même pas pu descendre du navire, parce qu'il a été reçu à coups de fusil ! Dès que les gens ont vu le navire de Menier jeter l'ancre au large et qu'ils se sont aperçus qu'on mettait une barque à l'eau, ils se sont mis à tirer des salves de carabine qui résonnaient dans toute la Baie. Le juge et les hommes qui l'accompagnaient ont tourné de bord.

— Ben bon pour eux ! Ça leur apprendra à vouloir chasser tout le monde.

— J'ai mis la main sur d'autres nouvelles, enchaîna Laurent.

— Comme quoi ?

— Il paraît qu'en France, pour conduire une automobile, ça va prendre un permis. On pourra rouler sur les routes en campagne jusqu'à trente kilomètres à l'heure et vingt en ville.

— Wow ! J'aimerais ça rouler à trente kilomètres à l'heure ! Ça donne combien en milles, tu penses ?

— Ça doit faire quelque chose comme vingt milles à l'heure.

Il ajouta :

— Il y a autre chose que Jeanne a été bien contente d'entendre. Un nommé Marconi a réussi pour la première fois à expédier un télégramme entre deux villes distantes de plus de trente milles, et cela sans fil !

— Dans quelques années, d'après moi, plus personne n'aura besoin de fils pour envoyer des télégrammes. C'est incroyable comment les choses progressent vite ! En as-tu d'autres de même ?

— Oui. Comme cette nouvelle à propos de la Grande-Bretagne. Il paraît que les Anglais s'apprêtent à faire la guerre aux Boers en Afrique du Sud et ils veulent que le Canada envoie des soldats.

— Qu'est-ce qu'on irait faire là ?

— Même si les Canadiens français au Québec sont contre cette guerre, il semble que Laurier a décidé d'envoyer quand même des troupes parce qu'en Ontario, les gens sont pour.

Ernest s'exclama :

— S'ils veulent aller se faire tuer, qu'ils y aillent !

— Bon, avant d'aller travailler, il faudrait bien que je trouve une nouvelle plus réjouissante.

Il finit par repérer ce qu'il cherchait et demanda à Ernest :

—As-tu une idée combien de soldats canadiens vont partir faire la guerre avec les soldats anglais en Afrique du Sud ?

—Absolument pas !

—Au moins cinq cents. Mais maintenant, sais-tu combien de boîtes de conserve le gouvernement anglais a commandées aux États-Unis pour nourrir les milliers de soldats qui combattent là-bas ?

—Des centaines de mille, je suppose.

—Tiens-toi bien ! Sept millions. Là-dedans, il y a quelque chose comme un million de boîtes de bines.

— Les soldats sud-africains ont plus de chance de mourir asphyxiés que sous les balles ! lança Ernest.

Laurent trouva cette remarque bien bonne. Puis, il remisa ses articles de journaux et déplora :

—Tout ça est bien intéressant, mais pendant ce temps-là, l'ouvrage n'avance pas. Il faut que je peinture la tour et tous les bâtiments.

—Je peux bien blanchir l'écurie, proposa Ernest, et aussi la cabane du canon. Mais compte pas sur moi pour la tour. Quand je suis en dedans, ça va, mais je ne jouerai pas à l'araignée au bout de son fil comme tu le fais dehors.

—Que veux-tu, je ne connais pas d'autres façons d'y arriver, commenta Laurent.

Laurent et Ernest étaient tout à leur travail de rafraîchissement des bâtiments quand monsieur Comettant se présenta au phare. Il s'excusa d'arriver ainsi à l'improviste.

—Je passais par ici, expliqua-t-il, et j'avais ceci à vous remettre.

Il tendit une feuille à Laurent.

— Prenez-en bien connaissance, conseilla-t-il. Ça vous concerne comme tous les autres gardiens de phare de l'île et leurs invités.

Laurent lui offrit d'entrer, mais Comettant prétexta un rendez-vous ailleurs pour se défiler. Dès qu'il fut parti, Laurent lut le texte qu'il lui avait remis.

— De quoi il s'agit? demanda Ernest.

— Les nouvelles directives concernant les gardiens de phare. Et il rappelle que nous pouvons pêcher seulement pour nos besoins personnels. Il y a aussi un plan montrant où commence et où finit le terrain du phare.

Ernest brandit les poings et marmonna entre ses dents:

— Ce maudit Zélé, il veut vraiment tout contrôler.

Chapitre 38

Conversation avec Wilfrid

Comme l'année précédente, le printemps ramena le directeur à l'île en compagnie de Wilfrid, son assistant. Laurent fut enchanté de la visite de son père au phare. Il donnait si peu de ses nouvelles et comme il ne venait plus à Anticosti qu'une fois par année, inutile de dire que lorsqu'il s'y trouvait, tous se réjouissaient, les petits comme les grands.

Laurent lui fit raconter en quoi consistait son travail à Québec. Wilfrid expliqua qu'il était surtout chargé de voir aux commandes de matériaux et de nourriture, ce qui occupait son temps une bonne partie de l'hiver puisqu'il négociait les achats de tout, même de la moindre épingle. Il devait ensuite s'assurer que cela soit livré conformément à ce qu'il avait commandé et, surtout, que ces biens soient réellement employés aux fins auxquelles ils étaient destinés, ce qui demandait énormément de contrôles et de vérifications. Wilfrid aimait vraiment ce travail et se disait très bien rémunéré. De plus, il adorait Québec. Il ne manqua pas de le souligner à Laurent :

— Je pense que c'est une des plus belles villes du monde. Il y a la terrasse Dufferin qui est une longue promenade où la vue est tout à fait exceptionnelle. De là, on peut admirer la Basse-Ville tout entière. On a l'impression d'être des oiseaux perchés au-dessus des maisons. On peut voir tout ce qui se passe sur le fleuve où il y a des dizaines et des dizaines de bateaux : des vapeurs, des goélettes et toutes sortes de grands navires aux mâts multiples. Nous les suivons longtemps du regard quand ils descendent le fleuve, accompagnés par des centaines de goélands avec au loin l'île d'Orléans, et à gauche les côtes de Beauport et de Beaupré au pied des Laurentides qui font le dos rond à perte de vue. Tu peux être certain que je m'y retrouve souvent.

Il fit une pause puis précisa :

— Il est vrai qu'en hiver, il y a moins d'activités dans le port parce que le fleuve gèle. Il se fait un pont de glace juste en face de la ville et il y a moyen de traverser à Lévis, sur l'autre rive. Il y a aussi toutes sortes de jeux, dont une glissade sur la terrasse. Je vais voir les gars jouer à la crosse au Séminaire de Québec, au hockey au Skating Rink et au curling sur le fleuve. Si j'étais plus jeune, j'irais glisser en toboggan sur les plaines d'Abraham. J'ai pris aussi le tramway pour visiter la ville. Il faut voir tous les monuments de glace qu'on y construit. Je vais assister à la messe, le dimanche à la basilique.

— J'imagine que c'est votre travail et toutes ces activités qui vous empêchent de venir à Anticosti, fit remarquer Laurent.

— Ça et d'autres choses, parce qu'il m'arrive de devoir me rendre jusqu'à Montréal, Sorel et Trois-Rivières, et même à New York. Tout dépend du montant qu'on nous offre pour les articles commandés. Nous achetons tout naturellement des marchands qui nous font les meilleurs prix.

— Aimez-vous voyager ?

— Beaucoup.

— Pensez-vous que monsieur Zédé vous amènera un beau jour en France ?

— Peut-être bien, mais il faudrait que ce soit à la fin de l'été pour que je puisse revenir rapidement placer mes commandes. Cependant, monsieur Zédé me réserve parfois de bonnes surprises. As-tu entendu parler des squatters de Fox Bay ces derniers temps ?

— Bien entendu !

— Tu sais donc que monsieur Menier et monsieur Zédé veulent les faire expulser d'Anticosti. Il serait bien difficile de leur donner tort : ces bandits ne méritent que ça.

Parce qu'il ne voulait pas contredire son père, Laurent le laissa parler.

— Tu dois savoir aussi que monsieur Menier a gagné le procès qui l'opposait aux squatters. Eh bien, quand monsieur Zédé est arrivé au pays, il y a deux semaines, je lui ai remis un télégramme que nul autre que le premier ministre du Canada, monsieur Wilfrid Laurier, lui a fait parvenir.

—Je suppose que cette dépêche concernait Anticosti ?

— Oui. Et le premier ministre disait à monsieur Zédé qu'il désirait le rencontrer le plus tôt possible.

— Monsieur Zédé a dû se rendre à Ottawa ?

— Bien sûr. Et il a tenu à ce que j'y aille avec lui.

— Oh là là ! Vous avez accepté ?

— Nous sommes partis de Québec en train. Nous avons fait un arrêt à Montréal parce que monsieur Zédé y avait une affaire à régler. Peux-tu deviner où nous avons couché ?

— Je ne connais pas Montréal, mais je présume que ce devait être dans un très bel hôtel.

— Je comprends donc ! Un des plus beaux de la ville, le Queen, au coin des rues Saint-Jacques et Windsor.

— Vous êtes chanceux.

— Le lendemain, nous avons repris le train pour Ottawa. Nous sommes arrivés le jour même où la ville de Hull a passé au feu.

— J'ai lu ça dans les journaux !

— Et quand nous avons rencontré le premier ministre dans son palais, on pouvait voir de la fenêtre toute la ville en flammes, de l'autre côté de la rivière.

— Moi, j'aurais été drôlement impressionné.

— Même le premier ministre l'était. C'était incroyable de voir la fumée qui montait de l'incendie et formait un nuage au-dessus de la ville. Ça chauffait tellement que le feu a pris dans des billots sur la rivière Outaouais et ce qu'on craignait le plus est arrivé : le feu a brûlé des maisons du côté d'Ottawa et pas loin du parlement.

— Le premier ministre devait être nerveux !

— Et nous aussi ! Mais il a tenu à nous recevoir quand même pour nous parler de ce qui le préoccupait. Il a dit que toute la propagande faite contre monsieur Menier parce qu'il voulait expulser les squatters d'Anticosti commençait à nuire à sa réputation. Des journalistes avaient même écrit qu'il était de connivence avec le juge qui avait ordonné l'expulsion des gens de Fox Bay. Tout ça en pleine période d'élections… Il a alors demandé à monsieur Zédé de faire un bon geste et de laisser vivre les squatters en paix sur l'île même s'il avait gagné son procès.

— Monsieur Zédé a dû être tenté d'écouter le premier ministre ?

— Pas du tout. Il lui a répondu que monsieur Menier lui avait donné l'ordre de faire vider l'île de ces indésirables et de n'y manquer sous aucun prétexte.

— Monsieur Laurier était-il contrarié ?

Wilfrid hésita avant de confier à Laurent :

— J'avoue que je n'ai pas aimé sa façon d'agir ensuite.

— Qu'est-ce qu'il a fait ?

— Il a tenté d'acheter monsieur Zédé.

— Vraiment ?

— Parce qu'il savait que monsieur Menier voulait peupler Anticosti de différentes bêtes, il lui a offert, s'il changeait d'idée, cinquante bisons de la réserve de Banff. Monsieur Zédé a tenu son bout en affirmant: "Je ferai savoir dans les journaux que votre gouvernement a fait toutes les démarches nécessaires pour nous convaincre de garder les gens de Fox Bay à Anticosti, mais que monsieur Menier et moi-même avons refusé. Comme ça, votre réputation ne sera pas entachée."

Connaissant l'opiniâtreté du directeur, Laurent ne fut pas étonné qu'il ait tenu tête au premier ministre. Il dit à son père:

— Je présume que des policiers sont venus avec vous et qu'ils ont reçu l'ordre d'expulser tout le monde?

— En effet, ils doivent se rendre à Fox Bay ces jours-ci.

Chapitre 39

Bisbille à Fox Bay

Anticosti avait beau être une vaste terre où les communications se faisaient difficilement, l'île entière fut sur le qui-vive les jours suivants. Qu'allait-il se passer à Fox Bay ? Laurent aurait bien voulu compter sur son père pour le tenir au courant, mais il avait regagné Québec à bord du *Savoy*.

La suite, il l'apprit de la bouche même de son ami Antonin. Ce dernier semblait se régaler de tout ce qui se brassait de plus ou moins catholique sur l'île, comme il disait. Il raconta à Laurent, venu prendre une tasse de thé en sa compagnie, ce qu'il s'était passé quand les agents du directeur s'étaient rendus à Fox Bay pour signifier aux gens de partir.

Se rengorgeant comme il le faisait toujours en pareille circonstance, Antonin lui dit en baissant la voix :

— Ils ont envoyé paître les deux agents venus leur porter des brefs de saisie et réquisition en leur disant qu'ils avaient eu ordre de leur pasteur, monsieur

Griffith, de ne pas obéir. Ils ont mis sous le nez le télégramme de leur pasteur qui avait écrit : *Résistez à tout ordre du gouvernement ou de Menier. Stop. Dieu est avec nous et je suis avec vous. Stop.* Tu penses bien que Zédé n'allait pas laisser faire ça ! Je sais, pour l'avoir entendu en parler à monsieur Comettant pendant un souper, qu'il a expédié une lettre au premier ministre pour lui raconter ce qui s'était passé. Le gouverneur disait que pour avoir incité les habitants de Fox Bay à résister, le révérend Griffith était passible de cinq cents dollars d'amende par jour, jusqu'au départ de ces gens.

— Ils sont donc encore là ? demanda Laurent.

— Ils n'ont pas quitté l'île, sauf les Stubbert.

— La famille du télégraphiste ?

— Oui !

— Qu'est-ce qu'il leur est arrivé ?

— Il paraît que Zédé a été prévenu par un capitaine qu'une goélette était à l'ancre près de Goose Point et que des hommes travaillaient ferme sur terre à construire une homarderie.

— Et puis ? Ils ont bien le droit !

— Justement, ils ne l'ont pas, et ça, Zédé le savait très bien. Il est parti de nuit sur le *Savoy* avec six hommes armés. Ils sont arrivés à Goose Point de bonne heure le matin, sont descendus du navire et se sont rendus au camp habité par Stubbert et ses hommes. Ils étaient une vingtaine dans le camp. Zédé a demandé à parler au responsable. Un des fils de Stubbert s'est avancé. Zédé a déclaré : “Je vous donne vingt-quatre heures pour lever le camp d'ici." Il s'est fait rire au nez. Zédé s'est fâché et les a prévenus: "Puisque vous le prenez comme ça, je ne vous donne plus qu'un quart d'heure pour le faire." Le pensant seul, la bande à Stubbert a ri encore plus fort. Mais pendant ce temps, les hommes de Zédé en ont profité pour ramasser du bois mort sur le rivage et, sans être vus, ils l'ont empilé derrière le camp. Au bout d'un quart d'heure, Zédé entra de nouveau dans le camp et dit: "Le quart d'heure est passé." Il n'y en avait pas un qui s'était même donné la peine de rassembler ses effets. Les hommes de Zédé mirent le feu au tas de bois derrière le camp. Le vent soufflait dans la bonne direction. En quelques minutes, le camp fut rempli de fumée. Stubbert et sa bande se précipitèrent sur leurs bagages, s'emparèrent de ce qui leur appartenait et sortirent avant de suffoquer. Dehors, les six hommes armés de Zédé les tenaient en joue. Ils ne résistèrent pas, car ils n'avaient pas d'armes. Ils furent reconduits à leurs canots où ils embarquèrent en vitesse et se dirigèrent vers leur goélette. Puis, Zédé fit mettre le feu au bâtiment en construction de la homarderie. Voilà comment se comporte un certain Georges Martin-Zédé et il aimerait qu'on applaudisse ce qu'il fait, conclut Antonin.

— Le directeur est vraiment un homme implacable, glissa Laurent.

— Je travaille pour lui, chuchota Antonin, mais je ne l'aime pas et je n'approuve pas sa conduite. Par sa faute, j'ai parfois honte d'être Français. Ça brasse passablement en haut lieu et dans la presse autour de cette affaire, et tous les Français sont mis dans le même panier. Le gouvernement de monsieur Laurier est dans ses petits souliers. Écoute ce qui est écrit dans les journaux à ce sujet :

« La question de l'île d'Anticosti va bientôt devenir une question d'intérêt public pour le Canada. Il faut donc savoir : 1) si le gouvernement pouvait vendre cette propriété ; 2) si, en la vendant, il a protégé les intérêts des sujets britanniques qui y étaient établis avant la vente ; 3) si le nouveau propriétaire peut traiter les habitants de l'île de la même manière que les Arabes d'Algérie furent traités pendant un temps ; 4) si monsieur Menier considère qu'il ne relève pas des lois du Canada, mais plutôt du gouvernement de la République française. »

Laurent l'interrompit :

— Comment les Arabes d'Algérie ont-ils été traités ?

— La France leur a enlevé à peu près tous leurs droits. Ils ont été jugés selon les lois françaises et leurs terres ont été soumises au Code civil français. Tout ça ressemble étrangement à ce que monsieur Menier fait à Anticosti.

Antonin reprit sa lecture :

« Le moins que puissent faire les autorités de la province serait de nommer une commission d'enquête pour savoir si monsieur Menier exerce ses droits dans la limite légitime… Une colonie française à Anticosti ne sera jamais une colonie canadienne. »

Puis, il ajouta :

— Bien entendu, il n'y aura pas de commission d'enquête. Le premier ministre y est opposé et il dit que ça ne concerne pas son gouvernement. De cette façon, notre ami Zédé peut régner un peu comme il le veut sur Anticosti. Est-ce que tu connais bien la pêche ?

— Bien sûr ! On ne peut pas faire autrement quand on est né sur une île comme celle-ci, répondit Laurent.

— Tu sais qu'en pêchant la morue, les hommes attrapent aussi d'autres sortes de poissons ?

— Des fois, par un coup de chance, des saumons. Mais surtout des crapauds de mer et des chiens de mer, précisa Laurent.

— Ces poissons sont si laids et si affreux que personne ne veut en manger ! Mais le directeur me force à en servir quand même aux ouvriers. Sais-tu comment il est parvenu à leur en faire manger ? Il m'a demandé de couper les queues et les têtes, d'enlever la peau et de les servir comme étant des poissons blancs. Eh bien ! Crois-moi, crois-moi pas, depuis ce temps-là, les ouvriers en mangent et ils aiment ça. S'ils apprenaient la supercherie, je pense qu'ils me tueraient. Zédé est très content de leur jouer ce bon tour. N'est-ce pas la preuve qu'il peut leur faire avaler n'importe quoi ?

— Cet homme-là n'a aucun scrupule, constata Laurent. Je comprends pourquoi mon frère Ernest ne le porte pas dans son cœur.

Chapitre 40

Une arrivée et des départs

L'été ramena Desneiges de son pensionnat. Sa sœur Fabiola avait choisi sa voie : elle continuait sa préparation à la vie religieuse. Encore une année d'études et Desneiges pourrait s'engager quelque part comme institutrice. Elle espérait avoir la chance d'enseigner un jour aux enfants d'Anticosti. Mais y aurait-il une place pour elle à l'école de Baie-Sainte-Claire, désormais la seule de l'île, puisque celle de l'Anse-aux-Fraises avait été fermée ? Une fille de l'île comme elle serait fière de transmettre ses connaissances aux enfants d'Anticosti ! En attendant, elle se fit l'animatrice des petits, tâchant de les tenir occupés à divers jeux qu'elle inventait, pour la plupart, au fur et à mesure. Il y avait le jeu des cailloux et celui des bâtons, le jeu des petits fruits et celui de colin-maillard. Mais l'activité préférée des enfants était la cueillette des œufs de goéland dont on faisait de succulentes omelettes. Desneiges prenait plaisir à tous ces divertissements quand une nouvelle vint secouer la maison du phare et attrister la Pointe-Ouest en son entier.

— C'est pas vrai ! s'exclama Jeanne. Je t'en prie Claire, dis-moi que ce n'est pas vrai !

Claire qui retenait ses sanglots ne put que hocher la tête pour faire signe que oui. Jeanne avait bien remarqué que sa belle-sœur, devenue sa grande amie, était taciturne depuis quelque temps. Elle avait attribué cela à la fatigue, mais maintenant qu'elle connaissait la raison, elle n'arrivait pas à y croire.

— Pourquoi Rivière-au-Tonnerre ?

— Horace reste là. C'est un bon ami d'Ernest. Ils ont trappé ensemble. Ernest reconnaît que c'est grâce à lui si nous avons pu nous enrichir de sept cents dollars d'un coup. Avec cet argent-là, nous pourrons facilement acheter une maison et la payer quasiment comptant.

— Mais Rivière-au-Tonnerre, c'est tout petit, fit remarquer Jeanne. Est-ce qu'il y a seulement une école ? Et qui voudrait enseigner là ?

— J'irais, moi ! intervint Desneiges. L'année prochaine, je pourrai m'engager. Qui sait ? Peut-être que je me retrouverai à Rivière-au-Tonnerre.

Jeanne se leva nerveusement de la chaise où elle avait pris place. Elle répéta :

— Je ne peux pas le croire ! Je ne peux pas le croire !

— Nous ne serons pas à l'autre bout du monde, plaida Claire. En ligne droite avec ici, je gagerais qu'il n'y a pas plus qu'une trentaine de milles. Nous allons pouvoir nous voir de temps à autre en été, en tous les cas.

— On dit ça, protesta Jeanne, mais quand est-ce qu'on le fera ? Veux-tu me dire quelle mouche a piqué Ernest pour qu'il décide de partir ?

— La mouche est passablement grosse. Elle est trop "zélée", comme il se plaît à le répéter. Tu le sais, il n'est pas capable de sentir le directeur. Il est trop indépendant et trop fier pour s'engager à travailler pour lui. Il répète qu'il va se lancer à son compte.

Jeanne écoutait tout en se demandant ce que cachaient ces paroles.

— Partir à son compte ? Tout ce qu'il aime, c'est chasser et pêcher…

— Justement, il va s'associer avec Horace. Boniface a une barque, mais il ne va plus à la pêche. Ils ont décidé de pêcher à deux et ils se promettent de trapper tout l'hiver. Les bonnes places ne manquent pas sur la côte.

Laurent apprit ce qui se tramait quand il redescendit de la tour. Lui d'ordinaire si calme réagit vivement :

— Il ne peut pas me faire ça ! J'ai besoin d'un aide et pour le moment, c'est lui. Si je suis malade, qui s'occupera de la lumière ?

Sa question tomba dans le vide et fut suivie d'un lourd silence. Ernest ne pouvait pas partir tant que Laurent ne lui aurait pas trouvé un remplaçant. Comme tous les hommes sur l'île étaient à l'emploi de monsieur

Menier, Laurent devrait entreprendre des démarches pour faire venir quelqu'un de l'extérieur et le tout serait entériné ensuite par ses patrons à Ottawa. Il promit de ne rien faire tant qu'Ernest, qui était à la pêche avec Côme, ne lui confirmerait pas sa décision.

La journée parut longue à tout le monde. On attendait Ernest. À son arrivée, il n'eut même pas le temps de dire comment s'était déroulée sa journée que Laurent l'apostropha :

— Il paraît que tu t'apprêtes à nous quitter ?

Ernest ne put se dérober.

— Oui ! Je m'en vais vivre sur la côte.

— Tu n'aurais pas pu en parler avant ?

— Je n'étais pas vraiment décidé.

— Si je t'ai pris comme aide, ce n'est pas pour te voir filer sans prévenir.

— Je ne suis pas encore parti, il me semble.

— Branche-toi et dis-moi quand tu as l'intention de le faire.

— Bientôt !

— Ça veut dire quand ? Dans une semaine, deux semaines, un mois ?

— Quand j'aurai acheté ma maison à Rivière-au-Tonnerre.

— Parce que tu t'achètes une maison ?

— J'ai ce qu'il faut pour. J'attendais seulement que la maison que je veux soit libre.

— Et elle le sera quand ?

— Dans une semaine ou deux.

Laurent était furieux. Il lui tourna le dos, se dirigea droit vers le bureau, s'assit et télégraphia aux responsables des phares : *Un aide au plus pressé pour le phare de la Pointe-Ouest d'Anticosti.*

L'expédition de ce télégramme le calma. Puis il sortit. Il avait du bois de grève à ramasser. Sans dire un mot, il se mit en frais de l'apporter au phare. Il fit plusieurs voyages, empilant ce bois près du hangar. Au bout d'une heure, il le débita à la hache et à la sciotte, ne desserrant pas les dents même pendant le souper. Il ne décolérait pas. Il n'admettait pas que son jeune frère puisse lui faire un coup pareil. En soirée, Jeanne lui parla doucement.

— Tu es déçu de le voir partir, mais lui et Claire ont le droit de faire leur vie comme ils l'entendent. Il y a bien assez de Zédé qui entrave la liberté des gens.

Cette remarque le força à réfléchir. Jeanne avait raison. Il se comportait envers Ernest un peu comme Zédé envers tout le monde. De quel droit quelqu'un pouvait-il se permettre de régir les autres ? Il se demanda comment il réagirait si on le contraignait à aller vivre ailleurs ou si on l'obligeait à se conformer aux caprices de l'un et de l'autre. Il poussa sa réflexion encore plus loin en relevant les différentes directives auxquelles il se pliait, sans jamais les remettre en question.

Parce qu'il venait de lire récemment que le pape permettait désormais aux gens de manger gras si Noël, le jour de l'An, le jour des Rois, la Toussaint et l'Immaculée Conception tombaient un vendredi, il se demanda pourquoi l'Église ne permettait pas de manger gras tous les vendredis. Pour lui qui aimait le poisson, ce n'était pas se priver, mais pour quelqu'un qui préférait la viande, ça ne devait pas être très agréable. Pour la première fois, il constata à quel point il accomplissait des choses sans réellement en connaître les raisons fondamentales.

Le lendemain, quand il croisa Ernest, il lui dit :

— Avertis-moi quand tu partiras. D'ici là, si tu as besoin d'aide pour ramasser tes affaires, tu peux compter sur moi.

Étonné, Ernest lui fit remarquer :

— Tu sembles avoir hâte que je parte.

— Pas du tout ! Je me suis simplement rendu compte qu'en voulant te garder ici, je me comportais un peu comme Zédé. Tu es bien libre d'agir comme tu l'entends.

Deux semaines plus tard, il alla lui-même conduire Ernest, Claire et leurs enfants à la barque où les attendaient Boniface et Horace. Quand il revint au phare, il constata que Jeanne avait pleuré.

— Cette maison, dit-elle, se vide comme une passoire. Ton père et ta mère n'y sont plus. Un temps, Lorraine vivait avec nous. Elle a disparu et nous n'avons plus de nouvelles de sa part. Qu'est-elle devenue ? Maintenant, c'est Claire, Ernest et leurs enfants qui partent. Nous voilà vraiment seuls, à croire que c'est notre destinée.

Tout ce que Laurent trouva à dire pour la consoler fut:

—La vie est faite de même, ce n'est pas nous qui allons la changer.

TROISIÈME PARTIE

LA VIE AVANT TOUT

(1901-1903)

Chapitre 41

La vie au phare

Une grande page de la vie de Laurent et de Jeanne venait de se tourner avec le départ d'Ernest et de Claire. Ils se sentaient maintenant bien seuls dans la grande maison du phare. Il n'y avait pas eu moyen d'obtenir un engagé avant la fin de la navigation. Laurent ne pourrait compter que sur lui-même pour le bon fonctionnement du phare au début du printemps. Heureusement, la période hivernale marquait une pause dans les activités.

Presque personne ne leur rendit visite durant le temps des fêtes. Seuls Côme et Anita vinrent leur souhaiter une bonne année. Chaque jour ressemblait à la veille. La sourde et muette ne faisait guère de bruit. Heureusement, les enfants mettaient un peu de vie dans la maison. L'unique contact que la famille avait avec le reste du monde était la télégraphie. Jeanne expédia un télégramme à Wilfrid à Québec. Il y répondit au jour de l'An par des vœux de bonne année.

Le nouveau siècle semblait vouloir débuter au ralenti. Un télégramme reçu le 22 janvier leur annonça la mort de la reine Victoria.

— Celle-là, elle a régné vraiment longtemps, souligna Laurent.

— Je serais curieuse de savoir combien d'années et aussi qui va la remplacer… dit Jeanne.

— Attends donc un peu, je pense pouvoir répondre à tes questions.

Laurent alla fouiller dans une armoire au fond du bureau et en revint avec des coupures de journaux. Il marmonna :

— La réponse devrait être là-dedans, mais où ?

Il se mit à passer en revue chaque article, s'arrêtant à tout moment pour citer certains titres et les commenter.

— J'avais oublié ça. Tu te souviens du naufrage du *Saint-Olaf* sur l'île de la Boule à Sept-Îles ? Ils se sont tous noyés. Vingt-deux hommes et une femme. Des gens des rivières Saint-Jean, Magpie, Rivière-au-Tonnerre et Sheldrake. Vraiment, la mer ne pardonne pas.

Il alluma sa pipe, continuant à commenter les nouvelles qu'il lisait :

— On oublie vite. C'est vrai qu'ici, on ne l'a pas senti fort, mais il y a eu un tremblement de terre en mars de l'année dernière. Tiens ! Ça, c'est une nouvelle triste. Deux jeunes de la rivière Saint-Jean sont morts en allant trapper dans le Nord. Le plus vieux s'est estropié les pieds. L'autre a manqué de force pour le traîner jusqu'à la côte. Ils sont morts gelés en route.

Jeanne l'interrompit :

— Tu ne trouves toujours pas ce que tu cherches sur la reine ?

— Ça s'en vient, sois patiente.

Il continua tranquillement à feuilleter ses coupures de journaux, s'arrêtant pour lire un bout de celles qui l'intéressaient davantage.

— Il est question de construire bientôt un pont à Québec. Depuis le temps qu'ils en parlent… Tiens ! Tiens ! Je pense que ça y est… Ah non, il est juste écrit que le fils aîné de la reine s'appelle Édouard VII. Normalement, il devrait lui succéder.

Laurent continua sa recherche pendant que Jeanne commençait un tricot de son côté.

— Tu tricotes quoi ? demanda Laurent en secouant sa pipe.

— Des mitaines de laine pour Émile. J'en ferai ensuite pour Viviane.

— Il leur en faudrait en peau de loup-marin. Là, ils ne se gèleraient pas les mains.

Poursuivant sa lecture, Laurent se laissa encore distraire par d'autres informations qu'il jugeait importantes.

— Savais-tu qu'il y a une femme de la province qui est devenue la première femme médecin ?

— Comment elle s'appelle, déjà ?

— Irma Levasseur.

— Au lieu d'être institutrice, j'aurais aimé ça être médecin, révéla Jeanne. Me vois-tu, première femme médecin de la province ? Mais jamais je n'aurais eu assez d'argent pour ça.

— Dis-toi que si tu avais été docteur, tu ne serais jamais venue à Anticosti et nous ne serions pas ensemble. Heureusement que tu as choisi d'être institutrice ! Bon, on dirait bien que je ne trouverai pas ce que je cherche. Pourtant, je suis certain d'avoir gardé quelque chose là-dessus. Voyons voir si c'est ça… Non, c'est un article qui raconte qu'un nommé Desjardins vient de fonder des caisses d'épargne à Lévis. Il paraît que nous allons pouvoir emprunter de l'argent à ces caisses. Ça serait nouveau, parce que les banques ne prêtent qu'aux riches… J'ai hâte de voir comment tout ça va marcher. En passant, je viens de lire que nous sommes un million six cent mille habitants dans la province de Québec. Ça en fait, du monde !

Jeanne fit remarquer :

— Comme toujours, quand nous cherchons quelque chose, c'est à la fin que nous mettons la main dessus. Si tu as quatre clés pour ouvrir une porte, tu peux être certain que c'est la dernière que tu vas essayer qui va marcher. Je gage que tu vas trouver ce que tu cherches sur la dernière coupure qu'il te reste.

— Tu es une vraie sorcière ! s'écria Laurent. Regarde !

Il lui montra l'article qu'il avait en main. Il s'intitulait : *La vie de la reine Victoria*.

— Bon, la reine Victoria a régné soixante-quatre ans, avança Laurent. Elle est née le 24 mai 1819, à Londres. Écoute bien ça ! Son père, son grand-père, le roi Georges III, son oncle le roi Georges IV et un autre oncle, le roi Guillaume IV sont tous morts entre sa naissance et 1837. Voilà pourquoi elle est devenue reine à dix-huit ans.

— Il y a une chose que je sais, dit Jeanne, c'est que jamais je n'aurais voulu être reine.

— Tu l'es pourtant ! affirma Laurent pour la taquiner. Tu règnes sur la lumière de la Pointe-Ouest. Moi je n'en suis que le gardien.

Sa réflexion les fit bien rire. Jeanne bâilla.

— Bon ! La reine de la Pointe-Ouest s'en va se coucher. Son gardien devra veiller sur son sommeil et sur celui de ses enfants.

— Comptez sur moi, Votre Majesté, soupira Laurent en mettant un genou à terre. Et surtout, faites de beaux rêves.

Chapitre 42

Un nouveau visage

Anticosti se transforma comme jamais en ce printemps du nouveau siècle. Laurent fut à même de le constater quand il rendit visite à son ami Antonin, qui l'invita à le suivre pour lui montrer, bien affiché, le plan de ce qu'allait devenir Baie-Ellis.

— Je te présente Port-Menier, annonça-t-il.

— Port-Menier ?

— C'est ainsi que le nouveau village va s'appeler. Ici, c'est devenu Baie-Sainte-Claire à la place de Baie-des-Anglais, Fox Bay change de nom pour Baie-du-Renard, Baie-Ellis devient Port-Menier et Baie-Gamache, Baie-Jolliet.

Antonin lui indiqua sur le plan l'emplacement du futur magasin, de l'entrepôt administratif de même que celui de l'entrepôt général.

— Si tu vas à Port-Menier, tu te rendras compte que le directeur n'a pas perdu son temps. La construction de ces bâtiments est déjà commencée. Regarde bien le plan. Là, il y aura une immense place centrale autour de laquelle les maisons vont être construites. Ça va être pratique.

Il lui indiqua sur le dessin le grand carré où se retrouveraient les maisons et, aux quatre coins, les routes qui traverseraient le village en diagonale pour se croiser sur la place centrale donnant sur la mer.

— Ne trouves-tu pas ça génial ?

Laurent étudiait le tout en hochant la tête.

— Il faut admettre que tout est bien pensé, concéda-t-il.

— C'est excellent, poursuivit Antonin, mais le meilleur, le voici.

Parcourant le plan de son index, il s'arrêta sur un point précis et demanda à Laurent :

— Vois-tu ce que c'est ?

— Un quai ?

— Enfin, il va y en avoir un à Anticosti !

Laurent se rapprocha pour examiner le plan de plus près. Il vit que quiconque arriverait du quai devrait passer devant le bâtiment de l'administration. Il ne put s'empêcher de commenter :

— Le directeur a tout prévu. Il va pouvoir contrôler les moindres déplacements.

Antonin se mit à rire.

— Tu t'en es rendu compte comme moi ! On ne changera pas le bonhomme, comme vous dites.

Laurent continuait de scruter le projet.

— Tout y est, assura Antonin.

— Et l'église ?

— Presque en face de l'administration.

— Et le cimetière ?

— Plus loin, tout juste à la lisière du village.

— Zédé ne veut pas avoir de morts sous les yeux.

— On dirait bien !

— J'espère qu'il ne tentera pas de nouveau de venir chercher les nôtres, soupira Laurent.

— Il a fait ça ? s'étonna Antonin. Décidément, il veut vraiment avoir le contrôle sur tout… Même sur les morts…

Quand il quitta son ami, Laurent décida de faire le trajet du retour en passant par Port-Menier. Comme Antonin l'avait mentionné, la place était un véritable chantier. Ce qui étonna le plus le gardien, ce fut de constater que le quai était déjà en construction. Il prit le temps de s'approcher afin de voir de quelle façon les ouvriers s'y prenaient pour en jeter les bases. Des caissons de quinze pieds carrés faits de sapin étaient construits sur la berge. Ils s'encastraient les uns dans les autres au fur et à mesure de leur pose. Laurent regarda les ouvriers pousser un caisson à l'eau et le faire s'arrimer à celui qui reposait déjà sur la berge. Il vit les hommes le remplir de pierres, si bien que le caisson s'enfonça progressivement. L'observateur trouva ingénieuse cette façon de procéder. Mais avant que le quai puisse recevoir des navires en eau profonde, il restait énormément de travail à faire. Laurent tenta de calculer combien il faudrait de caissons pour atteindre l'eau profonde. Ne trouvant pas de réponse, il s'approcha du chantier et posa la question à l'homme qui dirigeait les travaux.

— Environ deux cent vingt-cinq, mais ils devront être de plus en plus hauts, selon la profondeur de l'eau, expliqua-t-il. Il y a plus de deux mille pieds à combler pour atteindre l'eau profonde. Après, nous allons construire de plus gros caissons pour couvrir le reste. Deux vapeurs vont pouvoir accoster. On en a pour deux ans.

Laurent avait sa réponse. Il reprit le chemin de la Pointe-Ouest en passant par l'Anse-aux-Fraises. C'était le seul endroit de l'île qui n'avait pas été transformé, mais un bon nombre de maisons désormais inhabitées commençaient à se dégrader. La nouvelle église ne servait déjà plus. Le village se vidait petit à petit. Il y avait bien sept ou huit barques de moins sur la berge. Laurent tenta de se rappeler ce qu'était l'Anse-aux-Fraises cinq ans auparavant. Déjà, dans son esprit, les images du passé s'estompaient.

Quand il arriva au phare, quelqu'un l'attendait. C'était un jeune homme bien bâti, au visage rond avec des yeux gris remarquables qui semblaient avoir scruté bien des horizons. Il tendit une main ferme à Laurent :

— Félix Têtu ! dit-il. Votre nouvel aide.

— Ça fait longtemps que tu es là ?

— Une heure à peu près.

— C'est Ottawa qui t'envoie ?

— En plein ça ! Monsieur Deschênes, le responsable des phares du Saint-Laurent.

— Tu es le bienvenu, fit Laurent. J'imagine que tu as hâte de voir comment tout ça retourne.

— À plein!

— Amène-toi que je te fasse visiter.

Laurent se dirigea droit vers le phare. Quelques minutes plus tard, tous deux étaient là-haut à examiner la lanterne pendant que Laurent commentait. Le jeune homme s'intéressait à tout, posa de nombreuses questions. Quand ils redescendirent, Laurent s'était déjà fait une idée favorable de son aide. Il l'emmena faire le tour des dépendances, lui montra le canon de brume et finit par le conduire à la maison où Jeanne lui indiqua où se trouvait sa chambre. Ensuite, Laurent prit le temps de lui expliquer de façon claire et précise son travail, ses obligations et ce qu'il attendait de lui.

— Si tu es fidèle à ton devoir, ajouta-t-il en lui tapant sur l'épaule, on devrait bien s'entendre.

Plus tard dans la soirée, il apprit que le jeune homme venait de L'Islet. Sa mère était venue autrefois à Anticosti. Elle était photographe et avait fait le tour de l'île et de la Côte-Nord jusqu'au Labrador en goélette, deux étés de suite. Félix dit à Laurent qu'il avait souvent feuilleté ses albums et que c'était comme ça qu'il avait découvert Anticosti et s'était intéressé à la mer.

Quand il parla de photos, Laurent se leva et alla dans le bureau chercher l'album familial. Il le montra au jeune homme qui le feuilleta et lui indiqua sans hésiter les photos qui avaient été prises par sa mère.

— Elle avait beaucoup de talent, admit Laurent, et tu vois comme la vie est curieuse. Ces photos forment un lien entre nous, grâce au travail de ta mère. Et te voilà prêt à vivre là où elle est déjà venue.

— Moi, je pense que la vie dans un phare est une des plus belles existences que l'on puisse espérer. Rester ici à l'année doit être le bonheur parfait.

— Si ça ne l'est pas, ça s'en approche, lui confirma Laurent, du moins pour quelqu'un qui ne craint ni la solitude ni l'éloignement.

— Ça ne me fait pas peur, déclara Félix, sûr de lui. Il est difficile d'être plus seul qu'au milieu du golfe.

— Tu as travaillé dans un autre phare ?

— Oui ! Au Rocher-aux-Oiseaux.

— Pourquoi es-tu parti ?

— Parce que j'ai été obligé de retourner à L'Islet, aider ma mère malade.

— Ta mère va mieux maintenant ?

— Elle est morte il y a un mois.

— Tu m'en vois désolé, déplora Laurent.

— Y a pas de quoi, elle souffrait tellement que ç'a été pour elle et pour moi une délivrance.

— Tu étais fils unique ?

— Oui, mon père est mort dans un naufrage et elle ne s'est jamais remariée. On s'est pas mal promenés. Nous avions de la parenté du côté de ma mère dans le comté de Portneuf, à Saint-Raymond. On a vécu là pendant des années. Puis ma mère, qui s'ennuyait du fleuve, a voulu revenir vivre à L'Islet.

Ils continuèrent comme ça à s'apprivoiser l'un l'autre. Laurent lui raconta l'histoire du phare de la Pointe-Ouest, et lui fit part des changements survenus à l'île depuis l'achat qu'en avait fait monsieur Menier. Plus tard, sur l'oreiller, Laurent confia à Jeanne :

— Comptons-nous chanceux. Nous avons un aide qui fera sûrement l'affaire.

— Comment peux-tu en être déjà certain ?

— C'est un garçon éveillé que tout intéresse. Je suis persuadé que nous n'aurons pas à nous plaindre de ses services.

Chapitre 43

Une revenante

L'été embrasait l'île. Le mois de juillet était très chaud. On s'estimait privilégié d'habiter une île où le vent du large finissait toujours par tamiser l'air et le rendre moins lourd. Rarement avait-on des orages. Et lorsqu'il y avait des éclairs et du tonnerre, cela terrorisait les petits.

Comme il se le permettait parfois, Laurent s'assit au bord du fleuve. Le son du vent dans les feuilles, celui des vagues sur la grève, le ciel sans nuage et cette chaleur douce d'un été heureux l'apaisaient. Au loin, le chant saccadé d'un chardonneret en plein vol et tout près, le bourdonnement strident d'une cigale mêlé au cri d'alarme d'un pinson, tous ces bruits amalgamés aux odeurs de la mer lui rappelaient des jours heureux de son passé, ces moments bénis où aucun doute ne l'habitait et où la vie s'étalait devant lui comme une route sans obstacle et sans fin. Pourquoi tout cela s'éteindrait-il un jour ? Cette question le fit frissonner et il regagna le phare.

Desneiges revint de son pensionnat et dès qu'elle se montra, les enfants tournèrent autour d'elle comme des abeilles autour d'une fleur. Elle savait parfaitement les occuper et Jeanne se félicitait des moments de répit qu'elle lui procurait.

Un jour qu'il s'apprêtait à monter dans la tour avant le dîner, Laurent aperçut au large une goélette qui attira son attention. L'embarcation s'arrêta. Un drapeau monta au mât. Laurent comprit qu'un ou des passagers venaient au phare. On mit une chaloupe à l'eau. Laurent cria à Félix d'aller voir si rien ne clochait en haut de la tour et il attela le vieux Oliver à la charrette. La chaloupe filait vers le phare. Laurent fit entrer le cheval dans l'eau et se dirigea droit vers la barque qui semblait contenir plusieurs occupants, en majorité des enfants. Quand il fut plus près, le cœur faillit lui manquer. Lorraine était dans cette embarcation ! Il n'en croyait pas ses yeux. C'était bien sa sœur qui le saluait de la main, toute souriante. « Une revenante », pensa-t-il, alors que son cœur reprenait petit à petit ses battements normaux.

Il aida les matelots à faire le transbordement des passagers et de leurs maigres bagages. Les deux enfants les plus vieux, des filles, se ressemblaient tellement que Laurent en déduisit qu'il s'agissait des jumelles Mélanie et Milaine. Quant aux deux autres, un garçon et une fille, il ignorait qui ils étaient. Dès que tous les petits furent dans la voiture, Lorraine les suivit et Laurent, très ému, la prit dans ses bras. Sa grande sœur était de retour ! Avant de l'embrasser, il l'examina un moment comme s'il ne pouvait se faire à l'idée de la voir là devant lui. Il secoua la tête et tout ce qu'il trouva à dire fut :

— Je n'en reviens pas.

Lorraine répondit :

— J'espère que nous sommes pour toi une heureuse surprise !

— Une merveilleuse surprise ! s'exclama-t-il. Mais tu me vois si étonné que j'en reste muet !

— Ne t'en fais pas, l'encouragea-t-elle. Nous en aurons pour des jours à tout nous raconter.

Sans doute impressionnés par ce qu'ils vivaient, les enfants se taisaient. Lorraine leur annonça :

— C'est ici que je suis née. Mélanie et Milaine aussi.

Elle demanda ensuite à Laurent :

— Est-ce que p'pa est là ?

— Il vit à Québec à présent.

Un peu malgré elle, Lorraine poussa un soupir de soulagement. Le cheval arrivait au bord et il sortit de l'eau. La charrette cahota sur les pierres en secouant ses passagers.

— Si quelqu'un dort et qu'il se fait secouer comme ça, tu peux être certain qu'il sera réveillé avant d'être rendu à la maison, commenta Lorraine.

Oliver s'arrêta pile devant la porte. Tout juste revenu du phare, Félix s'empressa d'ouvrir aux arrivants. Il tendit les bras pour aider la plus petite à descendre de la charrette et s'occupa de rentrer les bagages avant de mener Oliver à l'écurie.

Retenues à la cuisine, ni Jeanne ni Julienne ne s'étaient rendu compte de ce qui se passait. Dès qu'il fut dans la maison, Laurent cria à l'intention de Jeanne :

— De la grande et belle visite !

Quand elle aperçut Lorraine, Jeanne faillit laisser tomber la soupière qu'elle portait à la salle à manger. Déposant son plat sur une petite table près de l'entrée, elle serra sa belle-sœur dans ses bras et ne put retenir ses larmes. Puis, elle embrassa les jumelles et les deux petits qu'elle n'avait jamais vus.

— Mon cœur a presque arrêté ! se plaignit-elle en riant. Tu aurais dû nous prévenir pour qu'on se prépare à ton arrivée !

— Je l'aurais fait si j'avais pu, expliqua Lorraine. Mais il y a parfois des choses qu'on ne peut pas contrôler.

Jeanne invita tout le monde à passer à table, les petits comme les grands. Lorraine s'excusa :

— Nous arrivons comme des mouches dans une salade. Il n'y aura peut-être pas à manger pour tout le monde.

Jeanne la rassura :

— On trouvera bien ce qu'il faut. Mais ma foi du bon Dieu, je n'arrive pas encore à croire que vous êtes là. Explique-nous !

Lorraine fut prise d'un fou rire. Elle mit du temps avant de pouvoir dire enfin :

— Vous avez reconnu Mélanie et Milaine. Faites maintenant connaissance avec Mathieu et Hortense.

— Qui sont ?...

— Les enfants que j'ai eus avec mon second mari !

— Tu as pu te remarier ?

— Non, mais c'était tout comme, parce que là où nous étions, on nous croyait mariés.

— Et vous étiez où ?

— À Saint-Pierre-et-Miquelon.

— Ton homme n'est pas venu ?

Lorraine se tut. Des larmes lui montèrent aux yeux. Elle finit par bredouiller :

— Il est mort il y a quelques mois dans le naufrage de sa goélette.

— Comme c'est triste ! compatit Jeanne en se levant de sa chaise pour entourer les épaules de Lorraine de ses deux bras. Tu es vraiment malchanceuse !

Lorraine releva courageusement la tête.

— La vie l'a voulu ainsi.

— Dis plutôt la mort, corrigea Laurent. Mais lui, qui c'était ?

— Vous l'avez connu. Marc le naufragé qui venait au phare jouer aux cartes.

— Ah ! C'est donc ça ! fit Laurent. Je comprends enfin. Vous aviez bien caché votre jeu...

— On n'avait pas le choix. Si p'pa s'était douté de quelque chose, Marc n'aurait jamais pu remettre les pieds au phare. Je profitais de mes promenades avec les petites pour le rencontrer. C'est lui qui a organisé notre évasion. Il était merveilleux et connaissait bien la mer.

D'un geste, Laurent l'arrêta.

— Vous n'auriez pas dû vous sauver comme ça…

— On ne pouvait pas faire autrement ! Je ne savais pas ce que Bill était devenu et je ne pouvais pas attendre sept ans avant d'en avoir le cœur net. Par ailleurs, si quelqu'un avait appris ma liaison avec Marc, qu'est-ce que tu crois qu'il serait arrivé ? Il fallait que je disparaisse. Marc a quitté l'île trois jours plus tôt et il a convenu d'un arrangement avec le capitaine d'une goélette pour venir me chercher avec les petites. J'ai profité de ma promenade avec Mélanie et Milaine pour cacher le carrosse derrière des arbustes, à l'opposé de là où l'on allait habituellement. Marc est venu nous chercher en chaloupe. Il a longé la côte jusqu'à la pointe de l'île et a pris ensuite le large. Du phare, il était sûr que personne ne verrait cette manœuvre. À la brunante, nous avons rejoint la goélette. Le capitaine filait aux Îles-de-la-Madeleine.

— Comment êtes-vous parvenus à passer inaperçus aux Îles ?

— Marc connaissait un endroit à l'île Brion où il y avait une cabane. Le capitaine nous y a conduits, les filles et moi. Marc nous a laissé de la nourriture pour une couple de jours, puis il a continué jusqu'aux Îles-de-la-Madeleine. Ses amis avaient été bien heureux de le revoir après le naufrage. Ils avaient mis sa goélette à l'eau en attendant qu'il revienne. Marc s'en est servi pour venir nous chercher. Ensuite, nous avons mis le cap sur Saint-Pierre-et-Miquelon. Nous nous sommes installés dans une vieille maison abandonnée. Marc s'est fait aider et l'a réparée. Il avait sa goélette et l'a utilisée pour la pêche à la morue et aussi pour la chasse aux loups-marins. Aux yeux de tout le monde à Saint-Pierre, nous étions mari et femme. Nous avons vécu là tranquillement, et Marc m'a fait Mathieu et Hortense. Comme je vous l'ai dit dans ma lettre, j'attendais que le délai de sept ans soit expiré pour vous contacter de nouveau. Ma plus grande crainte était d'apprendre le retour de Bill. Mais la mort de Marc a fait que me voilà avec quatre enfants sur les bras et sans le sou.

Laurent intervint :

— Marc n'avait pas d'assurances pour sa goélette ?

— Malheureusement non. Je n'avais nulle part où aller. Vous étiez mon seul recours, papa et toi. Voilà pourquoi je suis revenue. Mais p'pa et m'man sont à Québec ?

— M'man est morte.

Laurent se rendit compte qu'il avait parlé trop vite. Lorraine porta la main à son cœur.

— M'man est morte… murmura-t-elle avant de se mettre à pleurer comme une enfant.

Jeanne fit de son mieux pour la consoler. Elle la conduisit sur la tombe de sa mère afin qu'elle puisse laisser libre cours à son chagrin. Ses enfants la suivirent. Quand ils revinrent tous à la maison, Laurent s'approcha de Lorraine et l'étreignit.

— Sois sans inquiétude, grande sœur, tu es la bienvenue parmi nous. Nous saurons bien prendre soin de toi et de tes enfants. Mais il y a une autre chose que je dois t'apprendre.

— Quoi donc ?

— P'pa est remarié.

— Pas vrai !

Ce fut au tour de Lorraine d'avoir de la difficulté à croire ce qu'elle entendait.

— Avec qui ?

— Florida Fleury de La Gorgendière.

— Qu'est-ce que tu dis là ? D'où sort-elle, celle-là ?

— C'est une femme de Québec. Nous la connaissons peu parce qu'elle n'est venue ici que quelques semaines. Elle n'a pas pu s'habituer à Anticosti et elle est retournée vivre à Québec où p'pa l'a suivie.

— Mais qu'est-ce qu'il fait là ?

— Il travaille pour le propriétaire de l'île. Il accomplit un peu ce qu'il faisait quand il s'occupait des fournitures pour le phare, mais maintenant, il est au service de monsieur Menier. Quand tu visiteras Baie-Sainte-Claire, Baie-Ellis ou Port-Menier, tu ne reconnaîtras plus notre île.

— Ouf ! soupira Lorraine. Je ne suis partie que quelques années et je vois que rien n'est plus pareil.

— À qui le dis-tu ! intervint Jeanne. Tu n'as pas idée à quel point Anticosti a changé.

L'arrivée de Desneiges, partie cueillir des fraises en compagnie d'Émile et de Viviane, amena une diversion qui était la bienvenue. Quand Desneiges vit Lorraine et les jumelles, elle poussa de hauts cris. Desneiges se jeta dans les bras de sa grande sœur et bien des larmes coulèrent. Il aurait fallu être devin pour dire s'il s'agissait de larmes de peine ou de joie.

Une fois les fortes émotions passées, Jeanne demanda à Desneiges comment il se faisait qu'elle et les enfants n'avaient pas cueilli plus de fraises. Celle-ci lui répondit d'une voix furibonde :

— Le directeur Zédé nous a vus et il est venu nous prévenir que nous n'avions pas le droit de cueillir des fraises sur ce terrain, propriété de monsieur Menier.

— Il n'a pas fait ça ? s'indigna Laurent. Vraiment, on aura tout vu !

Chapitre 44

De la grande visite

Les étés à Anticosti se suivaient, mais ne se ressemblaient pas forcément. Celui de ce début de siècle fut marqué par la visite du propriétaire. Depuis qu'il avait acheté l'île, monsieur Menier n'y avait mis les pieds que deux fois. Le 2 juin, apparut au large en face de Baie-Sainte-Claire un bateau de plaisance comme on n'en avait jamais vu à l'île.

Du haut du phare, Laurent avait suivi ce vaisseau à la lunette d'approche et il devina que ce devait être le nouveau yacht hors de prix du propriétaire. Curieux d'assister au débarquement de monsieur Menier sur l'île, il attela Oliver et se mit tout de suite en route pour Baie-Sainte-Claire. Il y arriva juste au moment où la barque dans laquelle se trouvaient Menier et ses invités accostait à l'appontement. Le village entier était en effervescence. Laurent vit le gouverneur Comettant et toute sa famille, de même que le directeur des cultures, celui des travaux forestiers, l'ingénieur des travaux de construction, le chef de la comptabilité avec sa famille, le docteur Schmitt, le chef magasinier et, bien entendu, son ami Antonin, tous réunis autour de monseigneur Guay, le nouveau curé, pour recevoir monsieur Menier et son directeur Georges Martin-Zédé.

L'orchestre fit entendre une musique très enlevée. Monsieur Menier, aidé par deux matelots empressés, descendit le premier, suivi de près par le directeur qui, le corps bien droit et fier comme un paon, s'empressait déjà auprès de son patron pour s'assurer qu'il ne manquât pas de voir toutes les innovations survenues depuis sa dernière visite. Il y eut un temps d'arrêt pour permettre à tout ce beau monde de se saluer à grand renfort de rires et de cris. Le curé s'approcha à son tour et il se fit un grand silence. Monsieur Menier lui tendit la main. Ils échangèrent quelques mots que Laurent, qui était trop éloigné de la scène, ne put entendre. Puis le curé éleva les bras au ciel et tout le monde mit un genou à terre pour recevoir sa bénédiction.

Il y eut ensuite un mouvement de recul quand on fit sortir, d'une deuxième embarcation, une immense voiture. Trois chevaux y furent attelés et lentement, ils la tirèrent hors de l'eau pour la faire rouler, dégoulinante, sur la berge. Bientôt, monsieur Menier y monta avec sa suite ainsi que le curé, l'instituteur et monsieur Zédé. Ils étaient suivis par d'autres voitures dont l'une dans laquelle prenaient place les Comettant. Laurent décida de se joindre au cortège. Antonin l'apercevant, il monta d'un bond auprès de lui et tous deux suivirent la procession en route pour Baie-Ellis.

— Tu as vu ? s'écria Antonin.

Se méprenant, Laurent commenta :

— Quelle réception ! Digne d'un roi.

— Et qui va recevoir le roi et sa suite, à midi ?

— Le meilleur des chefs cuisiniers, comme il se doit.

— Et où se trouve-t-il en ce moment au lieu d'être devant ses plats ?

— Dans la voiture d'un ami.

— Est-ce que j'avais besoin d'être là pour voir monsieur descendre d'une barque et monseigneur lancer au ciel sa bénédiction ? Absolument pas ! Mais le gouverneur m'a obligé à venir comme si le repas allait se préparer tout seul. En plus, il n'y avait pas de place pour moi dans la voiture de monsieur, ni dans celle du gouverneur, ni dans les autres. Est-ce qu'on s'arrête pour un simple cuisinier ? Heureusement que tu étais là, car sinon, j'aurais dû courir dans la poussière derrière ces messieurs guindés et ces dames poudrées. Eh bien ! J'ai des petites nouvelles pour eux. Ils mangeront quand le repas sera prêt et pas avant que je dise qu'il est prêt. Et s'ils ne sont pas contents, ils mangeront tu sais quoi !

Antonin était furieux. Laurent tâcha de le calmer :

— Quand ils vont arriver à Baie-Ellis, ils s'arrêteront certainement pour examiner les travaux de la villa. Je continuerai et te mènerai à ta cuisine. Pendant qu'ils feront le tour du village et pousseront leurs cris d'admiration devant le quai en progression et les bâtiments de l'administration, tu seras devant tes marmites et prêt à les recevoir à temps.

— Et quand je pense, continua Antonin d'une voix indignée, que lorsqu'ils auront fini de se balader autour de l'île dans une quinzaine de jours, je devrai sortir mes chaudrons et mes meilleures recettes pour recevoir leur invité de marque avec sa suite, j'en ai mal au cœur.

— Quel invité est-ce ?

— Lord Minto, le gouverneur général du Canada, avec lady Minto et leurs deux filles. Monsieur Comettant m'a bien prévenu que tout devra être impeccable. Quand tu verras arriver à l'île un navire de guerre, tu sauras que monsieur le gouverneur général et sa suite sont à bord, et je t'en prie, aie une pensée pour ton pauvre ami Antonin obligé d'avoir le sourire aux lèvres pour recevoir tout ce beau monde inutile.

Ils étaient parvenus à Baie-Ellis et comme Laurent l'avait prévu, le cortège s'arrêta et il le dépassa pour conduire Antonin à sa cuisine. Dès qu'il y fut, le cuisinier sauta à terre en criant :

— Merci, je te le revaudrai.

Il disparut à l'intérieur avant même que Laurent puisse répondre quoi que ce soit. D'un léger coup de cordeau, il invita Oliver à reprendre la route. Tout au long du chemin, il repassa dans sa tête les événements qu'il venait de vivre et murmura :

—Jamais plus la vie ne sera la même à Anticosti.

Comme l'avait mentionné Antonin, le gouverneur général arriva à l'île quinze jours plus tard. Quand Laurent entendit deux salves de neuf coups de canon chacune, il sut que le gouverneur général était à Anticosti et que son ami Antonin devait se démener dans sa cuisine comme un pigeon dans un champ de tir.

Puis, il se fit raconter par son ami comment la visite s'était déroulée. Laurent apprit que dès qu'il avait mis les pieds sur le sol de l'île, après les salutations d'usage, le gouverneur général s'était dirigé, avec son état-major et son aide de camp, droit vers la colline près de la ferme où se trouvaient les caveaux à légumes. Il avait donné l'ordre de les ouvrir et y avait fait pénétrer son aide de camp qui en était ressorti penaud. Lui-même y avait jeté un coup d'œil et avait paru étonné de ce qu'il venait de découvrir.

Antonin eut beaucoup de plaisir à imiter lord Minto entrant et sortant d'un caveau.

— Que s'attendait-il à trouver là ? demanda Laurent.

— Des canons, des bombes et des armes.

— Qui lui avait mis ça dans la tête ?

— Les journaux du Canada anglais. On y disait que le gouvernement français se préparait à faire la guerre à la Grande-Bretagne, qu'il s'était servi de monsieur

Menier pour acheter l'île et y aurait construit des casemates pour cacher les armes que les soldats emploieraient pour envahir le Canada. Au lieu d'armes, rigola Antonin, ils ont trouvé des carottes, des navets et des poireaux ! Comme pour se faire pardonner, le gouverneur général, qui s'était rendu ridicule aux yeux de tout le monde, a invité monsieur Menier et sa suite à souper à bord du navire de guerre sur lequel il était arrivé, ce qui m'a fort heureusement évité de leur préparer un repas.

Chapitre 45

Desneiges

Comme Laurent arrivait à la maison, il croisa Desneiges sur la route. Elle revenait du côté de l'Anse-aux-Fraises où, malgré l'interdiction du directeur, elle avait été faire une cueillette avec les petits. Ils se précipitèrent vers Laurent pour lui montrer leurs casseaux de fraises. Celui-ci les félicita d'avoir si bien travaillé et il se réjouit d'avoir sa jeune sœur à la maison tout l'été. En s'occupant des enfants, elle libérait Jeanne et Lorraine qui appréciaient beaucoup son aide. Sa présence au phare s'avérait très bénéfique.

Desneiges était dynamique et enjouée, et elle semblait savoir parfaitement de quoi serait fait son avenir. Jeanne voulut la prévenir :

— Tu sais que si tu deviens institutrice, tu devras rester vieille fille.

Desneiges répondit spontanément en arborant son plus beau sourire.

— Je serai une jeune vieille fille !

— Tu vois, poursuivit Jeanne, quand je suis devenue institutrice, je ne pensais pas me marier. Mais ton frère avait les yeux ouverts et il a réussi à faire ma conquête. La même chose pourrait t'arriver.

— Il n'y a aucune crainte à avoir pour tout de suite.

Desneiges disait cela parce qu'elle n'avait pas encore remarqué les regards que lui lançait Félix quand il lui arrivait de la croiser dans la maison ou dehors. Elle était si occupée à amuser les enfants qu'elle ne se rendait pas compte à quel point le jeune homme s'intéressait à elle. Elle fut tout étonnée, quelques jours avant son départ pour sa dernière année d'étude à la Pointe-aux-Esquimaux, de trouver sur son oreiller une magnifique sculpture de deux goélands se disputant un poisson. Comme il n'y avait aucun mot accompagnant ce qui semblait être un cadeau, elle mena son enquête en demandant à Laurent s'il savait d'où venait cette sculpture. Son frère lui répondit :

— Je l'ignore, mais si tu réfléchis le moindrement, tu devrais facilement découvrir qui t'a fait ce présent.

Desneiges pensa tout de suite que Jeanne et Lorraine le lui avaient acheté pour la remercier de s'être occupée des enfants tout au cours de l'été, et elle alla naïvement les interroger. Les deux femmes se regardèrent, puis se tournèrent vers elle sans dire un mot, un léger sourire au coin des lèvres. Ne comprenant pas leur attitude, Desneiges se mit à rougir comme un enfant qui se sent coupable.

— Allons, questionna Jeanne, tu n'as rien remarqué ?

— De quoi parles-tu ?

— Tu devrais plutôt me demander de *qui* je parle…

— Qu'est-ce que tu veux insinuer ? insista Desneiges.

— Y a-t-il beaucoup d'hommes à part ton frère dans la maison ?

Comme si elle tombait des nues, Desneiges ouvrit de grands yeux et balbutia :

— Pas vrai !

— Ben oui, confirma Jeanne. Tu ne nous feras pas croire que tu n'en savais rien. Il te dévore des yeux.

Desneiges ne voulut pas partir sans avoir mis les choses au clair avec Félix. Elle lui rapporta sa sculpture et déclara :

— C'est extrêmement gentil à toi de m'avoir fait ce beau cadeau, mais je ne peux pas le garder. Je veux devenir institutrice et tu sais qu'une institutrice ne peut pas se marier.

Déçu, Félix murmura :

— Garde-le quand même. Je l'ai sculpté pour toi.

— Comprends-moi bien, continua Desneiges. Ton cadeau est magnifique et ça me fait chaud au cœur que tu aies pensé à me le donner. Mais si je l'accepte, tu te feras des idées. Devenir institutrice, c'est un peu la même chose que devenir religieuse comme ma sœur Fabiola. C'est une vocation. Et quand quelqu'un manque sa vocation, il est malheureux toute sa vie.

Voyant qu'il ne réussirait pas à la faire changer d'idée, Félix reprit sa sculpture. Sans monter le ton, il lui conseilla :

— Souviens-toi de ces paroles: “On ne doit jamais dire jamais, car un rien peut tout changer et il n’y a que les fous qui ne changent pas d’idée.”

Cette phrase de Félix trotta longtemps dans la tête de Desneiges et cela, d’autant plus que le jeune homme lui plaisait. Il était d’ailleurs très apprécié par Laurent, car il se montrait vaillant et il s’appliquait toujours à son travail sans rechigner. En plus, il passait le plus clair de ses temps libres à la pêche à la morue avec Wilbrod Béliveau, ne rapportant, comme le règlement de monsieur Menier le permettait, qu’une partie des prises pour suffire à la nourriture de la maisonnée.

Félix se plaisait à raconter avec beaucoup de passion et d’émotion ses journées de pêche à Laurent qui, voyant qu’il aimait ce genre de travail, lui promit de l’envoyer à la fin de l’hiver à la chasse aux loups-marins en compagnie de Côme.

— Un gardien de phare doit exercer différents métiers s’il veut faire vivre décemment sa famille, expliqua-t-il. Si jamais tu te maries et que tu as des enfants, tu verras qu’il faut avoir plusieurs cordes à son violon pour pouvoir bien en jouer. Le seul salaire de gardien ne suffit pas vraiment à faire vivre une famille nombreuse.

Se sentant en confiance avec Laurent, Félix lui demanda:

— Crois-tu que j’aurai ma chance un jour avec Desneiges?

— Elle te plaît?

— Oui, beaucoup. Je serais capable de l'aimer et de la rendre heureuse.

— Elle est encore jeune et elle a des idées bien arrêtées en tête. Je ne sais pas si elle conservera celle de devenir institutrice. Mais j'ai un conseil à te donner: si tu l'aimes, ne manque pas de le lui faire savoir à ta manière. Peut-être qu'un jour, elle t'ouvrira sa porte. Les femmes ne restent jamais indifférentes à l'amour.

Chapitre 46

Menier maître des lieux

Les squatters de Fox Bay avaient fait appel du jugement les obligeant à accepter le prix offert par Henri Menier pour leurs maisons, et les contraignant à quitter les lieux dans les quinze jours. Aussi, ils avaient pu prolonger leur séjour de six mois. Forts de l'appui d'une bonne partie de la population anglaise du pays et de celle du révérend Griffith, chef des méthodistes, ils refusaient toujours d'obéir malgré les jugements défavorables. Ils réclamaient maintenant quinze mille dollars pour quitter l'île. Mais, pour leur malheur, monsieur Menier venait encore de gagner la partie devant les tribunaux. Les maisons des squatters ne valant pas plus de soixante dollars chacune, monsieur Menier leur en offrit le double pour les voir déguerpir. Ils n'eurent pas d'autre choix que d'accepter.

On apprit que Georges Martin-Zédé ne mit pas de gants blancs pour assurer leur départ. Il exigea, ni plus ni moins, que le gouvernement fédéral expédie à Fox Bay un bateau de guerre avec à son bord une centaine de soldats afin d'expulser à jamais ces squatters d'Anticosti, ce qui fut fait. Dès que Zédé eut la confirmation que tout le monde était parti, il envoya ses hommes mettre le feu à toutes les maisons abandonnées sous prétexte de nettoyer le terrain.

Non content d'avoir fait place nette, il fit officiellement changer le nom de Fox Bay pour celui de Baie-du-Renard. Monsieur Menier avait gagné. Il régnait désormais en despote absolu sur Anticosti, mettant les dirigeants du pays et de la province de son côté par des réceptions et des invitations. Le premier ministre Laurier pouvait dormir en paix. L'affaire des squatters de Fox Bay était réglée et il n'avait même pas eu besoin d'expédier cinquante bisons de Banff à Anticosti…

Tout cela, Laurent l'avait appris par bribes dans les journaux ainsi que par la voix de l'un et de l'autre, et ça l'inquiétait. Monsieur Menier avait obtenu ce qu'il voulait. Il entendait régner sur l'île en plénipotentiaire et il n'avait pas hésité à prendre les moyens qu'il fallait pour y parvenir. Et voilà qu'il se permettait même de réglementer les droits des gardiens de phare. Laurent aurait aimé s'entretenir de toute cette affaire avec son père, mais Wilfrid ne venait pour ainsi dire plus à Anticosti.

Laurent trouvait aussi que l'argent se faisait rare. Après tout, ils étaient maintenant onze au phare : quatre adultes et sept enfants. Un beau matin, il déclara à Jeanne :

—Je vais demander une augmentation de salaire.

Lorraine intervint :

— Je m'engage à seconder Jeanne dans toutes les besognes de la maison, mais j'aimerais trouver aussi quelque chose à faire qui rapporterait des sous. Je pourrais me rendre à Baie-Sainte-Claire rencontrer le directeur et lui demander du travail contre un salaire.

— Tu nous es plus utile ici, la rassura Laurent.

Comme s'il venait d'être piqué au vif, il sursauta.

Jeanne demanda :

— Qu'as-tu ?

— Lorraine et les enfants sont arrivés ici sans être enregistrés ni vaccinés. Si Zédé l'apprend, il va en faire un drame.

Lorraine s'étonna :

— Il faut maintenant s'enregistrer et se faire vacciner pour venir sur l'île ?

— Selon les règlements de Menier, personne n'est censé y échapper.

— Qu'est-ce que nous allons faire ?

— Laissez-moi y penser, intervint Laurent. Je vais arranger ça.

Quelques jours plus tard, quand il apprit par télégraphie le prochain passage du *Packet* à Anticosti, il signala que cinq personnes dont quatre enfants allaient monter à bord à la Pointe-Ouest. Il les conduisit lui-même au navire avec deux valises dans lesquelles il n'y avait que quelques vêtements. À l'escale du vapeur à Baie-Sainte-Claire, Lorraine et ses enfants descendirent comme s'ils arrivaient de très loin. Ils passèrent à l'enregistrement et furent vaccinés.

Au douanier qui lui demandait si elle avait l'intention de demeurer longtemps à l'île, Lorraine répondit :

— Peut-être quelques années.

— Dans ce cas-là, intervint l'officier, vous devez auparavant vous engager pour monsieur Menier et demander une maison.

— Je n'ai à m'engager pour personne, répondit-elle. Je suis la sœur de Laurent Cormier, le gardien de la lumière de la Pointe-Ouest, et je viens vivre chez lui avec mes enfants.

Le douanier ne savait pas trop comment régler ce problème nouveau pour lui. Cinq personnes risquaient d'échapper au contrôle et ça, il ne pouvait pas se le permettre. Il était à dire à Lorraine qu'elle devrait attendre avec les enfants que monsieur Zédé soit mis au fait de la situation, quand Laurent arriva. Il fit celui qui n'avait pas vu sa sœur depuis des années, puis il demanda ce qui se passait. Le douanier se lança dans une grande explication. Laurent l'interrompit :

— Ma sœur et ses enfants sont-ils enregistrés et vaccinés ?

— Oui, confirma le douanier.

— Dans ce cas, ordonna Laurent en s'adressant à Lorraine, suivez-moi.

Et ils partirent sous le regard ahuri du douanier qui se demandait s'il devait courir après eux. En route, Lorraine dit à Laurent :

— Avec tout ça, je n'ai même pas eu le temps de regarder à quoi ressemblait Baie-Sainte-Claire. Une chose que j'ai constatée cependant, c'est que tout a drôlement changé à l'île. Pour un peu, on s'y croirait en prison…

— Si nous n'avions pas une certaine liberté comme gardiens de la lumière, ce serait tout comme. Les gens qui travaillent pour le propriétaire sont complètement à la merci de son bon vouloir, et surtout de celui de son directeur. Ne te demande pas pourquoi Ernest est parti vivre à Rivière-au-Tonnerre.

— Est-ce qu'il revient parfois à l'île ?

— Depuis qu'il nous a quittés, il n'y a pas remis les pieds. Mais avec lui, on peut s'attendre à tout.

— Qu'est-ce que p'pa dit de ça ?

— Il travaille pour eux et approuve tout ce qu'ils font.

— Est-ce qu'Ernest et lui ont eu des accrochages ?

— Pas récemment. Ernest s'est arrangé pour l'éviter. Jeanne est une femme trop discrète sans doute pour t'en avoir parlé, mais p'pa est très mal remarié. Sa femme n'est pas du tout de notre milieu et elle n'est en rien faite pour lui. Nous ne comprenons pas ce qui l'a poussé à l'épouser. À mon idée, il croyait sans doute qu'il serait mieux accepté par le propriétaire, le gérant et leurs amis avec elle qui est d'une famille bourgeoise. Mais il a commis une grave erreur. Tu t'en rendras compte si jamais tu as l'occasion de croiser Florida.

— Heureusement qu'il s'est trouvé du travail à Québec !

— Tu parles ! Ils se sont dépêchés de l'engager là-bas ! Ça a peut-être bien arrangé Zédé de le tenir loin d'Anticosti. Du coup, il a désormais les mains libres pour faire ce qu'il veut sans que les gens d'ici puissent avoir un allié dans la place. De toute façon, il ne reste même pas la moitié de tous ceux qu'on connaissait il y a cinq ans. Zédé a remplacé ce monde-là par des engagés qui passent l'hiver à Québec et ne reviennent qu'au printemps. Il contrôle tout et agit comme Dieu le Père va le faire au Jugement dernier. Il met les bons, soit ceux qui lui obéissent, d'un côté, et les autres, il les retourne d'où ils viennent. Personne ne peut rien faire ou trouver à redire. Comme monsieur Menier est l'unique propriétaire de l'île, il la reconstruit à sa façon et écarte de son chemin tous ceux qui ne font pas son bonheur. Ernest ne se gêne pas pour le répéter : "Anticosti est devenue une île d'esclaves."

Maintenant que Lorraine était de retour, il restait encore une démarche importante à faire : il fallait en aviser leur père. Comme on ne comptait pas voir Wilfrid à Anticosti avant longtemps, Jeanne décida de lui expédier un télégramme pour lui apprendre la nouvelle. Les deux femmes s'attendaient à une prompte réponse, elles en furent quittes pour se morfondre pendant quelques jours avant que Wilfrid ne se manifeste enfin, se disant heureux de savoir que sa fille se portait bien. Jeanne commenta :

— Il ne t'a pas encore pardonné ta fugue.

— J'ai défié son autorité et mon comportement ne lui a certainement pas plu. D'autant plus que je n'ai pas attendu sept ans avant de faire d'autres enfants. Qu'importe ! fit Lorraine. Ça reste mon père et je suis toujours sa fille. Il finira bien par avaler sa rancœur et venir faire la connaissance de ses petits-enfants qu'il n'a jamais vus.

Chapitre 47

Visite de l'île et du musée

Profitant de l'arrivée de Lorraine, du fait que la saison de pêche tirait à sa fin et que Félix pouvait s'occuper sans problème de la lumière, Laurent décida d'emmener tout son monde à Baie-Sainte-Claire afin que Lorraine, tout comme Jeanne, puisse visiter le village. Il attendit une belle journée du début d'automne et il partit en voiture, avec femmes et enfants, apportant de quoi pique-niquer.

Ils se rendirent d'abord à l'Anse-aux-Fraises. Lorraine fut étonnée de voir à quel point le village avait changé. Plusieurs familles refusant de se plier aux exigences du nouveau propriétaire avaient quitté le village, laissant leur maison à l'abandon. L'Anse-aux-Fraises, on pouvait le pressentir, allait disparaître petit à petit, au fur et à mesure du départ des résidants. Là où il y avait autrefois une quinzaine de barques de pêche, il n'en restait que la moitié et n'eût été la présence de nombreux enfants, le village aurait semblé mort.

Laurent emprunta la route qui reliait désormais l'Anse à Baie-Sainte-Claire.

— Y a-t-il encore une école à l'Anse-aux-Fraises ? s'informa Lorraine.

— Tous les enfants de l'île fréquentent l'école de Baie-Sainte-Claire en attendant que celle de Port-Menier soit prête. L'instituteur a passablement de travail. Je ne l'envie pas, précisa Jeanne.

Lorraine s'étonna de découvrir comment on était parvenu à tracer un si beau chemin en pleine forêt. Quand ils débouchèrent sur Baie-Sainte-Claire, Lorraine poussa des « oh ! » et des « ah ! ». Laurent mit le cheval au pas et ils parcoururent lentement le village, prenant le temps d'admirer les maisons neuves fièrement tournées vers la mer. La place grouillait de vie. Les gens semblaient tous occupés à l'embellir.

— Je n'aurais jamais pensé voir Baie-des-Anglais devenir ce qu'elle est devenue ! s'étonna Lorraine. Quel magnifique village ! Il peut bien avoir changé de nom. Mais pourquoi Baie-Sainte-Claire ?

— La mère de monsieur Menier s'appelle Claire, lui répondit Jeanne.

Laurent proposa :

— Maintenant que nous avons vu la Baie, filons à Port-Menier. Nous allons pique-niquer et sur le chemin du retour, j'ai une surprise pour vous.

Ils se rendirent à Port-Menier, s'attardèrent à regarder les ouvriers travailler à l'érection du quai. Lorraine et Jeanne n'en revenaient tout simplement pas de constater à quel point on avait entrepris des travaux gigantesques, et comment là où il n'y avait rien, grandissait un autre village aux maisons toutes neuves et bien ordonnées.

Lorraine fit remarquer, admirative :

— Ces gens-là savent ce qu'ils font.

— On ne peut pas leur enlever ça, approuva Laurent. Ils sont réellement en train de réaliser quelque chose d'extraordinaire. Ils connaissent leur affaire et feront d'Anticosti un endroit tout à fait merveilleux. Leur présence ici est bonne pour l'île.

— Il ne faut pas croire qu'ils sont parfaits pour autant, rappela Jeanne.

— Que veux-tu dire ? questionna Lorraine.

— Leurs exigences envers ceux qui veulent demeurer à l'île et l'obligation de travailler pour Menier ne font pas l'affaire de tout le monde. Personnellement, je suis comme Ernest, j'ai ça sur le cœur.

— Il n'y a rien de parfait en ce monde, conclut Lorraine.

Laurent dirigea le cheval vers le fleuve. Les enfants avaient hâte de pouvoir se dégourdir les jambes. Dès que la voiture s'arrêta, Mélanie et Milaine sautèrent à terre et s'occupèrent des plus petits. Ils coururent au bord de l'eau et se mirent à la recherche de coquillages pendant que Jeanne et Lorraine préparaient le dîner au grand air. Ils mangèrent sur la berge avec, comme bruits de fond, les cris des goélands et le ressac des vagues. Au loin sur la mer, un navire filait vers Québec.

Tout près, les ouvriers assemblaient à grands coups de marteau un des caissons du quai. Cette promenade était comme un répit, une grande bouffée d'air dans leur quotidien si chargé. Ils étaient habitués à vivre en pleine nature, mais ils trouvaient si peu souvent le temps de s'arrêter pour en profiter !

Le repas terminé, Laurent sortit sa pipe, la bourra à même la vessie de porc qui lui servait de blague à tabac et prit le temps de fumer une bonne pipée. Jeanne et Lorraine avaient rejoint les enfants. Ils avaient trouvé quelques étoiles de mer et voulaient les emporter à la maison. Laurent leur promit d'en chercher d'autres avec eux non loin du phare, et leur dit que c'était l'heure de repartir s'ils voulaient profiter de la surprise dont il avait parlé.

Ils reprirent le chemin de Baie-Sainte-Claire, mais s'arrêtèrent en passant devant la superbe villa dont on venait de terminer la construction et que les gens appelaient déjà le château Menier. C'en était véritablement un. Il s'élevait sur trois étages et dominait fièrement le village, la façade tournée vers la mer. Jeanne s'exclama :

— Je serais curieuse d'en voir l'intérieur !

— Moi aussi, enchaîna Laurent. Qui sait, peut-être aurons-nous la chance d'y aller un jour.

Lorraine ne semblait pas de cet avis :

— Permets-moi d'en douter. La plupart du temps, les riches n'invitent que les gens de leur milieu.

Laurent donna un petit coup de cordeau sur la croupe d'Oliver et il reprit son chemin pour ne stopper qu'une fois à Baie-Sainte-Claire, devant l'hôpital. Jeanne et Lorraine se montrèrent étonnées.

— Tu veux nous faire visiter quelqu'un que nous connaissons ?

— Pas du tout.

Il les invita à le suivre. Dans une salle, non loin de l'entrée, ils pénétrèrent dans un monde enchanté. Le docteur Schmitt avait aménagé là le musée d'Anticosti. Les visiteurs furent émerveillés de découvrir des spécimens naturalisés de tous les animaux de l'île, en commençant par un ours noir debout sur ses pattes arrière, semblant les inviter à le suivre. Il y avait là un renard roux, un renard argenté et un renard noir, une martre, une loutre et même une souris des bois, sans oublier un loup-marin de belle taille, la gueule fermée sur un hareng. Plus loin, on pouvait admirer des peaux de renard d'une grande qualité, puis on avait sous le nez des poissons d'une rare beauté : un petit requin, des saumoneaux, une truite de grande taille, des anguilles et le plus gros homard qu'ils avaient jamais vu, pesant vingt-cinq livres, comme indiqué sur une affiche tout près. À leur suite, on découvrait de gros oiseaux, certains chassant de plus petits. Une mère eider sur son nid paraissait causer avec un goéland au manteau noir. Ils étaient accompagnés d'une outarde, d'une poule d'eau, d'un canard Harelde kakawi, de fous de Bassan, de perroquets de mer, d'un huard et d'une foule de bécasseaux et de pluviers. Il y avait aussi un cormoran, une bécassine, un butor et un grand héron qui semblaient être réunis là pour un colloque sous le regard vigilant d'un immense hibou. Toutes ces bêtes étaient présentées dans de grandes vitrines servant à les protéger.

Les enfants lançaient des cris d'étonnement, appelant les adultes à venir voir ce qu'ils venaient de découvrir. Jeanne et Lorraine les priaient de baisser la voix, mais ils étaient si excités qu'ils s'oubliaient devant ce trésor. Laurent s'intéressa en particulier aux magnifiques pierres exposées et, surtout, il ne manqua pas d'admirer les objets trouvés dans les ruines des anciennes maisons du temps de Jolliet. On y voyait des piques, des haches, des flèches, des harpons, des défenses de morse, des bois d'élan et de caribou.

Dans leur hâte de parcourir le musée, ils ne s'étaient pas attardés aux ossements de baleine d'une vingtaine de pieds de haut ni au grand éperon de narval qui ornaient l'entrée. Ils le firent en sortant, fiers d'avoir pu contempler en si peu de temps autant de merveilles trouvées sur leur île et tout autour.

Laurent, Jeanne et Lorraine revinrent de leur promenade tout aussi heureux que les enfants, lesquels ne cessaient pas de rappeler ce qu'ils avaient vu. Ils en parlaient les yeux brillants et déjà, ils tourmentaient Laurent pour qu'il les y ramène. Ce dernier promit de le faire. Pour lors, il se devait d'inscrire les jumelles de

Lorraine à l'école et il faudrait aussi songer à y envoyer Émile.

— C'est incroyable comme le temps passe vite, constata Jeanne.

Une fois de plus, Laurent eut le dernier mot :

— Il fuit pour les gens heureux, se prolonge pour ceux qui bâillent et fait du surplace pour les malades. Comptons-nous chanceux d'être bien occupés.

Chapitre 48

Un projet d'Ernest

L'automne était déjà bien entamé avec ses brumes, ses vents et ses orages. Laurent n'avait qu'à se féliciter de son assistant. Félix se passionnait pour tout ce qui touchait le travail dans un phare. Il se chargeait avec diligence du canon de brume chaque fois que la situation l'exigeait et il ne comptait pas les heures.

Jeanne était devenue une spécialiste de la télégraphie. Elle s'occupait de la réception et de l'envoi des dépêches. Elle en expédia une à monsieur Vigneau au phare de l'Île-aux-Perroquets, lui demandant de la faire suivre à Ernest à Rivière-au-Tonnerre. Elle en profitait pour saluer Claire et informait son beau-frère de l'arrivée de Lorraine à la Pointe-Ouest.

Quelques jours plus tard, Ernest s'amena en chaloupe, accompagnée de Claire et de leurs trois enfants. Ce fut toute une joie pour Jeanne de revoir Claire, et pour Lorraine une surprise de découvrir qui était sa belle-sœur. Lorraine était impatiente d'apprendre si Ernest était bien le père de l'enfant que Claire portait avant de se rendre accoucher à Québec. Les trois femmes se retrouvèrent bien vite à jaser dans la cuisine sous le regard attentif de la sourde et muette. Pendant ce temps, Ernest fit la connaissance de Félix. Il attendit toutefois d'être en tête-à-tête avec Laurent pour lui raconter ce qu'il devenait et lui faire part de ses projets.

— Garde ça pour toi, confia-t-il, mais cet hiver, je pars encore trapper.

— Tu comptes aller où ?

— Ici à Anticosti.

— Pas vrai ! C'est un jeu dangereux… Déjà que tu y es présentement sans t'être enregistré…

— Crois-tu que pour faire plaisir à Zélé, je vais m'inscrire chaque fois que je viendrai vous voir ? C'est quoi, cette folie-là ?

— Ils ont leurs exigences et tu devrais t'y conformer.

— Ils ont fait fuir tout le monde quand ils ont acheté l'île, et ils comptent l'utiliser pour eux seuls et leurs amis, en plus de faire de l'argent avec. S'ils pensent qu'on est assez fous pour les laisser faire !

— À constamment les défier, tu vas finir par te faire pincer.

— Ce n'est pas encore fait.

— Comme ça, tu penses venir trapper ici cet hiver !

— Rien de plus facile, l'île est tellement grande.

— Tu ne crains pas les gardes-chasses ?

Ernest sourit, hocha la tête et déclara :

— Des incompétents ! Toute une bande d'incompétents. As-tu vu comment les hommes qui ont un salaire assuré deviennent paresseux et insouciants ? Quand tu es obligé de travailler pour toi-même et pour faire vivre ta famille, les heures ne comptent pas. Eh bien ! Je vais t'apprendre une chose : demande pas à ces gars-là de travailler une heure de plus que ce qu'ils sont supposés faire. Ils lèveront pas le petit doigt pour en faire plus. Je me le suis laissé dire par Hormidas Côté qui a été garde-chasse pour le Zélé l'année passée.

— Qu'est-ce que ça change ? Ils ne sont pas nécessairement tous de même. Si jamais l'un d'eux te surprend, il se fera un plaisir de te dénoncer pour obtenir une prime.

— Inquiète-toi pas, Horace pis moi, on a déjà visité l'endroit à l'intérieur de l'île où on va chasser. C'était autrefois le secteur du vieux MacDonald. Les deux gardes-chasses qui restent à l'embouchure de la rivière ne l'ont même pas remontée jusqu'à sa source en été, penses-tu qu'ils le feront en plein hiver ? Il y a du beau renard dans le coin. Moi et Horace, on est des associés et on ne chasse plus que le renard. C'est pas mal plus payant que la martre et passablement moins de trouble. On n'a pas besoin de lignes de trappe, comme ça on risque moins de se faire prendre et on se déplace beaucoup plus souvent.

— Je ne te comprends vraiment pas, reprocha Laurent. Tu restes maintenant sur la côte. Il y a des centaines de milles le long du fleuve où tu pourrais trapper.

— Détrompe-toi. Les meilleurs territoires de chasse, ceux le long de la côte, sont tous pris. Pour chasser et être sûr d'être tout seul, il faut remonter au moins cent cinquante milles vers le nord. Ça ne tente pas plus Horace que moi d'aller aussi loin, alors qu'on n'a qu'à traverser le fleuve en face de Rivière-au-Tonnerre pour être aussitôt rendus ici. On y va avec notre canot qu'on pousse sur la glace et le tour est joué. Quand on revient au dégel, le canot déborde de peaux. On a nos acheteurs sur la côte à qui on peut vendre à plein profit. Maudit ! Je me demande comment Côme et les autres font pour travailler au profit de Zélé et de son patron.

— Côme est bien content de ce qu'il gagne. Tu sais que sa famille et lui sont tous soignés gratuitement ? Il y a aussi des avantages à travailler à salaire.

— Gros avantages, quand on est obligé d'acheter tout ce dont on a besoin au magasin de Zélé.

— Je vois que ton idée est faite et que tu n'en changeras pas, constata Laurent. Ne viens pas te plaindre ici si jamais quelque chose tourne mal.

— Pourquoi ? Tu me fermerais ta porte ?

— Ah, jériboire ! Tu sais bien que c'est une façon de parler et que ma porte te sera toujours ouverte. Ce que je veux dire, c'est que je t'aurai bien prévenu et averti. Je trouve que tu cours trop facilement au-devant de ton malheur.

— Qui ne risque rien n'a rien !

— Avoue donc que si ça te tente tellement de venir trapper à Anticosti, c'est d'abord et avant tout pour braver Zédé.

— Il y a un peu de ça, mais c'est aussi parce qu'Anticosti était mon chez-nous, avant que ce maudit Zélé et son patron viennent me le voler. J'ai ma revanche à prendre et je ne manquerai pas de le faire.

Chapitre 49

Un temps des fêtes inusité

Avec la fermeture de la lumière depuis deux semaines, le phare ressemblait à un immense fanal éteint qu'un géant aurait déposé sur la berge. Jeanne s'était levée avec cette idée en tête. Elle alla rejoindre Lorraine qui était déjà dans la cuisine. Elle suggéra :

— Que penserais-tu de faire cette année un Noël et un jour de l'An dont tous les enfants se souviendront longtemps ?

— Bonne idée ! approuva Lorraine. On commence par quoi ?

— La nourriture. Il nous en faut pour tout le temps des fêtes. Et puis, tu ne sais pas à quoi j'ai pensé ?

— Quoi donc ?

— J'aurais le goût d'inviter les Comettant à partager un repas avec nous.

— Es-tu folle ?

— Ben non ! Tu sais qu'ils ont un orchestre. S'ils venaient dîner, je ne serais pas étonnée qu'ils apportent leurs instruments et nous aurions droit à de la musique tout l'après-midi.

L'idée de Jeanne fit son chemin, si bien que Laurent fut délégué pour porter l'invitation. Sur la carte qu'il remit aux Comettant, Jeanne avait inscrit de sa meilleure écriture :

Nous serions honorés de vous recevoir à dîner, vous et les vôtres, à notre maison de la Pointe-Ouest, en ce dimanche 29 décembre prochain.

Laurent et Jeanne Cormier

Les Comettant acceptèrent l'invitation avec joie, et dès qu'elles reçurent la réponse, Jeanne et Lorraine se mirent à préparer plat sur plat. Laurent se rendit même à Baie-Sainte-Claire s'informer auprès d'Antonin des recettes préférées du gouverneur et des siens. Antonin s'offrit pour aider Jeanne aux fourneaux, mais Laurent lui expliqua qu'elle avait déjà Lorraine qui la secondait. Celles-ci mettaient tout en œuvre pour que la réception soit réussie. Jeanne ne manqua pas de préparer un cipaille.

— Savais-tu, demanda Jeanne à Lorraine, que le mot cipaille est une déformation de l'expression anglaise *sea pie* ? En plus d'avoir déformé le mot, nous avons également changé la recette originale en y mettant de la viande à la place du poisson.

En fouillant dans les armoires, Lorraine mit la main sur une boîte de conserve contenant des palourdes.

Elle attendit le matin même de la réception pour préparer un *chowder* de clams, comme elle disait. Jeanne la reprit en précisant :

— En fait, l'ancienne institutrice que je suis peut bien te l'apprendre, il s'agit d'une chaudrée de palourdes. Tu sais que le mot *chowder* est une déformation du mot français "chaudière" ? Mais que ce soit un *chowder* ou une chaudière, je te dis que ta soupe sent vraiment bon, tellement que j'aurais le goût d'en manger tout de suite.

— Vas-y ! Il y en aura bien assez pour tout le monde.

Elles se firent aider par Julienne pour monter deux tables dans la salle à manger : une pour les adultes et l'autre pour les enfants.

— Nous serons combien ?

Laurent leur précisa que les Comettant étaient six avec la petite dernière.

— Elle mangera sans doute à la table des enfants, ce qui fera huit avec elle. Quant aux adultes, en comptant Julienne et Félix, nous serons dix.

Jeanne se proposa d'inclure, parmi les plats qu'elle allait servir, des spécialités locales auxquelles, elle en était persuadée, les Comettant n'avaient jamais goûté.

Quand Lorraine s'avisa de ce que Jeanne faisait cuire, elle s'exclama :

— Tu ne vas tout de même pas leur servir des blasphèmes ?

— Pourquoi pas ? soutint Jeanne en s'esclaffant. Je suis certaine qu'ils en ont entendu parler. Eh bien ! Ils en dégusteront pour la première fois.

— N'oublie pas que ce sont des gens raffinés...

— Qu'est-ce que ça change ? Ils vont à la toilette comme tout le monde...

— Oh ! Ma petite belle-sœur est allumée aujourd'hui !

Le dîner avec les Comettant connut un très vif succès et fut certainement le point culminant du temps des fêtes. Jeanne et Lorraine reçurent un concert d'éloges pour chacun de leurs plats.

— La chaudrée était délicieuse, assura madame Comettant.

Son mari renchérit :

— Ce que vous appelez un cipaille ne donne pas sa place non plus.

— J'ai adoré le saumon fumé accompagné de la gelée d'atocas, confia l'aînée des filles.

— Et moi la tourtière, assura sa cadette.

Les autres furent unanimes pour dire qu'elles avaient rarement dégusté de si bons desserts, en particulier le gâteau roulé à la confiture de fraises, sans oublier les beignes.

— Et bien entendu, ajouta l'une d'elles en retenant un rire, ce que vous appelez des pets de sœur.

Comme l'avait souhaité Jeanne, les Comettant avaient apporté leurs instruments de musique. Ils jouèrent quelques pièces composées par monsieur

Comettant et également quelques beaux airs de chansons comme: *Le Temps des cerises*, *Plaisirs d'amour*, *La Paimpolaise*, *La Chanson des blés d'or* et *Le Fiacre*.

Tout le monde fut enchanté de cette journée mémorable et on promit de se reprendre sous peu. Une fois les Comettant partis, Jeanne et Lorraine poussèrent un soupir de soulagement. Tout s'était très bien déroulé. Seuls les blasphèmes, ces crêpes très épaisses cuites dans l'huile de loup-marin, ne furent pas très prisés. Pour taquiner Jeanne, Laurent lui dit:

— Ça t'apprendra à servir des blasphèmes à nos invités.

— Ils n'étaient pas obligés de les apprécier, répliqua Jeanne. À propos, je ne sais pas si tu vas en pousser quelques-uns après ce que je vais te dire, poursuivit-elle le plus sérieusement du monde.

Étonné, Laurent la regarda en se demandant ce qu'elle se préparait à lui annoncer.

— Tu sauras, mon mari, que ta petite femme est encore partie pour la gloire.

Laurent la souleva dans ses bras. Puis, la reposant par terre, il se mit à danser tout autour de la pièce. Lorraine, qui n'avait pas été témoin de la conversation, lui demanda:

— Qu'est-ce qui te prend, Laurent Cormier? As-tu le feu au cul?

— Bien pire que ça, assura-t-il, je l'ai au cœur.

— Que radotes-tu là?

— Je vais être de nouveau père!

Lorraine se tourna vivement vers Jeanne en l'examinant de la tête aux pieds. Puis, se tapant sur le front, elle se reprocha :

— Pour moi, je deviens aveugle.

Et elle se mit à son tour à applaudir, tant et si bien que tous les enfants apparurent afin de voir ce qui se passait. Lorraine dut leur expliquer que Jeanne venait de dire une bêtise qui les avait bien excités.

Chapitre 50

Du nouveau au phare

Si Ernest avait été encore au phare, il aurait été très heureux de ce qui se produisit ce printemps-là. Lui qui avait tellement pesté contre le canon de brume aurait applaudi à ce qui se préparait. Débarqué du navire de ravitaillement, l'ingénieur Hubert Larivière arriva avec trois hommes et tout un équipement. À Laurent qui s'informait de la raison de leur venue, il répondit le plus simplement du monde :

— Nous venons vous délivrer !

— De quoi ?

— De votre canon de brume.

— Pour le remplacer par quoi ?

— Une sirène d'Écosse.

Laurent s'exclama d'emblée :

— J'avais complètement oublié ça ! On peut savoir à quoi ça ressemble ?

— Vous l'apprendrez bientôt, promit l'ingénieur. Vous n'aurez pas à vous en plaindre. Le gouvernement en envoie une dans tous les phares. C'est nouveau et efficace en plus d'être sans danger. Vous savez tout aussi bien que moi combien de malheureux gardiens et leurs aides ont été tués ou blessés par l'explosion de leur canon de brume. Il y a une dizaine d'années à peine, au phare du Rocher-aux-Oiseaux, un de ces maudits canons a explosé et enlevé la vie à trois hommes d'un coup. D'autres ont été estropiés plus ou moins gravement par un de ces engins de malheur. Ces accidents-là n'arriveront plus avec une sirène d'Écosse.

À peine étaient-ils arrivés qu'ils se mirent au travail en sortant d'abord le canon de brume de sa cabane. Ils creusèrent ensuite l'espace nécessaire pour recevoir trois réservoirs d'air comprimé à l'endroit où se trouvait le canon. Au-dessus des réservoirs, avec toute la tuyauterie, ils installèrent sur le toit de la cabane le cornet de brume, lequel pouvait être dirigé selon la direction des vents dominants.

L'ingénieur raccorda tout ce qui devait l'être, puis mit en marche cette sirène qui émettait un son très puissant. Laurent voulut en savoir plus à ce sujet. L'ingénieur lui précisa familièrement :

— Tu n'auras pas à t'en occuper, c'est moi qui le ferai.

— En quel honneur ?

— Le gouvernement exige qu'un ingénieur reste sur place pour faire fonctionner ce nouveau signal sonore.

— Où comptes-tu loger ?

— Ici, près de ma machine, lui indiqua le nouveau venu. Viens voir !

Laurent le suivit jusqu'à la cabane sur laquelle était installé le criard de brume. La cabane avait été aménagée de telle sorte qu'un homme pouvait y loger à l'aise. Elle était maintenant fermée de tous les côtés et seulement une porte y donnait accès.

— Je n'ai reçu aucun avis à ce sujet, déplora Laurent.

— Une dépêche devrait t'arriver bientôt.

— Comment te nourriras-tu ?

— On m'a dit que c'est désormais la responsabilité du gardien de le faire.

— À même son salaire ?

— En effet !

— Que comptes-tu faire pour mériter tes repas ?

— Mon travail.

— Uniquement ton travail ? Crois-tu que tu vas te laisser vivre les jours où le criard de brume ne sert pas ?

— C'est mon droit.

— Ça se passera pas d'même, promit Laurent.

Il se dirigea vers la maison où il s'installa devant l'appareil télégraphique et expédia une dépêche à Ottawa. Il eut cependant à attendre quelques jours avant de recevoir une réponse. On lui confirma alors ce qu'Hubert Larivière avait affirmé et on l'avisa que son salaire de gardien serait modifié en conséquence. « Mais quand ? », se demanda-t-il.

Il sortit et de dépit, cracha par terre. Puis, se ravisant, il expédia une autre dépêche dans laquelle il expliquait qu'en ajoutant cet ingénieur, il devait faire vivre sous son toit onze personnes à part lui et que l'argent ne tombait pas du ciel et ne poussait pas dans les arbres. Pour toute réponse, il reçut un télégramme laconique affirmant qu'il recevrait son augmentation de salaire en temps et lieu. Il comprit qu'il devrait attendre patiemment jusqu'à l'automne au moins.

Pendant ce temps, le ciel étant clément, l'ingénieur se la coulait douce à ne rien faire et tournait en rond, ne se pointant le bout du nez qu'à l'heure des repas pour se faire servir sans avoir à lever le petit doigt, ce qui tombait sur les nerfs de Laurent. Comme il en avait assez de cette situation, il alla trouver son ingénieur de brume, comme il l'appelait, et le prévint :

— On m'a confirmé, comme tu l'avais dit, que je dois voir à te nourrir. Je vais donc continuer à le faire, mais à mes conditions. Je n'ai pas besoin de bouches inutiles sous mon toit. Ici, tout le monde travaille, des plus petits aux plus grands. Tiens, par exemple, ça va bientôt être la période où les goélands font leur nid. Les enfants ont appris à ramasser leurs œufs tout comme ils font également, au long de l'été, la cueillette des petits fruits. C'est leur contribution aux revenus de la maison. Les femmes tricotent et cousent les vêtements de chacun tout en s'occupant des repas et de l'entretien. Elles s'échinent également tout l'été sur un potager qui nous apporte tous les légumes que nous mangeons pendant l'automne et une partie de l'hiver. Tout ça pour te dire que je m'attends à ce que tu fasses ta part pour apporter de la nourriture sur la table. Voici ce que j'ai décidé. L'été est proche. Tous les jours de beau temps, tu devras gagner ta croûte comme tout le monde. As-tu déjà pêché la morue ?

— Jamais !

— Ça s'apprend. Et si tu tiens à demeurer ici, tu devras le faire. À quatre milles à l'ouest, il y a un village de pêcheurs qui s'appelle l'Anse-aux-Fraises. J'y ai des amis et l'un d'eux, Côme Gaudet, se fera un plaisir de te montrer comment t'y prendre. Le fruit d'une partie de ces pêches te reviendra et se retrouvera sur notre table tout au cours de l'été et même de l'automne. Nous sommes de grands mangeurs de poisson. Ce sera ta contribution ou, si tu aimes mieux, le paiement de ton loyer. C'est à prendre ou à laisser. Des ingénieurs comme toi, il me serait facile d'en trouver ailleurs…

L'intervention de Laurent sembla piquer l'ingénieur au vif. Il se défendit en affirmant qu'il n'était pas un sans-cœur et ne demandait pas mieux que de contribuer à la bonne marche de la maison. Laurent fut satisfait de sa réponse, même si, à ses yeux, Hubert Larivière était un fainéant de la pire espèce et qu'il n'en espérait pas grand-chose.

Chapitre 51

Un voyage inoubliable

Petit à petit, l'été s'installait sur l'île. Il ramena, comme chaque année, Desneiges de son pensionnat et ralluma la flamme de Félix à son égard. Cette fois, elle apportait une nouvelle qui réjouit tout le monde. Fabiola allait prononcer bientôt ses vœux chez les Sœurs Grises de Québec.

— Si on y allait ? proposa Lorraine.

Jeanne rétorqua :

— Tu n'y penses pas ? Qui s'occuperait des enfants ?

— Desneiges ?

— S'il y en a une qui mériterait de se rendre à Québec pour cette circonstance, c'est bien elle.

— C'est vrai, approuva Lorraine. Fabiola et elle étaient si complices...

— Nous pourrions lui faire la surprise, proposa Jeanne.

— Avec toutes ses obligations, Laurent ne pourra jamais lui payer ce voyage.

— Pas lui, mais pourquoi pas votre père ?

— Quelle bonne idée !

Sans plus tarder, elles expédièrent une dépêche à Québec à l'intention de Wilfrid, expliquant la situation et lui demandant de défrayer le coût de ce voyage pour Desneiges qui aimerait tant voir sa sœur dont elle était si proche prononcer ses vœux. Wilfrid ne tarda pas trop à répondre, disant qu'il arrangerait quelque chose en ce sens.

Deux jours plus tard, Desneiges reçut une lettre l'avisant qu'elle avait obtenu le poste d'institutrice à Rivière-au-Tonnerre.

— Tu ne seras pas complètement en pays inconnu, fit Jeanne. Tu seras tout près d'Ernest et de Claire.

— Ce sera mon premier poste ! fit-elle, toute contente. À vrai dire, je suis étonnée de l'avoir eu. J'avais déjà laissé entendre que j'haïrais pas enseigner là et voilà mon vœu exaucé !

— Quand comptes-tu t'y rendre ?

— En août, quelques jours avant la fin des vacances.

— Entre-temps, nous aurons sans doute quelque chose à te proposer.

— Quoi donc ?

— Je t'en aviserai bientôt.

Trois jours passèrent sans qu'ils reçoivent de nouvelles de Québec. Jeanne commençait à désespérer de voir son projet aboutir quand monsieur Zédé se présenta à la maison. Laurent alla à sa rencontre, se demandant ce qui pouvait bien motiver sa venue. Il ne tarda guère à en connaître la raison. Habitué à aller droit au but, Zédé l'informa :

— Ton père m'a fait une demande à laquelle j'ai le plaisir de répondre positivement. Il paraît qu'une de tes sœurs doit prononcer ses vœux chez les religieuses à Québec dans huit jours et que d'autres personnes ici aimeraient faire le voyage pour assister à la cérémonie. Votre père me demande s'il serait possible qu'elles fassent ce trajet gratuitement sur le *Savoy*. Il promet de voir à les loger à Québec. Alors, tout est arrangé, mais il faudra que ces personnes soient prêtes à monter à bord du navire dans deux jours.

Laurent, que Jeanne n'avait pas informé de ses démarches, la fit venir et lui répéta ce que monsieur Zédé venait de proposer. Jeanne n'en croyait pas ses oreilles. Après l'avoir chaleureusement remercié, elle précisa au directeur :

— Nous vous aviserons de notre décision demain.

Quand Zédé fut parti, Laurent voulut savoir ce qu'elle tramait. Jeanne lui expliqua son plan : la traversée gratuite et l'hébergement chez Wilfrid.

— Je n'ai pas besoin de demander ce que vous comptez faire, lâcha Laurent.

— Y aller, Lorraine, Desneiges et moi, si c'est possible.

— Et les enfants ?

— Nous demanderons à Anita si elle ne voudrait pas nous rendre service en les gardant. Julienne pourra l'aider.

— Chez elle ou ici ?

— Ici, bien entendu.

Voyant que Jeanne et les deux autres se faisaient une joie de ce voyage, Laurent n'y fit pas objection.

— Je vous fais confiance pour arranger les choses de telle sorte que personne n'ait à se plaindre.

Anita accepta volontiers de se charger des enfants. Pendant ce temps, la sourde et muette s'occuperait des repas. Deux jours plus tard, dans leurs habits du dimanche, Jeanne, Lorraine et Desneiges, tout excitées, montaient à bord du *Savoy*. Sur le navire, elles furent traitées comme des invitées de marque. À leur arrivée à Québec, Wilfrid les attendait au port et les fit conduire en fiacre jusqu'à l'hôtel Clarendon où il avait réservé des chambres pour elles. Il se montra aimable avec Lorraine, sans plus. Un froid persistait, mais l'essentiel était qu'il ne l'avait pas rejetée.

Toutes trois croyaient rêver. Durant leur séjour, Wilfrid vit à ce qu'elles découvrent plusieurs facettes de Québec. Il leur fit même visiter le Château Frontenac et, bien entendu, la basilique. Elles admirèrent le fleuve du haut de la terrasse Dufferin et se promenèrent dans les vieilles rues de la Basse-Ville, s'arrêtant aux vitrines de chaque magasin, poussant des « oh ! » et des « ah ! » d'admiration devant tout ce qu'elles voyaient. Le point culminant de leur visite fut sans contredit la magnifique cérémonie où Fabiola prononça ses vœux et surtout la surprise de celle-ci lorsqu'elle se rendit compte que son père, ses sœurs et sa belle-sœur y assistaient. Elles purent jaser avec elle une heure, avant d'échanger des adieux émouvants.

Curieusement, Florida ne semblait plus dans le décor. Ni Lorraine ni Desneiges n'osèrent questionner leur père à ce sujet. Wilfrid, par contre, ne se priva pas d'interroger Lorraine sur sa vie depuis son départ d'Anticosti. S'il désapprouvait ce qu'elle avait fait, il ne le laissa pas paraître.

Leur retour à l'île se fit dans la bonne humeur. Les trois femmes n'avaient pas oublié d'apporter un souvenir à Anita en guise de remerciement. Il s'agissait d'une photo de l'Anse-aux-Fraises dans un cadre sous verre, orné d'un feuillage stylisé. Elles mettraient quelque temps à se refaire à la routine de la maison, mais que de souvenirs auraient-elles désormais à évoquer entre elles ! Sans le savoir, Zédé et Wilfrid venaient de se faire trois alliées dans la place.

Le mois d'août tirait à sa fin. Desneiges avait fait ses minces bagages et s'apprêtait à partir pour Rivière-au-Tonnerre quand Jeanne donna naissance à une petite fille qu'elle nomma Adéline. L'accouchement se fit si bien qu'on n'eut même pas à prévenir le docteur Schmitt. Anita s'occupa de tout comme elle l'avait fait quelques centaines de fois auparavant.

Tout allait pour le mieux dans le meilleur des mondes quand monsieur Zédé expédia un avis à tous les gens de l'île avant de retourner en France. Il avait décidé d'indemniser les habitants de Baie-Sainte-Claire et de l'Anse-aux-Fraises pour la valeur de leur maison, car désormais, l'administration s'occuperait également de l'entretien de ces demeures.

Ce geste semblait généreux, mais avec Zédé et Menier, il fallait toujours s'attendre à ce que la médaille ait un revers…

Côme vint de l'Anse-aux-Fraises pour en informer Laurent :

— Le directeur nous paye notre maison, mais à une condition.

— Laquelle ?

Côme tendit un papier à Laurent qui en lut aussitôt le contenu.

— Qu'en penses-tu ?

— En signant ce papier, expliqua Laurent, vous admettez que plus rien sur l'île ne vous appartient.

— C'est comme je pensais, déplora Côme. Nous voilà complètement dépendants de Menier. Et le pire, c'est qu'on n'a pas le choix.

Laurent ne fit pas de détour pour dire :

— Je le crois bien.

— Mais c'est pas tout, ajouta Côme.

— Comment ? éclata Laurent. Il me semble que Zédé devrait être satisfait. Il a obtenu tout ce qu'il voulait.

— Tu crois ? Imagine-toi donc qu'il a fait passer un règlement stupide.

— Lequel ?

— Il ne veut plus voir un seul chien sur l'île.

— Hein ?

— Tu as bien compris. Il soutient que les chiens ont trop de liberté et que ça met en danger les chevreuils et les moutons.

— Vous êtes obligés de vous débarrasser de vos chiens ? s'enquit Laurent.

— Il nous a donné une date limite pour les lui apporter, sinon ensuite, ses gardes vont tuer tous les chiens qu'ils verront. Il nous offre trois piastres pour chacun de nos chiens.

— Vas-tu te défaire du tien ?

— J'ai pas le choix. Et ton chien, Laurent, penses-tu pouvoir le garder ?

— Régulus ? À mon idée, Zédé va s'amener et menacer de le tuer si jamais un de ses gardes le trouve en dehors du terrain du phare. Mon chien est rarement attaché et se promène souvent au loin. Il est bien utile par contre pour nous avertir de l'arrivée de quelqu'un.

— Qu'est-ce que tu vas faire ?

— Le donner à Ernest quand il viendra. Il a déjà Romulus…

Chapitre 52

Un visiteur inattendu

Septembre arriva trop vite au goût de tout le monde. Desneiges les avait quittés pour se rendre enseigner à Rivière-au-Tonnerre. Quant aux enfants, à tout le moins Mélanie et Milaine, elles ne montraient pas beaucoup d'enthousiasme devant ce qui les attendait. Elles devraient désormais se rendre à pied à l'école de Baie-Sainte-Claire. Pour ce faire, elles devraient parcourir deux milles à l'aller et au retour, par beau temps comme par mauvais temps. Laurent eut pitié d'elles et demanda à Félix de les y conduire le matin, quand le temps était maussade. Le vieux Oliver faisait encore bien son travail, mais déjà Laurent mettait de l'argent de côté pour le remplacer par une bête plus jeune.

Comme il y avait désormais plus qu'une école à l'île et voyant venir le temps où ses propres enfants devraient y aller, Laurent entreprit des démarches pour qu'on en ouvre de nouveau une à l'Anse-aux-Fraises. Le nombre d'enfants de l'endroit le justifiait et il espérait bien obtenir que Desneiges puisse y enseigner. Ce serait la meilleure façon de la faire revenir à l'île tout en exauçant son vœu. De la sorte, lorsque Émile la fréquenterait, il pourrait passer la semaine à l'Anse, chez Anita où quelqu'un d'autre, et s'éviterait bien des pas. Desneiges saurait être attentive à ses progrès, plus que n'importe quelle autre institutrice. On pourrait également trouver une pension pour les jumelles qui profiteraient elles aussi de la situation, tout comme les enfants de l'Anse qui n'auraient qu'une courte distance à parcourir pour s'y retrouver.

Se servant du fait qu'il était dans les bonnes grâces du gouverneur, Laurent se rendit le rencontrer à la maison de l'administration à Baie-Sainte-Claire. Il avait pris soin de faire signer une pétition en faveur de l'ouverture d'une école à l'Anse-aux-Fraises aux habitants du lieu qui avaient tous accepté d'apposer leur croix à côté de leur nom.

Monsieur Comettant le reçut aimablement. Laurent lui exposa la situation, lui expliquant qu'il serait facile de restaurer la maison où lui-même avait fait ses études primaires et où Jeanne et Claire avaient enseigné.

— De la sorte, conclut-il, les enfants de l'Anse n'auront pas à se morfondre en parcourant quotidiennement les six milles qui les séparent de Baie-Sainte-Claire.

Le gouverneur jugea l'idée intéressante.

— Il serait facile en effet de rouvrir l'école de l'Anse, mais il s'avérera plus compliqué de trouver une institutrice qui acceptera de venir y travailler.

—J'ai une solution, avança Laurent. Ma sœur Desneiges enseigne présentement à Rivière-au-Tonnerre. Elle se ferait un plaisir de le faire à l'Anse.

—Dans ce cas, j'en glisse tout de suite un mot à monsieur Zédé et dès le printemps prochain, l'Anse-aux-Fraises aura son école, promit monsieur Comettant. Mademoiselle votre sœur n'aura qu'à s'adresser à nous et nous l'engagerons sans plus attendre. Vous savez que nous défrayons le salaire de monsieur le curé et de monsieur l'instituteur. Il en sera de même pour celui de votre sœur qui montera à cent dollars par année.

—Je vous en remercie. Dans peu de temps, j'aurai la réponse de Desneiges, confirma Laurent.

Ne voulant pas que les choses traînent, Laurent fit parvenir une dépêche à Desneiges via le phare de l'Île-aux-Perroquets. Puis, la réponse de la jeune institutrice chemina sur la côte et traversa le fleuve. Elle finit par aboutir entre les mains de Jeanne qui la transmit à Laurent. Desneiges ne demandait pas mieux que d'enseigner à l'Anse-aux-Fraises.

Cette dépêche à peine arrivée, Ernest surgit au phare comme un voleur. Il n'entra pas dans la maison, choisissant de parler à Laurent en haut de la tour. Comme il montait, il croisa Félix qui descendait. Le jeune homme le salua et se montra étonné de le voir au phare. Ernest expliqua:

—J'y suis encore un peu chez moi. Je vais et je viens. C'est ma vie. Laurent est-il toujours là-haut?

— Oui. Il va bientôt me suivre.

Ernest continua tout de même son chemin. Quand, au bout des cent vingt marches, il surgit dans la salle de la lanterne, Laurent s'apprêtait à descendre à son tour.

— Un revenant ! s'écria-t-il en lui tendant une main ferme. Qu'est-ce qui nous vaut ta visite ?

— Je suis venu avec Horace préparer nos chasses de cet hiver.

— Comme ça, tu braconnes encore ?

— Appelle ça comme tu veux, moi je dis que je chasse. Et c'est payant ! L'année dernière, nous nous sommes fait au-dessus de cinq cents piastres chacun, Horace et moi.

— Toi, je te le répète, tu cours après ton malheur.

— Allons donc ! se moqua Ernest. On dirait que c'est tout ce que tu sais dire. Pourtant, je ne connais pas de façon plus facile et plus sécuritaire de gagner ma vie.

— Sécuritaire ? Tu ne chanteras pas la même chanson quand les gardes-chasses te mettront le grappin dessus.

Ernest ricana :

— Encore faudrait-il qu'ils sachent se servir d'un grappin.

Laurent le laissa rire et après avoir tiré quelques bouffées de sa pipe, il alla droit au but :

— Je suppose que tu n'es pas venu jusqu'ici uniquement pour me parler des profits de tes chasses…

— En fait, je vous apporte la réponse de Desneiges et les saluts de Claire. Je tenais aussi à vous informer qu'elle attend notre quatrième enfant.

— La réponse de Desneiges, nous l'avons apprise par une dépêche. Jeanne et Lorraine seront, tout comme moi, très heureuses d'être informées du petit nouveau de Claire. Mais je sens que tu as autre chose à me dire.

— En effet ! Horace m'a demandé l'autre jour si on pouvait se réfugier ici en cas de pépins.

Laurent prit du temps avant de répondre. Laissant filer la fumée de sa pipe jusqu'au plafond, il semblait méditer. Puis, il parla d'une voix posée :

— J'espère que tu te rends compte de ce que tu me demandes. Tu veux me rendre complice de tes actes. Je crois t'avoir déjà dit que je ne te laisserais pas tomber parce que tu es mon frère. Cependant, en aucun cas je ne mettrai ma famille et celle de Lorraine dans la misère à cause de toi. Si jamais vous êtes mal pris, voici ce que je te suggère. Tu connais, non loin d'ici, entre le phare et l'Anse-aux-Fraises, le dépôt de vivres pour les naufragés. Si on vous poursuit, vous pourrez vous y cacher. Vous aurez de la nourriture. Avant que tu retournes à tes chasses, je te montrerai comment pénétrer dans le dépôt sans forcer la porte et comment en sortir par en arrière sans être vu. Si un garde tentait d'y entrer, il se buterait à une porte barrée et en conclurait qu'il n'y a personne. Voilà la seule aide que je vous apporterai.

Ernest le remercia en disant qu'il n'en attendait pas moins de lui. Il promit qu'il s'arrangerait pour que personne au phare n'ait d'ennuis à cause d'eux et qu'il ferait comprendre la situation à Horace. Ayant ainsi obtenu ce qu'il désirait, il descendit avec Laurent et se montra très désinvolte envers Jeanne et Lorraine, assurant qu'il n'était venu que pour apporter de bonnes nouvelles. Les deux femmes demandèrent comment se portaient Claire et les petits, et savourèrent tous ses propos, de même que ceux concernant Desneiges. Elles annoncèrent qu'au printemps venu, elles feraient tout leur possible, si Laurent était d'accord, pour rendre visite à Claire à Rivière-au-Tonnerre. En les entendant, Laurent ne put se retenir et déclara d'une voix ironique :

— En voilà deux qui ont maintenant le voyage dans le sang…

— Une petite tournée à Québec, se moqua Ernest, et il leur faut maintenant une escapade chaque année. J'en connais une qui sera heureuse de vous voir et de vous présenter la nouvelle recrue de la famille.

— Hein ? s'exclamèrent Jeanne et Lorraine d'une même voix. Claire est en famille ?

— En effet !

— Tu as du retard, toi aussi, fit Jeanne. Viens voir qui dort à poings fermés dans son ber.

Ernest se pencha sur la petite. Il allait ouvrir la bouche pour questionner Jeanne quand, l'index sur les lèvres, elle l'interrompit à voix basse.

— Chut ! Ta nièce Adéline a le sommeil léger.

— J'ai bien hâte de voir si nous aurons un garçon ou une fille.

Jeanne lui prédit :

— Ce sera un garçon.

— Comment peux-tu dire ça ?

— Il n'y a rien de plus simple, depuis notre aîné, Claire fait le contraire de moi.

Ernest repartit bientôt pour Rivière-au-Tonnerre avec un passager de plus dans sa barque : Régulus.

Chapitre 53

Méli-mélo

Anticosti n'était plus la même. Il y avait sept ans maintenant qu'Henri Menier avait acheté l'île qui s'était transformée du tout au tout. On y besognait du matin au soir, à la bonne fortune de son propriétaire. Tout allait pour le mieux quand une nouvelle étonnante tomba comme un crachat dans un jardin de fleurs. Les Comettant retournaient définitivement en France, emportant avec eux leur musique.

— Anticosti ne chantera plus, s'attrista Laurent.

Jeanne commenta :

— Est-ce un mauvais présage ?

— Ce monsieur Comettant était un bon gouverneur. Bien entendu, il faisait appliquer les sévères règlements de son patron, mais il avait le tour de les faire accepter. Au début, il est vrai, plusieurs, comme Ernest, se sont révoltés devant ces obligations et sont partis. Mais ceux qui, comme Côme, sont restés, se sont résignés tranquillement. Ils ne se plaignent plus de leur sort. On doit admettre qu'ils ont de bons avantages et sont bien traités.

— Comptes-tu aller au départ des Comettant ?

— Nous irons. Après tout, sans que ce soient des amis proches, nous nous entendions bien avec eux.

Laurent et Jeanne en étaient là de leur échange quand Lorraine vint se mêler à la conversation.

— J'arrive de dehors, dit-elle. Il fait bon au bord de l'eau. Les enfants s'y amusent bien. Ils découvrent toujours quelque chose de nouveau dans le sable. Ce matin, ils cherchaient des pierres brillantes. Chaque fois qu'ils en trouvaient une, ils venaient me la montrer, mais elle devenait déjà moins brillante parce qu'elle commençait à sécher.

— Et où sont-ils ? demanda Jeanne.

— Je les ai laissés avec Julienne. Elle s'en occupe bien. Les enfants lui parlent par gestes et elle leur répond de la même manière. Ils se comprennent aussi bien que s'ils se parlaient de vive voix.

— C'est comme ça avec nous aussi, fit remarquer Jeanne. C'est curieux comme nous avons développé avec elle toute une série de signes qui font que nous arrivons à communiquer.

— En passant, j'ai vu Hubert ce matin, annonça Lorraine.

— Ah, notre ingénieur ! Il n'est pas à la pêche ? s'enquit Jeanne.

— Il a décidé que la pêche était finie pour lui cette année, les informa Laurent. Côme m'a confirmé que ce gars-là est un vrai fainéant, qu'il se fait vivre par les autres. C'est certain qu'il ne pêchera plus avec lui l'an prochain. De toute façon, Hubert ne sera probablement plus ici.

Lorraine demanda :

— Est-ce qu'il a l'intention de partir ?

— Peut-être pas, avoua Laurent, mais si je peux lui trouver un remplaçant, je vais bien vite lui indiquer le large.

— Pourtant, protesta Lorraine, il ne me semble pas si paresseux que ça. En plus, c'est un bel homme.

Laurent lança en riant :

— La beauté n'est pas toujours la fille de la vaillance.

Jeanne regarda Lorraine et lui fit un geste signifiant qu'elle s'avançait sur un terrain glissant. De toute évidence, il se passait quelque chose qui avait échappé à Laurent jusque-là. Quand il se retira dans son bureau, Jeanne questionna Lorraine :

— Est-ce qu'il t'en a remis un autre ?

— Bien sûr !

Elle tira de la poche de son tablier un papier plié plusieurs fois.

— Tu veux que je te lise ?

Jeanne acquiesça.

Savez-vous ma chère et tendre dame
Que vous êtes aussi vive et belle
Que les élégantes hirondelles
Votre présence enchante mon âme

Saurais-je conquérir votre cœur
Pour ensemble faire notre vie
Remplie d'amour et de bonheur
Rendant les autres pleins d'envie

— Il te remet un poème comme ça tous les jours ? voulut savoir Jeanne.

— Depuis dix jours au moins.

— Crois-tu vraiment qu'il t'aime ?

— Un homme ne se donnerait pas la peine de m'écrire un poème par jour s'il ne m'aimait pas.

— Et toi, est-ce que tu l'aimes ?

— Il est très beau !

Jeanne reprit d'une voix contrariée :

— Je ne t'ai pas demandé s'il est beau, mais bien si tu l'aimes.

— Jusqu'à aujourd'hui, je n'osais pas me l'avouer, mais je crois qu'il a fait ma conquête.

— Que comptes-tu faire, si jamais il part ?

— Je l'ignore.

— Est-ce que tu le suivrais ?

— Probablement.

— Avec les enfants ?

— Ça va de soi !

— Lui, crois-tu qu'il t'accepterait avec eux ?

— Nous n'en avons pas parlé. Nous avons si peu l'occasion d'être seuls. Ça fait plusieurs fois qu'il m'invite à sa cabane.

— J'espère que tu ne feras pas la bêtise d'y aller. Tu sais très bien ce qui peut s'y passer.

— Je sais, mais rien n'empêche que c'est tentant.

Pendant cette conversation entre les deux femmes, Laurent avait pris place devant l'appareil télégraphique et avait expédié une dépêche à Ottawa, réclamant un nouvel ingénieur pour la sirène d'Écosse. Il y précisait qu'Hubert Larivière, l'ingénieur envoyé cette année, ne répondait pas aux exigences. Il demandait d'ailleurs plus de renseignements à son sujet. D'où venait-il ? Qui pouvaient-ils contacter dans sa famille, s'il lui arrivait de se blesser ou de connaître un malheur quelconque ? Où avait-il appris son métier et où l'avait-il pratiqué avant de venir à Anticosti ? Laurent attendit un moment, pensant obtenir rapidement une réponse qui ne vint pas. Il la reçut toutefois le lendemain. La dépêche était laconique comme la plupart des dépêches de ce genre. Il put lire que monsieur Larivière était originaire de Montréal et qu'il y avait obtenu son diplôme d'ingénieur. Le phare de la Pointe-Ouest était le premier où il pouvait mettre en pratique ses connaissances. L'étonnement de Laurent grandit lorsqu'il lut le nom de la personne à contacter en cas d'accident.

Quand, sur l'oreiller, Laurent fit part à Jeanne de ce qu'il avait appris au sujet de cet homme, elle dut se contrôler pour ne pas laisser paraître son trouble. Elle prétexta une migraine pour se relever et se rendit directement à la chambre de Lorraine. Cette dernière n'y était pas. Jeanne ne perdit pas un instant. S'emparant d'un fanal, elle l'alluma, sortit et se dirigea droit à la cabane de l'ingénieur. Poussant la porte sans frapper, elle leva haut le fanal qui éclaira d'un coup toute la pièce. Elle trouva sa belle-sœur dans les bras de son prétendu amoureux. Son arrivée coupa instantanément leurs ardeurs. Jeanne commanda à Lorraine :

— Habille-toi et viens-t'en, j'ai quelque chose de grave à t'apprendre.

Quand, honteuse et la tête basse, Lorraine apparut devant la cabane, Jeanne la prit par la main et l'entraîna. Puis, s'arrêtant devant la porte de la maison, elle l'informa :

— Tu viens de l'échapper belle. Ton ingénieur est marié.

La saison de navigation tirant à sa fin, on n'aurait bientôt plus besoin d'utiliser la lumière. Aussi, dès le lendemain, Laurent, prévenu de ce qui s'était passé, se fit expliquer en long et en large le fonctionnement de la sirène de brume par l'ingénieur, penaud. Il la mit même en marche à quelques reprises. Quand il fut certain de pouvoir bien l'utiliser, il dit à Hubert Larivière :

— Tu ramasses tes petits et tu montes à bord du *Savoy* pas plus tard que cet après-midi. Je n'ai plus besoin de tes services et ma sœur non plus.

Chapitre 54

Pleins feux sur les gouverneurs

Comme il l'avait promis, Laurent amena Jeanne assister au départ des Comettant. Lorraine, qui boudait depuis sa mésaventure, ne voulut pas se joindre à eux. Laurent et Jeanne purent constater à quel point le gouverneur était aimé, même si bon nombre d'ouvriers parmi la centaine qui se regroupaient près de l'appontement à l'arrivée de la barque venant chercher le gouverneur et sa famille s'y trouvaient sans doute malgré eux. Mais tous les gens de l'administration, Georges Martin-Zédé en tête, avaient tenu à y être, tout comme le chef des pêcheries et le directeur de la homarderie, de même que les responsables des diverses fermes des alentours. Le docteur Schmitt était également du nombre ainsi que monseigneur Guay, leur curé.

Ce départ fut souligné de façon solennelle par l'orchestre qui se voyait amputé de plusieurs de ses membres, puisque tous les Comettant en faisaient partie. Sur l'appontement de Baie-Sainte-Claire, les musiciens qui restaient s'étaient rassemblés avec leurs instruments. Les filles et la mère Comettant en faisaient autant à bord de l'embarcation devant les mener au *Savoy*. Ils partirent au son de la musique, en jouant un air d'adieu passablement triste. Le morceau s'estompa au fur et à mesure que la barque s'éloignait. Bientôt, les sons moururent de part et d'autre. L'assistance demeura longtemps sur place pour voir le *Savoy* s'éloigner. Une autre page de l'histoire d'Anticosti venait d'être tournée.

Profitant du fait qu'Antonin se trouvait dans l'assistance, Laurent et Jeanne allèrent le saluer. Jeanne lui dit :

— Monsieur Tonin, il y a une éternité que nous ne vous avons pas vu à la maison. Quand aurons-nous la chance de vous y recevoir ?

— J'irais volontiers, ma chère dame, mais mon métier me retient ici les dimanches et jours de fête.

— Rien ne vous empêche de venir les autres jours. Faites-nous donc le plaisir de nous téléphoner dès que vous aurez le temps de nous rendre visite. Nous nous efforcerons, ma belle-sœur Lorraine et moi, de vous préparer un plat dont vous n'aurez pas à vous plaindre.

— Votre belle-sœur Lorraine ? Qui est-ce ? Je n'ai pas le bonheur de la connaître.

— C'est ma sœur aînée, lui expliqua Laurent, veuve et mère de quatre enfants.

— Comptez sur moi pour vous annoncer ma visite très bientôt.

Antonin devant partir, ils se dépêchèrent de lui demander s'il savait qui remplacerait monsieur Comettant en tant que gouverneur.

— Monsieur Zédé n'en a pas glissé un mot. Une chose est certaine, notre nouveau gouverneur devra être ici bien vite, car, vous le savez mieux que quiconque, la navigation pour cette année tire à sa fin. Cependant, je serais l'homme le plus étonné du monde s'il était reçu au son du violon et du cornet à pistons.

Quelques jours plus tard, Antonin téléphonait au phare pour annoncer sa visite le lendemain midi.

— Dis à ta femme de ne rien préparer pour dîner, insista Antonin en parlant à Laurent. J'arriverai avec tout ce qu'il faut. Un cuisinier digne de ce nom devrait toujours apporter ses plats quand il est invité avec autant de gentillesse.

Il vint de la Baie monté sur un beau cheval brun et chargé d'un gros panier contenant le dîner promis. Jeanne, qui alla l'accueillir, lui avoua, toute confuse :

— Je me sens presque honteuse d'avoir lancé une invitation et que ce soit mon invité qui apporte le repas.

— Soyez bien à l'aise, ma chère, j'ai eu l'occasion de préparer un grand dîner à l'occasion du départ du gouverneur. Comme un peu de tout est resté sur la table, j'ai conservé ce surplus au froid dans la neigière qui nous sert à cette fin. Voilà ce que je vous apporte en me disant que vous méritez bien de goûter aux reliefs de ce que fut le dernier repas des Comettant à Anticosti. Je dois dire que si je n'ai guère d'estime pour le directeur, j'en avais beaucoup pour le gouverneur que je trouvais plus humain et capable de faire avaler en douceur des choses qui passent difficilement dans le gosier. Je me suis donc efforcé de préparer un repas princier.

Laurent vint l'aider à transporter à la cuisine ce qui allait constituer leur dîner. Au fur et à mesure qu'il sortait ses trésors du panier, Antonin les présentait à la manière des grands chefs.

— Voyez ici un potage aux pleurotes assaisonnés de graines de moutarde, cumin et curcuma. Aussi, une bisque de homard au vin blanc, thym et piment de Cayenne.

Il s'assura que Laurent et Jeanne avaient bien admiré ces plats, puis en sortit un autre.

— Steak de chevreuil arrosé de vin chaud épicé à la cannelle, au clou de girofle et à la muscade. Vous me direz ce que vous pensez de ce régal.

Il prit le temps de faire sentir le mets à Laurent et Jeanne, et même aux enfants venus y mettre leur nez. Il s'arrêta quand il vit apparaître Lorraine à la suite des petits. S'inclinant, il la salua en disant :

— Madame Lorraine, je présume ? Je n'avais pas l'honneur de vous connaître. Sachez que votre présence en ce lieu l'embellit grandement.

Et à la manière des Français, il lui fit le baisemain, ce qui eut pour effet de faire rougir Lorraine jusqu'au bout des oreilles. Puis, poursuivant sa présentation, il leur montra une gelée de pruneaux, une sauce aux atocas et, pour dessert, une tarte Tatin aux pommes, récemment créée en France par les sœurs du même nom.

— Une tarte dont j'ai eu le bonheur d'obtenir la recette par un cousin qui habite en Sologne, expliqua-t-il. Vous allez goûter là une nouveauté dont vos papilles vont se souvenir longtemps, j'en suis assuré.

— Je suis étonné de voir qu'il y a du chevreuil au menu, commenta Laurent.

— Exceptionnellement, pour souligner le départ du gouverneur, monsieur Menier a donné l'autorisation de tuer un chevreuil. Les filles de Comettant ont refusé de goûter à cette viande en disant que c'était cruel de tuer une si belle bête. On leur a fait remarquer qu'elles n'hésitaient pas à manger du bœuf ou de l'agneau. Elles ont répliqué que ce n'est pas pareil, parce que ce sont des animaux domestiqués.

Aidé de Jeanne, le cuisinier mit la dernière touche à ce repas exceptionnel. Ils furent unanimes pour dire qu'ils n'avaient jamais dégusté quelque chose d'aussi délicieux. Même les petits qui n'étaient pas habitués à ce genre de nourriture en redemandèrent. Ce dîner enchanta tout le monde, à commencer par Antonin lui-même qui trouva encore le moyen de complimenter tout un chacun : madame Jeanne pour sa gentillesse, monsieur Laurent pour son accueil, madame Lorraine pour ses beaux yeux et ses enfants si charmants. Il allait retourner chez lui quand Laurent lui demanda :

— Toi qui es bien informé de tout ce qui se passe à Port-Menier et à Baie-Sainte-Claire, sais-tu maintenant qui a été nommé gouverneur à la place de monsieur Comettant ?

Antonin regarda Laurent avec étonnement. Il hésita avant de répondre :

— Le nouveau gouverneur ne vous a pas avisés par télégramme de son arrivée ?

— Pourquoi l'aurait-il fait ?

— Pardi ! Tout simplement parce que c'est votre père !

Tant Laurent que Jeanne et Lorraine restèrent figés et muets à l'annonce de cette nouvelle. Antonin les salua et répéta une fois de plus qu'il avait été heureux de sa visite, et plus particulièrement encore d'avoir fait la connaissance de madame Lorraine et de ses si beaux enfants.

Chapitre 55

Les fêtes avec Wilfrid

L'arrivée de son père comme gouverneur d'Anticosti ne réjouit pas Laurent outre mesure. Sachant que Wilfrid aurait désormais la tâche de faire régner l'ordre sur l'île, il s'attendait à voir les gens moins ouverts à son égard. On se méfierait aussi de lui en se disant: « Tel père, tel fils ! » Il fut cependant content de constater que Wilfrid faisait les efforts nécessaires pour renouer avec Lorraine et lui, et qu'il semblait s'intéresser davantage à ses petits-enfants.

Laurent ne pouvait toutefois pas lui reprocher de ne pas s'être occupé de leur avenir à eux. Wilfrid avait vu à ce que ses enfants, Ernest inclus, puissent se tirer d'affaire dans la vie. C'était encore lui qui avait payé les études de Desneiges et assuré la dot de Fabiola chez les sœurs.

Wilfrid s'était installé dans la très grande maison du gouverneur où le directeur lui avait fourni une servante qui voyait à tout. Un jour, il téléphona à Laurent pour lui dire qu'il aimerait partager leur repas de Noël et qu'en retour, il l'invitait au jour de l'An à sa maison avec toute sa famille et celle de Lorraine.

Sa présence au réveillon rendit ce Noël différent de celui des autres années. Comme s'il désirait renouer avec son ancien métier de gardien de la lumière, Wilfrid se fit expliquer les nouveautés au phare depuis son départ, en commençant par la lanterne elle-même et en poursuivant par la sirène de brume que Laurent dut faire fonctionner, malgré tout l'émoi que cela pouvait causer sur l'île.

Considérant que Noël était la fête des enfants, le grand-père avait apporté pour chacun de ses petits-enfants une boîte dans laquelle ils trouvèrent des bonbons durs et quelques chocolats. Il causa de tout et de rien tout au long du repas, se gardant bien de parler de sa relation avec Florida. Par contre, il se hâta d'apprendre à Laurent qu'après avoir expédié une dépêche sans fil au-delà de l'Atlantique, entre le Cap-Breton et les Cornouailles, l'année précédente, monsieur Marconi venait tout juste de récidiver en inventant cette fois un système permettant de transmettre des messages qu'on pouvait capter à l'aide d'écouteurs. Il retourna à sa maison de Baie-Sainte-Claire satisfait de sa visite et content de pouvoir recevoir toute sa famille au jour de l'An.

Laurent se fit un plaisir d'emmener tous les siens dans l'ancienne maison des Comettant qu'il connaissait pour y avoir été reçu à quelques reprises. Son père s'empressa cependant de lui dire:

— Profitez bien de votre visite ici, c'est sûrement la dernière fois que je vous y recevrai. Je déménage bientôt dans la nouvelle maison du gouverneur à Port-Menier.

Laurent ne trouva pas d'autres commentaires que:

— Nous serons heureux d'aller vous voir.

Ce jour de l'An aurait sans doute été bien ordinaire sans la présence d'Antonin que Wilfrid avait eu la bonne idée d'inviter pour qu'il prépare un repas spécial. Avec son bagout habituel, le cuisinier leur expliqua en long et en large les plats qu'ils allaient déguster:

— Pour débuter sur une bonne note, je vous servirai une soupe de poisson comme vous l'aimez, où la morue est reine. Pour les becs plus fins, en ce temps des fêtes, il y aura un potage de tomates et d'oignons dont le souvenir vous hantera jusqu'au Jugement dernier. Si vous êtes sages, vous aurez droit aussi à du jambon au sirop d'érable à la manière d'Antonin, pris sur le meilleur porc de l'île. Il fond dans la bouche en y laissant un délicieux petit goût d'érable, de girofle et de cannelle. Vous me parlerez ensuite de ce poulet aux petits oignons et aux petits soins d'Antonin avec sa sauce aussi mystérieuse que la Sainte Trinité. Que dire également de mes œufs au purgatoire, dont les tomates sont les flammes sur lesquelles flottent les restes de viande des pauvres âmes. Je vous préviens tout de suite que si vous en dégustez trop, vous irez en enfer. Ce serait dommage, car vous ne pourriez pas goûter à mes desserts, une tarte au sucre du pays de mes pères, arrosée de crème avec surprise aux noix, et ma tarte aux fraises à l'ancienne au parfum de muscade et de cannelle.

Ils se régalèrent comme rarement ils l'avaient fait. Après le dîner, Laurent s'informa auprès de son père des prochains développements prévus pour l'île. Wilfrid parla d'abord du projet le plus intéressant de tous, celui de la homarderie. Il précisa que, d'ores et déjà, les conserves de homard rapportaient des milliers de dollars à monsieur Menier. Il promit d'inviter Laurent et Jeanne à s'y rendre avec lui au printemps.

— Ça vaut vraiment la peine de voir ça, ajouta-t-il. Vous serez étonnés.

Il parla ensuite des projets concernant la rivière Jupiter.

— Il y aura une maison avec un gardien en permanence à l'embouchure. Une route sera ouverte sur la rive gauche jusqu'à la fosse du sixième mille où un grand camp sera construit. Ce chemin se poursuivra jusqu'à la fosse du douzième mille. Là, monsieur Menier se fera construire une habitation où il aura une chambre spécialement pour lui, un salon et une cuisine. Il y logera avec les gens de l'administration et ses invités lors des parties de pêche. On construira également d'autres camps pour son personnel et une grande écurie pour les chevaux. Tous ces camps auront l'eau chaude et l'eau froide, et seront munis d'une neigière pour la conservation du poisson. Un téléphone reliera les camps à la maison du gardien à l'entrée.

Pendant que Laurent et son père causaient paisiblement, Antonin leur servit quelques verres de gin. Au retour, Laurent, qui était un peu pompette, chanta tout le long de la route, à tel point que Jeanne n'en croyait pas ses oreilles et que Lorraine riait à en avoir mal aux côtes.

— Le gin que tu as bu fait son effet ! commenta Jeanne. Comment se fait-il qu'il soit défendu aux gens d'en avoir à l'île et que ton père en possède ?

— Ce n'est pas pareil, assura Laurent. Le gouverneur comme le directeur et leurs amis ne sont pas assujettis à ce règlement.

— C'est bien connu, insinua Jeanne, faites ce que je vous dis, mais ne faites pas ce que je fais. Heureusement que les gens ignorent ce qui se passe sous le toit du gouverneur.

Laurent, vraiment très joyeux, se mit à rire à gorge déployée aux propos de Jeanne.

— Allons, ma petite femme ! Serais-tu assez naïve pour croire qu'il n'y a pas de boisson sur l'île et que tous les habitants passent les fêtes à sec ? Tu serais sans doute étonnée de voir ce qui se déroule dans leurs maisons. Je suis persuadé que depuis l'adoption de ce règlement, il n'y a jamais eu autant de contrebande de boisson.

— Comment font-ils pour en apporter sans se faire prendre ?

— Rien de plus simple. Il suffit d'un soir de bon vent, d'une marée montante et d'un capitaine qui met délibérément quelques dizaines de barils de gin ou de rhum à l'eau pour que, sur la berge, chacun reparte avec sa boisson pour l'année. Si monsieur Zédé croit avoir réglé ce problème à Anticosti, il est bien naïf. Ce n'est certes pas parce que lui-même n'apprécie pas le gin que tous doivent se sentir obligés de l'imiter. Oui, il suffit qu'il y ait un règlement pour qu'on trouve cent façons de le contourner. C'est toujours comme ça…

— Pourquoi le maintenir, alors ?

— Peut-être pour donner l'impression qu'il tient le gros bout du bâton ou pour montrer qu'il est capable d'imposer ses lois. Mais le problème est tel que le directeur songerait maintenant à vendre de la boisson dans le magasin de monsieur Menier. C'est du moins ce que m'a dit Antonin. Si jamais ça se produit, ce sera le premier triomphe des habitants sur Menier. Et habituellement, une victoire ne vient pas seule.

Heureux de ce qu'il venait de dire, Laurent se mit à turluter, au grand plaisir de Jeanne et de Lorraine.

Chapitre 56

Braconnage

Pendant que l'hiver commençait à figer les lacs et les rivières, et qu'Anticosti entrait dans sa vie de recluse, à Rivière-au-Tonnerre, sur la Côte-Nord, Ernest et Horace s'activaient. À son rythme, le vieux Boniface les secondait, enviant leur jeunesse qui leur permettait de trapper tout l'hiver. Ils transportèrent les bagages dans la goélette. Une fois prêts, ils y embarquèrent et le vieux loup de mer qu'était Boniface se mit au gouvernail.

Comme ils l'avaient fait l'hiver précédent, ils abordèrent l'île en son milieu entre les rivières MacDonald et Vauréal. Ils savaient, comme Ernest l'avait mentionné à Laurent après l'avoir parcouru de long en large l'année dernière, que ce territoire était particulièrement propice à la chasse au renard. Ils étaient également certains de pouvoir s'y cacher sans crainte de voir les gardes-chasses leur tomber dessus à l'improviste. C'était un territoire fortement boisé et pas très facile d'accès où personne ne se risquait sans raison. Ils s'étaient d'ailleurs trouvé des endroits parfaits pour établir leurs campements.

Dès qu'ils touchèrent terre, ils déchargèrent la goélette et firent leurs adieux à Boniface qui devait venir les chercher au même endroit aux premiers jours d'avril. Laissant une partie de leur matériel bien à l'abri sous des broussailles, ils s'enfoncèrent dans la forêt et remontèrent vers le centre de l'île en direction du grand lac Wickenden où ils pourraient pêcher, sous la glace, les poissons devant leur servir d'appâts. Ils parcoururent une dizaine de milles et s'arrêtèrent une fois satisfaits de leur progression. Ernest proposa :

— On s'installe pour la nuit ?

— C'est bon pour aujourd'hui, approuva Horace. Demain, on s'arrêtera pour un mois.

— Crois-tu qu'il y en aura autant que l'an passé ?

— Sans doute. Les renards ne sont pas dérangés par icitte.

Ernest jeta un coup d'œil tout autour, puis désignant de la main une butte que les arbres mettaient à l'abri du vent, il demanda :

— Qu'est ce que t'en penses ?

— Ça m'a l'air bien, répondit son compagnon.

Ils étaient si habitués à travailler ensemble qu'ils se mirent tout de suite à l'ouvrage, Ernest coupant les branches de sapin qui leur serviraient de lits et Horace déblayant le sol pour les y déposer. Ils plantèrent deux solides piquets d'environ quatre pieds de hauteur et ils y attachèrent des cordes qu'ils fixèrent à des arbres voisins. Ils avaient une toile d'un assez grand format qu'ils étendirent par-dessus. Leur toit était prêt pour la nuit. Ernest avait fait provision de bois sec et il alluma un feu. Horace apporta une bouilloire de ferblanc passablement cabossée avec laquelle il avait puisé de l'eau à un ruisseau tout proche. Il s'en servit pour préparer du thé. Ils mangèrent du saumon fumé avec de la bannique qu'ils avaient pris soin d'apporter.

— Apprécie-le bien, conseilla Ernest, on n'est pas près d'en remanger.

Son compagnon se contenta de grogner. Ils burent leur thé, s'assurèrent d'avoir suffisamment de bois pour entretenir le feu toute la nuit en se relayant toutes les deux heures, et ils s'étendirent sur leurs lits de sapin.

Au petit matin, ils étaient déjà debout. Ils marchèrent cinq bons milles avant de s'arrêter dans une clairière le long d'une petite rivière. Le temps était maussade, entre pluie et neige. Ils passèrent le reste de la journée à préparer leur campement d'hiver et le lendemain, ils retournèrent chercher leurs effets laissés près du fleuve.

Ils firent d'excellentes chasses sans être ennuyés par qui que ce soit. Au début d'avril, ils se retrouvèrent avec tout leur butin au bord du fleuve pour attendre la venue de Boniface. Une semaine passa sans qu'il apparaisse. Le fleuve était pourtant bien dégagé. Une autre semaine s'écoula. Boniface avait promis d'être là dès le début du mois…

Voyant qu'ils ne pourraient pas compter sur lui pour traverser à Rivière-au-Tonnerre, ils décidèrent de se rendre à la Pointe-Ouest demander l'aide de Laurent. Après plusieurs détours et bien des alertes, ils parvinrent enfin au phare. En les voyant arriver avec leurs barbes longues et leurs vêtements raides et sales, Laurent eut un hochement de tête qui voulait tout dire. Ernest lui expliqua ce qui s'était passé.

— Vous allez d'abord vous renipper pour plus avoir l'air de deux ours tout juste sortis de leurs trous. Après ça, on va voir ce qu'on peut faire pour vous.

Il les laissa entre les mains de Jeanne, de Lorraine et de Julienne. La cuve qui servait de baignoire n'avait jamais vu autant de crasse en même temps. Les femmes jouèrent du ciseau dans leurs cheveux et leurs barbes, pendant que la sourde lavait leurs frusques. Après cette grande opération de nettoyage, Laurent leur dit :

— Comme vous êtes entrés sur l'île clandestinement, votre présence n'a pas été enregistrée. Je ne vois que deux façons de vous en faire sortir. D'abord, je pourrais envoyer Félix à la Pointe-aux-Esquimaux sous un prétexte quelconque. Y avez-vous un ami qui pourrait ensuite venir vous chercher au large ?

Après réflexion, Ernest avança :

— Elphège viendrait certainement.

— Bon, c'est toujours ça de pris, se réjouit Laurent.

— À quelle autre façon as-tu pensé ? s'informa Horace.

— Le *Packet* de Gaspé. Il doit livrer la malle dans deux jours. Si j'expédie un télégramme pour signaler que j'ai des passagers, il s'arrêtera pour vous prendre. Comme il ne fait pas escale à Baie-Sainte-Claire, le *Packet* vous laisserait à Pointe-aux-Esquimaux. Quelle solution vous semble la meilleure ?

— La deuxième, lança Ernest.

Après que les deux hommes eurent raconté en long et en large leurs chasses de l'hiver, Jeanne rappela que Lorraine et elle iraient voir Claire au cours de l'été. Les deux trappeurs montèrent dans le *Packet* deux jours plus tard, échappant de la sorte aux investigations de Zédé.

Tout ce que Laurent souhaitait maintenant, c'était que personne ne s'échappe ou ne parle de la visite d'Ernest lorsque Wilfrid viendrait souper avec eux, comme il le faisait toutes les deux semaines depuis son retour à Anticosti.

Arrivés à la Pointe-aux-Esquimaux, Ernest et Horace se rendirent droit chez Elphège. Le lendemain, ce dernier alla les conduire avec sa barque à Rivière-au-Tonnerre. Ernest et Horace filèrent ensuite chez Boniface. Ils approchaient de sa maison lorsque la voisine, Marie La Blanche, qui les avait aperçus par sa fenêtre, sortit sur sa galerie pour les apostropher :

— Vous deux, les courailleux, vous v'là de retour ! Cherchez pas Boniface, y est six pieds sous terre.

Elle s'amena pour leur raconter que vers la fin de mars, ne voyant pas Boniface sortir comme il avait l'habitude de le faire, beau temps mauvais temps, elle s'était inquiétée avant de venir voir ce qui se passait. Il était mort subitement dans sa berçante, sa pipe encore à la main et son chien Barnabé couché à ses pieds. Il avait été enterré deux jours plus tard en présence de tout le village, à l'exception, ajouta-t-elle sur un ton de reproche, de son fils unique qui était parti courailler on ne sait où. Horace la remercia de ses renseignements et précisa :

— Madame La Blanche, vous savez très bien qu'on trappait à Anticosti.

Elle passa la porte en rechignant.

Quelques jours plus tard, Ernest et Horace firent la traversée jusqu'à Anticosti à bord de la goélette de Boniface et en revinrent avec tout leur butin. Quand ils accostèrent au quai de Rivière-au-Tonnerre, Ernest exultait comme chaque fois qu'il pouvait déjouer les règlements du directeur. Se tournant vers Anticosti, il lança en riant :

— Un autre que tu n'auras pas, mon Zélé…

Rapportant tout leur matériel chez lui, il invita Horace à partager leur repas. Claire leur servit un excellent pâté au saumon accompagné d'une sauce aux œufs. Ernest ne manqua pas de dire :

— Nous aurons bien de quoi nous mettre sous la dent cette année encore.

Peu après, Horace et lui se partageaient plus de mille dollars obtenus pour leurs peaux.

Chapitre 57

Une visite instructive

Quand le navire de ravitaillement des phares fit escale à la Pointe-Ouest ce printemps-là, non seulement amenait-il un ingénieur, un dénommé Fabrice Marchessault, mais il apportait également tout ce qu'il fallait pour améliorer le rendement de la sirène d'Écosse. Sans sourciller, le nouvel arrivant expliqua à Laurent, à la blague et dans un langage coloré :

— La sirène d'Écosse a besoin d'une nouvelle queue. Une queue plus sensible. Nous installons un système de pistons qui la lui coince, de telle sorte qu'elle beugle pendant trois secondes. Le système lui laisse la paix trois secondes et la fait hurler trois autres secondes encore, puis la laisse tranquille cinquante et une secondes pour lui donner le temps de rêver à l'Écosse d'où elle n'aurait jamais dû partir. Pauvre petite sirène !

Laurent lui demanda :

— Est-ce que ces changements nécessiteront beaucoup de travail ?

— Tout dépendra de la docilité de notre sirène. J'en connais quelques-unes de son espèce qui n'aiment pas être brutalisées. Elles n'acceptent pas le diaphone qui change leur vie. Pour celle-ci, je verrai, mais ça ne sera sûrement rien de majeur.

Laurent ne perdit pas de temps à lui expliquer ce qu'il attendait de lui. Il lui fit à peu près le même discours qu'à Hubert Larivière.

— Hubert Larivière… reprit Fabrice. Je le connais bien, celui-là. Il n'est pas digne du nom qu'il porte. Sa rivière manque passablement de courant. Pourtant, dans son prénom, il y a "Hu", ce qui devrait le faire bouger comme un cheval, mais malheureusement, ce "Hu" est suivi de "ber", ce qui l'endort aussitôt, tandis que moi je porte le nom de la vaillance même : Fabrice pour fabrique, et Marchessault pour marche et saute.

Quand l'ingénieur eut terminé son exposé, Laurent le regarda d'un air étonné. Il se gratta la tête en se demandant sur quel drôle de numéro il venait de tomber.

Comme l'avait prévu Fabrice, ces changements se firent sans trop de peine. À la première brume, la sirène, qu'il avait baptisée Mélodie, fit entendre un cri strident dont l'écho se répercuta sur toute la pointe de l'île et même jusqu'à Port-Menier.

Fabrice demanda à Laurent s'il était satisfait. Laurent lui répondit que oui.

— Je pourrais la faire changer de ton pour passer du plus grave au plus aigu, proposa Fabrice, mais vous ne voudriez pas, j'en suis sûr, d'une sirène qui s'égosille. Je m'arrange donc pour lui faire pincer la queue de façon à ce qu'elle reste modeste et s'en tienne aux sons graves.

Les explications de Fabrice plurent à Laurent. Puis ce dernier lui confia la corvée de repeindre l'extérieur de la tour, tâche à laquelle l'ingénieur s'adonna durant quelques jours en trouvant le moyen de pousser quelques chansons grivoises dont, fort heureusement, le vent emporta les paroles.

Constatant que ce nouvel employé savait se débrouiller fort bien et comptant également sur l'expérience de Félix, Laurent accepta la proposition de son père qui l'invitait à visiter la homarderie à l'autre bout de l'île. Ils s'y rendirent en compagnie de Jeanne à bord du *Savoy*. Durant le voyage, Wilfrid leur confia :

— Cette industrie a rapporté à monsieur Menier, l'année passée, la coquette somme de trente-six mille dollars. Monsieur Doggett, qui voit à son bon fonctionnement, propose même de faire construire un entrepôt à Gaspé où seraient apportés les homards pour être expédiés vivants aux grands restaurants de Montréal, Boston et New York. Il garantit que ça pourrait rapporter le double à monsieur Menier.

Ils arrivèrent à une baie au bout de laquelle il y avait un embarcadère où le *Savoy* accosta. Tout près s'élevaient des bâtiments que Wilfrid identifia comme la homarderie. En face, se trouvait la pièce où l'on faisait cuire le homard. Un peu plus loin, deux camps avaient été bâtis, l'un pour les hommes et l'autre pour les femmes. Il y avait également un magasin général et un entrepôt. Comme promis, Wilfrid leur fit visiter les lieux. Laurent s'intéressa surtout à la façon dont on faisait bouillir le homard avant de le mettre en conserve.

Son père lui apprit que pas moins de quarante hommes et trente femmes travaillaient à cet endroit, et que les activités pour la nouvelle saison débuteraient bientôt.

— Deux cents pêcheurs répartis un peu partout autour de l'île s'adonnent à cette pêche particulière, dans une centaine d'embarcations. Chaque pêcheur a vingt trappes à homard et des caisses construites exprès pour transporter leurs prises. Le navire *Alpha* fait la navette tous les jours dans les différents postes où se trouvent les pêcheurs et rapporte quotidiennement les prises de la journée. En un seul jour, il a convoyé trente mille homards de huit pouces et plus.

Très impressionné par ce qu'il voyait, Laurent demanda d'où venaient les hommes et les femmes qui travaillaient là.

— La plupart sont de la Pointe-aux-Esquimaux.

Jeanne aurait aimé savoir quel salaire ces gens touchaient. Elle n'osa pas le demander. Laurent le fit pour elle.

— De vingt à trente dollars par mois, précisa Wilfrid.

Et il s'empressa d'enchaîner :

— Ce n'est pas tout. Une nouvelle homarderie va être construite à Goose Point.

— Deux homarderies ? s'étonna Laurent. Jamais je n'aurais cru qu'il y avait tant de homards autour de l'île.

— Il y en a toujours eu autant, il s'agissait seulement de savoir s'organiser pour les pêcher, les cuire, les mettre en conserve et les écouler sur le marché. Cette année, la seule pêche du homard devrait rapporter près de cinquante mille dollars.

Laurent et Jeanne revinrent émerveillés de ce qu'ils avaient vu au cours de ce voyage. Laurent ne put retenir la réflexion suivante :

— Il n'y a pas à dire, c'est bien commode d'avoir de l'argent.

Jeanne ajouta son grain de sel :

— On a peut-être moins de soucis, mais est-ce qu'on est plus heureux pour autant ?

Chapitre 58

Des allées et venues

L'été avait à peine pointé son museau sur l'île que Jeanne et Lorraine parlèrent de rendre visite à leur belle-sœur Claire à Rivière-au-Tonnerre. Jeanne se mit au télégraphe afin de savoir quand le *Packet* de Gaspé apporterait le courrier. Dès qu'elle obtint la réponse, elle expédia un télégramme à la Pointe-aux-Esquimaux, comptant bien qu'on le ferait suivre à Claire. Elle en écrivit un autre à Gaspé, prévenant que deux passagères de la lumière de la Pointe-Ouest monteraient à bord du *Packet* à Port-Menier.

Laurent alla les conduire jusqu'au bout du quai où le *Packet* faisait escale. Il attendit le départ du navire avant de regagner le phare. Du haut du pont, les deux femmes le saluèrent de la main. Sur le chemin du retour, une évidence le frappa. Il se demanda depuis quand il ne s'était pas accordé quelques jours de congé. Le seul voyage qu'il avait fait au cours de ses trente-deux années de vie, il venait de l'accomplir à la homarderie – et encore, c'était à Anticosti !

Il était fier que Jeanne et Lorraine puissent se payer du bon temps, mais cette diversion de la routine quotidienne lui faisait prendre conscience à quel point son travail de gardien de la lumière le tenait captif. Il aurait pu éventuellement voyager l'hiver, mais à cette saison, il était impossible de quitter l'île. « Un jour, se dit-il, quand Émile sera plus grand... » Pour lors, il n'avait pas d'autres choix que de rester à Anticosti. Heureusement, il pouvait compter sur les services de Julienne pour s'occuper des petits et préparer les repas durant l'absence de Jeanne et Lorraine. Il ne se plaignait pas. Il aimait ce qu'il vivait et s'estimait chanceux d'être si bien secondé dans son travail.

Jeanne et Lorraine n'avaient jamais mis les pieds à Rivière-au-Tonnerre. Elles comptaient se faire indiquer la maison d'Ernest par quelqu'un sur place. Elles n'eurent pas à s'en préoccuper, car durant la traversée, elles firent la connaissance d'une jeune femme de l'endroit qui revenait d'un voyage dans sa parenté à Grande-Rivière, non loin de Percé. Celle-ci dit à Lorraine :

— Ton frère Ernest ne donne pas sa place ! J'ai rarement vu quelqu'un de si entreprenant. Il a du front tout le tour de la tête et ne craint pas de braver le Zélé, comme il l'appelle. Tout le village est au courant de ses allées et venues à l'île. Il faut juste espérer que personne ne finisse par le trahir. Il est vrai qu'il n'est pas le seul de la place qui ne se préoccupe pas des règlements. Et il y a de plus en plus de gens de Rivière-au-Tonnerre qui servent d'intermédiaires à ceux d'ici qui vont chasser là-bas. Ils sont bien sept ou huit qui braconnent à l'île, en comptant ton frère et Horace. La chasse au renard rapporte gros.

—Je me suis toujours demandé comment il parvient à vendre les peaux des bêtes qu'il tue, avoua Jeanne.

—Il y a un monsieur Beetz de Piestebé qui achète les pelleteries sur toute la côte. Il travaille pour la maison Révillon de Paris. Il ne regarde pas d'où viennent les peaux et il paye bien.

Le *Packet* les laissa à la Pointe-aux-Esquimaux et de là, elles se firent conduire en goélette à Rivière-au-Tonnerre. Leur nouvelle amie les accompagna jusque chez Ernest. Claire les attendait depuis longtemps et se montra fort heureuse de leur visite. Après avoir échangé les dernières nouvelles, elles ne perdirent pas de temps. Emmenant les enfants de Claire, elles se rendirent directement à l'école où elles surprirent Desneiges occupée à corriger les derniers travaux de ses élèves, l'année scolaire se terminant deux jours plus tard. Il fallait voir quel plaisir leur apparition lui causa !

—Quelle belle surprise ! Quand repartez-vous ? demanda-t-elle aussitôt à Jeanne et Lorraine.

—Après-demain.

Desneiges montra son plus beau sourire.

— Je m'en irai avec vous autres.

Elle les fit quelque peu languir avant de leur annoncer qu'elle était engagée pour enseigner à l'Anse-aux-Fraises. La seule à ne pas se réjouir fut Claire qui aimait bien recevoir Desneiges à souper de temps à autre, et qui s'en était fait une amie.

Jeanne et Lorraine retournèrent à Anticosti satisfaites d'avoir pu passer ces deux jours en compagnie de leur belle-sœur et d'avoir vu son dernier-né prénommé Adrien. Elles étaient contentes aussi d'avoir visité Rivière-au-Tonnerre et se trouvaient apaisées de constater que Claire vivait dans une jolie maison et ne manquait de rien. Leur seul regret fut de ne pas avoir vu Ernest.

— Quand il n'est pas à la chasse, il est à la pêche, leur expliqua Claire. Heureusement que j'ai maintenant de bonnes amies ici, sinon je serais passablement seule.

— L'essentiel, assura Jeanne, c'est que tu aies tout ce qu'il faut pour vivre.

— Là-dessus, il ne manque pas à son devoir, répondit Claire, ni à celui de me faire un enfant par année !

Dès son retour à l'île, Desneiges se rendit à l'Anse-aux-Fraises afin de découvrir où elle enseignerait à l'avenir. Son rêve se réalisait enfin ! Elle fut enchantée de l'école où elle passerait le plus clair de son temps. Monsieur Comettant avait tenu parole et la vieille maison avait été restaurée.

Comme l'année précédente, Desneiges, dont toute la vie était vouée aux enfants, se fit encore un plaisir d'occuper ses neveux et nièces par toute une série de jeux, la plupart de son invention, les emmenant aussi à la cueillette des œufs de goéland et à celle des petits fruits. Ils étaient sept à la suivre au bord du fleuve où il y avait toujours quelque chose d'utile à rapporter.

Le retour à l'île de Desneiges raviva les espoirs de Félix. Ne voulant pas l'indisposer, il s'efforçait de ne pas lui imposer sa présence. Il se contentait de l'admirer de loin, mais voyant à quel point elle aimait les enfants, il lui fit un matin la remarque suivante :

— Desneiges, je te vois tous les jours avec tes neveux et nièces, démontrant une patience d'ange à leur égard, et tu t'apprêtes à passer l'année à faire la classe… N'aimerais-tu pas avoir tes propres enfants ?

Desneiges lui servit le même argument que l'année précédente, s'efforçant de le dissuader de penser à elle. Félix ne se laissa pas décourager pour autant.

— Il est vrai qu'une mère de famille ne peut pas enseigner. Cet argument vaut pour le moment, mais il n'est pas dit que ça ne changera jamais.

— Que veux-tu dire ?

— Si jamais ce règlement était levé, accepterais-tu de te marier tout en continuant à enseigner ?

Plutôt que de répondre par l'affirmative et laisser quelque espoir à ce pauvre Félix, Desneiges choisit de répliquer :

— Il ne sert rien de spéculer sur ce qui n'existe pas.

Le jeune homme n'en continua pas moins de l'entourer de ses attentions. Il l'aimait vraiment.

L'événement majeur de l'été fut annoncé par télégramme. En effet, à la fin du mois de juillet, un message leur parvint annonçant la mort du pape Léon XIII. Il y avait vingt-cinq ans qu'il était à la tête de l'Église. Son règne avait été l'un des plus longs depuis celui de saint Pierre. Sachant que se tenait à Rome un conclave pour l'élection d'un nouveau pape, Jeanne et Laurent attendirent avec impatience la dépêche qui révélerait le nom du souverain pontife.

— Tu sais que ce sont les cardinaux réunis à Rome qui procèdent à l'élection du nouveau pape, expliqua Laurent. J'ai lu dans le journal qu'après chaque tour de scrutin, une fumée indique aux gens réunis sur la place Saint-Pierre si un pape a été élu ou pas. Quand la fumée est noire, ça veut dire qu'ils ne l'ont pas encore choisi, mais quand elle est blanche, c'est le signal que l'Église a son nouveau chef. J'ai bien hâte de savoir qui ce sera.

— Que ce soit l'un ou l'autre, remarqua sagement Jeanne, nous ne les connaissons pas. Il faudra bien se fier à celui qui aura été élu.

Quelques jours plus tard, ils apprirent que Pie X succédait à Léon XIII.

Chapitre 59

La mésaventure de Laurent

Septembre arriva trop vite aux dires de tout le monde. L'été s'avérait toujours trop court. Les hôtes du directeur avaient été nombreux à la mi-juillet lors de la pêche au saumon. D'autres gens profitèrent également de la période de chasse aux canards et aux oiseaux de rivage à la fin de l'été et au début de l'automne pour se faire inviter à l'île. Ils se croyaient tous des chasseurs émérites parce qu'ils avaient tué un ou deux canards. Quelques-uns se proposaient même de tenter d'abattre un chevreuil puisqu'il commençait en y en avoir beaucoup sur l'île, et que le directeur avait mis ses invités au défi d'en rapporter un.

Profitant d'une belle journée ensoleillée, Laurent décida de rendre visite à sa sœur Desneiges à l'Anse-aux-Fraises. Il parcourut la distance tranquillement à pied en suivant le bord de l'eau. Il marchait d'un bon pas, s'arrêtant parfois ici pour examiner une pierre ou là pour y découvrir d'éventuels fossiles. Son regard fut attiré par une roche dont l'éclat était particulier. Il se pencha pour la ramasser. Ce fut ce qui lui sauva la vie. La balle qui l'aurait atteint alla se ficher dans le tronc d'un érable derrière lui. À plat ventre dans les feuilles, il se garda bien de bouger. Il entendit le tireur venir vers lui à la course. Quand il l'aperçut, l'homme s'écria :

— Pardieu ! Je ne t'ai pas touché, j'espère !

— Ça n'a pas l'air, répondit Laurent, en se relevant.

L'autre poussa un soupir.

— Je t'ai pris pour un chevreuil. Le fais-tu exprès ? Tu en as tout l'air avec ton manteau de daim.

Laurent était furieux. Reprenant pour de bon ses esprits, il lança :

— Si tu n'es pas capable de différencier un homme d'un chevreuil, tu ne devrais pas te promener avec un fusil.

— Allons, ne te fâche pas ! Je ne l'ai pas fait exprès. Je ne suis pas habitué à ces vastes espaces. Je suis de passage, grâce à l'invitation de mon ami Georges. En fait, je suis son cousin.

Toujours furieux, Laurent rétorqua :

— C'est pas parce que tu es le cousin du directeur que ça t'autorise à tirer sur les gens ! La prochaine fois, tu t'assureras de ce que tu vises avant d'appuyer sur la gâchette. Tu serais moins dangereux si tu te contentais de descendre des oies, et encore, seulement quand elles sont en vol.

— Qui es-tu pour me parler sur ce ton ? Un peu de respect, mon ami !

— Laurent Cormier, si tu veux le savoir, et j'ai déjà vu neiger.

Devant l'air déterminé de Laurent et avant que les choses ne s'enveniment, sans autre forme de procès, le chasseur retourna sur ses pas. Laurent poursuivit sa marche en pestant à voix haute :

— Ces gens-là qui ne sont même pas nés au pays ont le droit de chasser alors que ça nous est défendu. Je pense de plus en plus qu'Ernest a raison. Nous ne sommes plus maîtres chez nous. Des étrangers nous ont ravi notre place et nous n'avons rien fait pour les en empêcher.

Il poursuivit son chemin jusqu'à l'Anse et se rendit à l'école où Desneiges s'évertuait à montrer à lire et à écrire à des enfants qui, sans sa détermination, n'auraient peut-être pas eu la chance de l'apprendre. En effet, tous les prétextes étaient bons pour un père ou une mère afin de garder leurs aînés à la maison pour les seconder. Combien de ces enfants demeuraient analphabètes !

Laurent entra discrètement et s'assit sur un banc tout près de la porte, attendant l'heure de la récréation pour parler à Desneiges.

—Je suis venu parce que j'avais le goût de te voir, p'tite sœur, et aussi parce que c'est la fête de Lorraine dimanche et je suis certain que ta présence lui fera grand plaisir.

—J'y serai, confirma Desneiges.

—J'enverrai Félix te chercher.

À ce nom, Desneiges rougit quelque peu, ce que ne manqua pas de remarquer Laurent. Il se garda bien de faire un commentaire, mais se promit d'interroger son aide à ce sujet. Il repartit comme il était venu, heureux de profiter ainsi d'une des dernières belles journées d'automne avant les pluies et les brumes si néfastes à la navigation.

Au moment où il arrivait au phare, Fabrice sortait de sa cabane, tenant à la main une boîte de bois remplie de bouteilles dont il avait tronqué le goulot et qu'il tenta de dissimuler.

— Quel mauvais coup nous prépares-tu encore ? fit Laurent, taquin.

— J'ignore ce que veut dire mauvais, répliqua Fabrice. Comme il y aura fête dimanche, j'ai fabriqué un instrument de musique qui ordinairement ravit les anges.

— Saura-t-il nous ravir, nous ?

— Vous le saurez quand j'en aurai joué. Mais si vous n'êtes pas charmés après m'avoir entendu, c'est que vous n'êtes pas des anges. Pour lors, je m'en vais m'exercer loin des oreilles indiscrètes.

— J'espère qu'il nous enchantera plus que cette maudite sirène de brume qui, quand elle s'y met, ne nous laisse pas une minute en paix, souhaita Laurent.

— Elle joue son rôle, soutint Fabrice, et les âmes du purgatoire ne s'en plaignent pas.

— Que viennent faire ici les âmes du purgatoire ?

— Il faut bien penser à elles de temps à autre si nous voulons être bien accueillis quand notre tour sera venu.

Laurent le regarda s'éloigner en se demandant ce qu'il fallait penser de cet homme efficace, quoique étrange, dont il préférait oublier les bizarreries. Avant d'entrer à la maison, Laurent se dirigea vers l'écurie afin de s'assurer qu'Oliver ne manquait de rien. Il trouva l'animal étendu sur le côté dans l'enclos attenant à l'écurie. En s'approchant, il se rendit compte que son vieil ami ne respirait plus. Il s'assit dans un coin et resta là, songeur, un long moment. Il n'aurait pas le courage de dépecer ce fidèle ami. Aidé de Fabrice, il creusa une fosse à même l'enclos du phare afin d'y enterrer Oliver.

Il était impensable de demeurer à la lumière de la Pointe-Ouest sans un cheval. Laurent téléphona aussitôt à Wilfrid pour lui annoncer la mauvaise nouvelle et pour s'enquérir auprès de lui de la possibilité d'acheter un cheval à la ferme de Baie-Sainte-Claire.

— Tu ne peux tomber mieux, lui annonça Wilfrid. Comme il le fait tous les ans à ce temps-ci de l'année, monsieur Zédé vient d'en acquérir au moins cinq. Je vais lui demander s'il ne t'en vendrait pas un.

Dès le lendemain, Laurent alla chercher son cheval à la ferme de Baie-Sainte-Claire. Il revint en le montant comme un vrai cavalier. La bête était docile. Il s'en servit pour traîner la carcasse du vieil Oliver jusque dans la fosse que Fabrice se chargea de combler. Ce ne fut qu'ensuite qu'il informa le reste de la famille.

Laurent demanda à toute la maisonnée de l'aider à trouver un nom au cheval qu'il avait ramené. Chacun se mit de la partie, les grands comme les petits. La liste de noms, qui commençait par Sultan, une suggestion de Jeanne, se poursuivait par Diablotin, Élégant, Alizé, Désiré, Empereur et Gouverneur. Cette idée de Lorraine les fit d'ailleurs bien rire. On continua à se creuser la tête pour proposer Vulcain, Volcan, Grisou, Sarrasin et Robin. Aucun nom ne faisant l'unanimité, Laurent fit remarquer :

— En Angleterre, on a souvent le même prénom pour les rois, Édouard II, Édouard III et dans l'Église, on a bien eu Pie IX et maintenant Pie X. Pourquoi on ne l'appellerait pas tout simplement Oliver II ?

La suggestion fit le bonheur de tous. Seul le principal intéressé ne put donner son opinion… Mais c'était une bête intelligente, car elle comprit rapidement qu'Oliver II était son nom.

Il restait toutefois à payer le cheval. Laurent n'avait pas les économies nécessaires. Mais, se souvenant soudain d'une chose oubliée depuis longtemps, il monta au grenier et en revint avec un coffret.

— Comme nous n'avons pas reçu de nouvelles du jeune homme à qui appartenait ce coffret, sans doute pouvons-nous le considérer maintenant comme nôtre, avança-t-il. Il l'ouvrit et y prit les quarante dollars demandés par Zédé pour ce cheval.

Chapitre 60

La fête au phare

Le dernier dimanche d'octobre, après la messe à Baie-Sainte-Claire, il y eut fête à la Pointe-Ouest. Lorraine célébrait ses trente-cinq ans. Félix n'eut pas à se rendre chercher Desneiges, car elle revint de la messe en leur compagnie. Le jeune homme en fut quitte pour une déception de plus. Mais Laurent lui confia l'agréable tâche de la reconduire après la fête.

Fabrice leur promit, comme il le disait dans ses termes imagés, un concert grandiose de fonds de bouteille. Il disposa huit bouteilles contenant de l'eau en différentes quantités. En passant doucement les mains sur les bords de ces contenants tronqués, il en tira des sons reproduisant chaque note de la gamme. Il put de la sorte, avec beaucoup d'habileté et de dextérité, improviser un récital de mélodies simples, mais connues de tous. Puis, il s'évertua à produire toute une série de sons que chacun devait s'efforcer de deviner. Il y avait entre autres des cris d'oiseaux et d'animaux, des bruits familiers comme celui d'une porte grinçante ou de la pluie sur un toit de tôle, le ploc d'une grenouille dans l'eau, le sifflement du vent dans une fenêtre entrouverte et pour terminer, le son de la sirène de brume.

Son concert égaya cette journée spéciale et ravit tout le monde. Wilfrid avait aussi été convié. Il avait fait l'effort de venir, mais s'excusa de ne pouvoir rester pour le souper. Il y avait chez lui des invités de passage à l'île, les derniers sans doute avant la fermeture de la navigation. À Laurent qui lui demandait si le gouverneur devait souvent recevoir, il répondit que lorsque monsieur Zédé serait à l'île, les réceptions se feraient à la nouvelle villa de monsieur Menier. Pour lors, monsieur Zédé étant reparti, c'était lui qui devait s'en charger. Passablement souvent, oui.

— Qui monsieur Menier et monsieur Zédé invitent-ils ? s'enquit Laurent.

— Habituellement des ministres et leurs amis, aussi le gouverneur général et le lieutenant-gouverneur. Cette année, il a convié monsieur Parent, le premier ministre du Québec, et aussi monsieur Laurier, le premier ministre du Canada.

Voyant son père dans de bonnes dispositions, Laurent en profita pour laisser entendre que ce monsieur Zédé se montrait très sévère et ne semblait avoir pitié de personne.

— Vous le considérez comme un ami, mais ne trouvez-vous pas qu'il a un curieux comportement ?

— Je t'assure qu'il est juste. Ainsi, tu vois, il a indemnisé pour leur maison les gens qui habitaient

Baie-des-Anglais et l'Anse-aux-Fraises lors de l'achat de l'île et qui ont accepté de travailler pour monsieur Menier. De plus, désormais, leur maison est entretenue aux frais de monsieur Menier. Monsieur Zédé est un homme droit qui marche selon ses principes. Il m'a souvent dit que la nature a une règle qu'on ne peut enfreindre et qui gère les rapports des êtres humains.

— Quelle est cette règle ?

— Certains doivent servir aux autres, être leur nourriture et leur proie, comme chez les animaux, c'est la vie. Il faut des forts et des faibles, des beaux et des laids, des intelligents, d'autres moins, certains plus petits, d'autres grands. Il prétend que c'est la balance de l'existence dont les plateaux doivent s'équilibrer.

Laurent n'osa pas révéler à son père le fond de sa pensée. Parce que cet homme se sentait supérieur aux autres, il se permettait d'écraser ceux qui, à son avis, lui barraient la route. Wilfrid poursuivit ses explications :

— Monsieur Zédé est persuadé qu'auparavant, il y avait à Anticosti de nombreux animaux, comme des caribous, des orignaux, des bœufs musqués, des chevreuils, des lièvres et bien d'autres. Le docteur Schmitt a trouvé des squelettes.

— Comment se fait-il qu'il n'y en ait plus ?

— Voilà précisément ce que dit monsieur Zédé : l'équilibre de la nature a été rompu.

— Comment ?

— Par l'homme. Des Sauvages ont débarqué sur l'île. Ils ont chassé ces animaux jusqu'à les exterminer.

Il attribue aussi à ce déséquilibre le fait qu'il y ait tant de moustiques. Il assure qu'il faut à tout prix repeupler l'île avec des animaux qui s'y trouvaient auparavant et qui ont disparu. C'est pour ça qu'il a fait introduire des chevreuils, des castors et des lièvres. Il croit que les orignaux vont pouvoir survivre et aussi les caribous, les rats musqués, etc. Cet homme est très instruit et il est agréable de causer avec lui. Il a toujours quelque chose à nous apprendre.

— Dommage qu'il soit si sévère envers tout le monde.

— Il détient l'autorité et fait appliquer les règles auxquelles doivent adhérer ceux qu'il engage. Tu vois, par exemple, sur leur contrat d'engagement, les ouvriers reconnaissent qu'ils ne peuvent quitter leur travail sans autorisation, sinon ils seront renvoyés. Tu peux être certain que si un ouvrier le fait, il montera à bord du *Savoy* dès le prochain voyage pour Québec et on ne le reverra jamais plus à Anticosti. C'est exactement ce qui est arrivé à certains dernièrement. Je vous ai toujours enseigné le respect de l'autorité. Voilà pourquoi je m'entends si bien avec monsieur Zédé.

Quand Wilfrid fut parti, la fête continua avec un beau repas dans lequel Jeanne mit tout son cœur. Il fut même rehaussé par un plat surprise, que son auteur vint lui-même livrer au phare. À l'étonnement de tous, Antonin, qu'on croyait occupé par la réception que donnait le gouverneur, apparut portant un dessert dont, promit-il, tout le monde se souviendrait longtemps. Il prit le temps de bien installer un petit réchaud apporté pour la circonstance et fit cuire sous leurs yeux des crêpes Suzette qu'il flamba en leur expliquant qu'il tenait cette recette de son inventeur, Auguste Escoffier, un ami cuisinier, lequel ayant été appelé un jour à Londres pour préparer un nouveau dessert au prince de Galles, voulut le nommer la crêpe Édouard en l'honneur du futur roi. Ce dernier lui répondit : « Je n'en suis pas digne, donnez-lui plutôt le nom de ma jeune compagne. » Comme elle s'appelait Suzette, ainsi sont nées les crêpes Suzette.

Les convives s'en régalèrent et en redemandèrent. Antonin leur fit plaisir en faisant flamber les crêpes avec un grand cérémonial. Il laissa même entendre qu'un jour, peut-être, il créerait un dessert qui porterait le prénom de Lorraine :

— Une crêpe Lorraine, un gâteau Lorraine, une tarte Lorraine, des confitures Lorraine. Seul l'avenir nous le dira.

Le cuisinier les quitta là-dessus, heureux d'avoir pu participer à l'anniversaire de Lorraine et ne souhaitant rien de mieux que de récidiver. Chacune de ses visites à la lumière, comme il aimait le rappeler, était pour lui un grand bonheur.

Quand la fête fut terminée et que Jeanne et Lorraine, aidées de Julienne, se mirent au lavage de la vaisselle, Jeanne commenta :

— Cet Antonin est vraiment merveilleux. N'est-ce pas un beau cadeau qu'il t'a offert en venant jusqu'ici nous faire connaître ce dessert incroyable ? Il est très charmant et quel bon cuisinier ! Je suis certaine qu'il a un faible pour toi. Il ne se serait sans doute pas donné toute cette peine pour moi.

— Qui te dit qu'il ne l'aurait pas fait ?

Jeanne répliqua :

— Je suis déjà engagée, tandis que toi…

— Il est vrai que maintenant, je suis libre de me remarier. Bill est disparu il y a plus de sept ans.

— Qu'attends-tu alors ?

— Tu as raison, approuva Lorraine. Qui sait ?

Jeanne eut beau la tourmenter pour savoir ce qui se cachait derrière ce « qui sait », elle ne voulut rien dire.

Chapitre 61

Un peu de tout sur chacun et chacune

Laurent avait toujours trouvé qu'Ernest, son jeune frère avait du front. Pourtant, contrairement à ses habitudes, alors que la navigation allait bientôt être interrompue, ce dernier arriva à la maison après s'être enregistré comme visiteur auprès des douaniers de Zédé. Laurent s'empressa de lui faire la remarque suivante :

— Est-ce parce que p'pa est gouverneur que tu t'assagis de la sorte ?

— Moi, sage ? rouspéta-t-il. Tu te trompes de gars…

En réalité, Laurent n'eut pas à attendre longtemps avant de connaître le vrai motif de sa venue. N'ayant plus Boniface pour les faire traverser à Anticosti, il avait pris avec Horace la gageure qu'ils pourraient s'y rendre directement, en prenant une entente avec les gardes-chasses.

— Tout s'achète, dit-il à Laurent. Tu vois, je m'amène ici en visite et j'en profite pour me rendre à la rivière la Loutre. Là, je négocie avec les gardes-chasses puis je retourne chercher Horace. Dans une semaine, après avoir abrité notre goélette pour l'hiver dans le barachois de la Loutre, on chassera sans être inquiétés et au printemps, on rentrera chez nous avec nos fourrures, ni vus ni connus.

— Ai-je besoin de te dire que tu prends là un grand risque ?

— Qui ne risque rien n'a rien !

Ernest partit le lendemain en chaloupe pour la rivière la Loutre. Quand, deux jours plus tard, il repassa au phare, il était tout sourire. Laurent comprit tout de suite pourquoi. Pour retourner à la Pointe-aux-Esquimaux, il poussa même l'audace de monter à bord du *Savoy* qui y livrait le courrier. S'il avait acheté les gardiens comme il l'avait laissé entendre, il n'avait pas eu l'autorisation de laisser la goélette dans le barachois de la Loutre. Les gardes-chasses craignaient d'être interrogés sur la présence de cette embarcation. Ernest choisit donc de se rendre à l'île en canot.

Quelques jours plus tard, Ernest et Horace mirent leur solide embarcation de bois à l'eau afin de s'assurer de son étanchéité et peu après, ils entreprirent la dure traversée jusqu'à Anticosti. Ils étaient avantagés par le fait que le fleuve commençait à charroyer des glaces que les gros navires se gardaient bien d'affronter. Ils ne craignaient donc pas d'être surpris par une patrouille du directeur Zédé. Leur saison de trappage débutait.

Dès qu'ils furent à terre, ils déchargèrent leur canot qu'ils vidèrent de tout son contenu avant de le dissimuler dans des broussailles, de façon à ce qu'il ne soit pas vu du large et qu'on ne puisse le découvrir qu'en se butant dessus. Ramassant leurs effets, ils disparurent dans la forêt, heureux comme des rois de se retrouver là où la vie leur paraissait la meilleure.

Wilfrid appréciait son travail de gouverneur. Il ne lui donnait guère de répit, mais il aimait les défis. S'occuper des fournitures d'Anticosti et voir à la bonne marche des activités sur l'île entière lui plaisait. L'hiver, la plupart des ouvriers retournaient à Québec, ou encore à Saint-Pierre-et-Miquelon, et également sur la Côte-Nord, en particulier à la Pointe-aux-Esquimaux. À vrai dire, ce qui marchait le plus au cours de l'hiver, c'était la chasse aux animaux à fourrure. Wilfrid se promettait d'entreprendre sa tournée de tous les points de chasse. À Noël, il irait bien réveillonner au phare avec Laurent, Lorraine et Desneiges, et il ne manquerait pas, comme il l'avait fait l'année précédente, de les inviter à sa nouvelle maison qu'il trouvait parfois trop vaste et trop vide. Puis, le printemps arriverait. Monsieur Zédé reviendrait de France avec un paquet de projets et tout repartirait pour les six mois les plus chargés de l'année. De nouveau occupé à régler tout plein de problèmes, il n'aurait pratiquement pas une journée de repos, mais il adorait ce genre de vie.

Au phare, Laurent s'apprêtait encore une fois à éteindre la lumière. Dès lors, la vie se mettrait à battre au ralenti. Il commanderait les fournitures et les denrées nécessaires pour les mois d'activité du phare. Fabrice était retourné à Québec pour la saison d'hiver et il reviendrait au printemps comme il l'avait promis. Laurent pourrait alors se plonger dans la pile des vieux journaux pour y glaner çà et là les nouvelles qu'il partagerait avec sa famille en soirée tout au cours de l'hiver. Le temps des fêtes marquerait la pause réjouissante de l'année et serait suivi par l'expédition aux dépôts de nourriture. Puis, déjà on commencerait tranquillement à préparer les travaux printaniers, tant au phare qu'à la maison, avant l'ouverture de la lumière. Il aiderait Félix à réparer les filets de pêche et en profiterait pour rafistoler les raquettes à neige et, au besoin, il s'en fabriquerait de nouvelles. Il retaperait aussi la charrette et s'assurerait que Félix ait tout en main pour la chasse aux loups-marins. Ensuite, il serait bientôt temps d'allumer de nouveau le phare et la vie ne lui laisserait pas une minute de répit jusqu'en décembre.

Maintenant que les provisions étaient faites, que la maison avait été remplie des bonnes odeurs de confitures aux fraises, aux mûres et aux framboises mêlées à celle des marinades, avec l'arrivée de décembre, Jeanne et Lorraine se lanceraient dans la préparation des plats du temps des fêtes. Elles seraient occupées jusqu'à Noël, puis viendraient sans doute quelques invités et peut-être aussi le grand-père de leurs enfants. Aurait-il un cadeau pour chacun et chacune comme l'année précédente ? Les inviterait-il à un repas chez lui qu'il demanderait à Antonin de préparer ? Si c'était le cas, Desneiges serait sûrement de la fête.

Après le jour des Rois, on entrerait dans le plus long de l'hiver. Les jumelles continueraient de fréquenter l'école et Jeanne commencerait à préparer Émile pour sa première année en le familiarisant avec l'alphabet.

Lorraine avait mis la main sur toutes sortes de retailles de tissu inutilisé et proposait de fabriquer une catalogne. Jeanne lui avait promis de l'aider. Elles s'y mettraient tranquillement, tout en s'occupant des petits qui poussaient à vue d'œil et dont il fallait constamment agrandir les vêtements. Elles les emmèneraient aussi glisser sur les pentes peu abruptes autour du phare. Ensuite, il faudrait songer aux semis en prévision du jardin. Laurent n'avait pas oublié de commander des graines et elles n'attendaient qu'à être mises en terre. Puis le printemps arriverait, amenant peu à peu la chaleur, et la vie recommencerait, toujours un peu la même. Jeanne le savait, elle profiterait sûrement de ce moment pour annoncer à Laurent qu'en elle aussi, une nouvelle vie poussait.

À Rivière-au-Tonnerre, Claire se languissait de son homme parti trapper comme chaque hiver. Heureusement, elle s'était fait des amies dans la place et elles se visitaient à tour de rôle en amenant leurs petits. Elles discutaient d'une foule de projets pour l'avenir. Elles s'informaient l'une l'autre de tout ce qui se passait dans le village et sur la Côte-Nord. Elles commentaient les nouvelles, les bonheurs de l'un, les malheurs de l'autre. Elles échangeaient leurs impressions sur la pluie et le beau temps, ne manquant pas de se demander ce que devenaient leurs hommes au fond des bois, les uns à la chasse, les autres au chantier. Est-ce que les gages de vingt-cinq piastres par mois pour travailler à Anticosti seraient augmentés cet été ? Les acheteurs de fourrure seraient-ils aussi généreux ? Y aurait-il beaucoup de loups-marins ? Parce que le jour de l'An tombait un vendredi cette année, savait-on si le pape avait accordé une dispense pour manger gras ? Ce nouveau pape – comment s'appelait-il déjà ? Ah oui ! Pie X ! –, semblait aussi bon que le précédent. Il y aurait en mai des fêtes de jubilé pour l'Immaculée

Conception. Parlant de conception, Aline à Prosper attendait son douzième. Le garçon de Télesphore allait étudier pour devenir prêtre, car monsieur le curé avait trouvé un bienfaiteur pour payer ses études. Y aurait-il des naufrages cette année ? Ça rapportait parfois gros. Armand avait obtenu plusieurs centaines de piastres des effets qu'il avait récupérés du naufrage de la goélette *Sainte-Lucie*. Le mari de Georgette, lui, avait appris qu'on avait déchargé sur le quai à Anticosti une locomotive et aussi une automobile. Et à la homarderie, on faisait cuire des milliers de homards par jour. Le garçon de Théodore qui travaillait là l'été avait confirmé que ça rapportait des milliers et des milliers de dollars au propriétaire…

Les conversations continueraient ainsi tout au long de l'hiver et la vie reprendrait son cours avec le retour des hommes et du beau temps.

Desneiges continuait d'enseigner avec enthousiasme. Il lui arrivait d'aller dîner au phare certains dimanches après la messe. Félix ne la perdait pas de vue. Chaque fois qu'il avait l'occasion de lui parler, il lui assurait que pour elle, il renoncerait même à son travail. Il aimait pêcher la morue et chasser le loup-marin. Il s'engagerait pour Zédé s'il le fallait. Ils pourraient se marier et avoir une belle vie. Desneiges lui répondait immanquablement :

— J'aime enseigner et je veux le faire toute ma vie.

— Supposons que tu puisses continuer en étant mariée ?

— Ça fait cent fois que tu me le demandes, mais je ne peux pas, tu le sais bien.

Félix ne renonçait pas.

— Je suis sûr qu'il y a moyen d'arranger ça.

— Je te souhaite bonne chance.

— Et si je réussissais ?

— On verra !

Desneiges ne discutait jamais longtemps. Elle avait trop à faire. Elle ne perdait pas de temps à parler pour parler. En plus de préparer ses cours et faire ses corrections, elle écrivait son journal et, de temps à autre, quand la saison le permettait, elle expédiait une lettre à Fabiola chez les sœurs. Elle aimait ce qu'elle faisait. Pourquoi changerait-elle ?

La vie se déroulait ainsi chez les Cormier d'Anticosti. Les jours, les semaines, les mois et les années coulaient en douceur. Que leur réservait l'avenir ? Serait-il aussi paisible ou bien le sort leur préparait-il un mauvais tour ?

Table des matières

DEUXIÈME PARTIE
LA RÉSISTANCE
(1897-1900)

TROISIÈME PARTIE

LA VIE AVANT TOUT
(1901-1903)

Suivez-nous

GARANT DES FORÊTS INTACTES

Achevé d'imprimer en janvier 2014
sur les presses de Marquis-Gagné
Louiseville, Québec